目录 CONTENTS

001	第一章	转校	✓
077	第二章	兄弟	✓
141	第三章	学霸	✓
245	第四章	补习	✓

第一章 转校
Chapter 1

1. 一心求学

乔韶打了个哈欠，看了一眼手机屏幕上的通话时长。

三分钟了，他年过七旬的姥爷还在中气十足地咆哮。

"我看你爸那混账是昏了头，竟然让你去那么破的学校念书，他老乔家不行了你就来我这儿，名校随便挑，别说国内了，就是国外的……"

乔韶只能重复这句最近说了无数遍的话："姥爷，学校是我自己选的，是我自己想去的。"

杨孝龙顿了一下，音量仍旧不小，但没那么凶了："怎么非得去那么破……我是说那么远的学校？"外孙选的，不好说"破"。

乔韶歪头，掏掏耳朵道："我遇上个算命先生，他给我卜了一卦，说我在西方有难，东方得福，转个校能翻身农奴把歌唱。"

杨孝龙："……"

乔韶幽幽道："姥爷，您可是常告诉我，宁可信其有，不可信其无。"

杨孝龙心窝疼："韶韶啊，你才十七岁，这么迷信不好。"

乔韶道："我没迷信啊，是防患于未然。"

杨孝龙这辈子"怼"了无数人，唯独对自己的外孙半点法子都没有。

乔韶又哄他道："东区一中挺好的，寻常人想考还考不上呢，姥爷你放心，我去个新环境，准好好学习，不给您丢脸。"

"新环境"这三个字触动了杨孝龙，他妥协了："好吧……"

挂了电话，乔韶松了口气，知道自己这转校的事是彻底稳妥了。

从提出要去东区一中那天起,他就收到了来自四面八方的轰炸。

他爸、他爷爷、他姥爷,还有他的表哥、表姐以及狐朋狗友,挨个儿找他"谈心",想知道他究竟要干什么。

其实乔韶没什么歪心思,他就想去个正经高中,好好学习,天天向上。然而他说出这八个字,听到的人眼神更怪异了。

乔韶不服:怎么的,他就不能好好学习了吗?他很热爱学习的好吗!

鉴于越说越没人信,乔韶索性掰扯了一个算命先生的鬼话。

万万没想到……这个扯到不能更扯的理由,还真把人一个个给唬住了。

乔韶一时间也不知该心疼蠢蠢的他们还是该心疼信誉破产的自己。

洗漱后,吴姨招呼他吃早餐。

乔韶问道:"我爸呢?"

吴姨道:"乔总早上五点就出门了,说是八点在香港有个会。"

乔韶撇撇嘴道:"不能提前一天去吗?睡这么点觉,他是嫌自己头发太茂盛吗?!"

吴姨笑道:"乔总从不睡外头的。"

听到这话,乔韶没出声,只戳了戳盘子里的松饼。

吴姨意识到自己说了不该说的,赶忙道:"我还烤了点小饼干,我去看看火候。"

乔韶应了。

吴姨一走,乔韶手机又响了。

一看屏幕上的"爷爷"二字,他脑壳就痛。

他没记错的话,爷爷这会儿在意大利,两边时差六个小时,他老人家凌晨两点了还不睡觉吗?

乔家这不爱惜头发的毛病看来是祖传的。

接了电话,乔家老爷子金贵的声音响起:"下楼。"

乔韶:"爷爷,我上一季的衣服还没开封。"

乔如安道:"扔了。"

乔韶哪敢多说,他爷爷在时尚圈称霸五十几年,七十一高龄还是时尚的风向标，真的惹不起。

乔韶一边应好一边道："您那边才两点吧，赶紧睡，我这就下楼去拿衣服，回头拍照给您看。"

乔如安道："不用拍照。"

乔韶闷笑："真的不用？"

乔如安不出声了，但也不挂电话。

乔韶笑得眼睛都弯了："好啦，您快休息，我晚上再给您发，保证您起床就看到孙子的帅照。"

乔如安"嗯"了一声，挂断了电话。

下楼后，饶是有了心理准备的乔韶也还是吓了一跳。

礼盒霸占了半个客厅，更加要命的是每个礼盒上都系着闪亮亮的橙色蝴蝶结，普通人看了，只怕会眼睛痛。

乔韶喜欢橙色、金色这些明亮的颜色。乔如安觉得这不够时尚，不会给他弄这样的衣服穿——弄了乔韶也不会穿！

但在这些小细节上乔如安却会满足他。

只是吧……

这么多金灿灿的蝴蝶结，乔韶难以想象把这些礼盒搬进来的助理们会怎样想他。

堂堂七尺男儿，喜好如此少女心，乔韶脸有点烫。

拆了礼盒，里面的东西让乔韶心里也烫了。

不只有衣服、鞋子、手表，还有四个看不出太大不同的书包，估计是用来搭配不同衣服的，还有两盒文具，包装过分精美的钢笔，一看便知价格不菲。

从头到尾都不同意乔韶去东区一中的乔如安，却在即将开学的时候，送来了必需品。

不过这些必需品，乔韶一个都不会用。

东区一中（简称"东高"）虽然是所中规中矩的高中，却也有特长班、国际班这种特殊存在。

那里面都是有钱人家的孩子,眼力见儿是有的,乔韶穿这一身行头去,还学个头的习。

乔少一心求学,不想炫耀。

所以上学的必需品他要自己去买。从文具到衣服,他要挑最寻常的!

说走就走,嘱咐吴姨收拾好这些衣服、文具后,乔韶套了件不起眼的运动衫出门。

买文具去超市没问题吧?

乔韶很少自己买东西,东挑西挑地还挺起劲。

一百来块钱的书包,几块钱一支的笔,还有普普通通、没有花里胡哨智能功能的本子……

全部搞定才花了二百块钱,乔韶不禁感慨,即便老乔家和老杨家都破产了,大家伙也能活得挺滋润。

乔韶走到促销区,看见一个大货架上扯了个横幅,写着——亏本清仓!原价299元的纯棉T恤,今天只要29元!

乔韶惊了,衣服还能这么便宜吗?!

这太合适了,看来他能在300块钱内搞定开学必需品。

乔韶刚走过去,就听几个女孩在压着声音说话。

"怎么可以这么帅,我……我都不敢看他!"

"他是东区一中的吧,周末出来打临时工?天哪,我为什么毕业了?我想复读,我要去东高!"

"醒醒吧少女,有做梦的工夫不如多买几件衣服,没准还能搭个话。"

"呜呜呜……我已经买了十件了,再买我会被逐出家门吧!"

东高的?

乔韶好奇地抬头,看到了促销区的高个子男生。

男生很高,比乔韶高了大半个头,他站在热闹的卖场里却神态冷冷的,明明是来打临时工的,却一脸倦怠,像没睡醒。

偏偏就是这副懒懒散散的模样,引得女生们频频偷看。

呵呵。

乔韶很嫌弃。

这样的员工，大乔老板3秒开除俩！

哪怕业绩爆表也不行，太不敬业了！

乔韶收回目光，专心挑T恤。

嗯，T恤虽然便宜，但是都好大啊，能装下三个他。

促销区离文具区很近，贺深百无聊赖，抬眼就看到那个挑三拣四的"初中生"。

买一支笔挑了五分钟，最后选的还是快要过期所以买一送一的。

买个本子翻来翻去，最后选了个因为有点脱页所以才降价的。

这会儿"初中生"转身过来了，看到他那双亮晶晶的眼睛，贺深几乎以为里面写了一个"2"、一个"9"。

贺深本来就是被叫来替班的，不情不愿，主管也不敢要求，毕竟只要他站在这儿，销量就翻了十倍不止。

寻常人和大乔老板不一样，都是向钱看齐的，只要业绩好，谁管你敬不敬业。

贺深瞧着"初中生"，看他在一堆T恤里翻来翻去，一件一件地往自己身上比画。

"初中生"又矮又瘦，均码的T恤套他身上，像小孩穿大人衣服。

看得出这小孩想捡促销的便宜，可惜瘦瘦小小的，撑不起来。

不过……他倒是可以帮帮这个小孩。

贺深嘴角微扬，伸手抽出一件纯白色的T恤给他："试试这件。"

"初中生"抬头，犹豫了一下。

贺深道："都在促销，一个价。"

"初中生"明显松了口气，接过T恤比了比，应道："这件可以，多谢！"

贺深面不改色："没什么。"

结账回家，乔韶上楼翻看自己的战利品。

书包很赞，笔很棒，本子也十分优秀，这件29元的纯白T恤尤其……

等等。

乔韶后知后觉地看到了T恤上的标签——纯爱女装。

乔韶傻了，他头一回给自己买衣服，居然买了一件女装？！

2．一只小乌龟

被扔在天鹅绒沙发上的白色T恤很无辜。

它的款式很普通，除了码数小，和男款几乎一模一样。

但它的确是女款，肩膀窄一些，腰也更细。

乔韶盯着它看了好一会儿，心塞塞。

他……只是发育慢了点，怎么就沦落到穿女装了？！

那个临时工……

乔韶眼睛一眯，找到罪魁祸首了。

是那个高个子男生，是他推荐自己买的，他一个售货员怎么会分不清男装女装！

好啊，竟然捉弄他。

乔韶抓起白T恤塞到了垃圾桶里，仿佛扔的是那个懒懒散散的高个子男生！

坐到沙发上的乔韶气呼呼的：东区一中是吧，等着，君子报仇十年不晚！

晚上的时候，乔宗民回来了。

乔韶刚洗完澡，头发湿漉漉的，出来看老爸："香港那么个国际大都市，都留不住您过个夜吗？"

乔宗民一天坐了六个小时的飞机，还在会上和人大骂了一通，够累的，可再累也得回家才睡得着。

他道："你小子懂什么？居家好男人的准则是天黑必回家。"

乔韶甩了甩头发道："开什么会啊，非得去那么远的地方开？"

乔宗民解了领带和袖口，把儿子推到了洗手间："你老子是去视察的，把人叫来还察什么，我说你这毛病能不能改了，洗了头发就吹干，感冒了很好玩？"

乔韶道："哪有那么容易感冒。"

乔宗民没说什么，找了吹风机给他吹干。

一米八五的大男人，做这事却熟练得很，似是做惯了，都形成身体记忆了。

乔韶不自觉地皱了一下眉，乔宗民透过镜子看到了："怎么？头疼了？"他低沉的声线里有些紧张。

"没，"乔韶道，"都说不会感冒了。"

乔宗民的手明显顿了一下。

不等乔宗民又说什么，乔韶便道："我说爸……"

"咋？"乔宗民似乎有些心不在焉。

乔韶透过镜子看他："你是不是很难过啊？"

乔宗民没听明白。

乔韶咧嘴一笑："看到我这茂盛浓密的秀发，是不是羡慕得眼都红了？"

年过四旬，被脱发困扰的乔总扎心了，他给了乔韶一个栗暴。

乔韶捂着头："君子动口不动手，秃顶不可怕，乔宗民你可不能做小人。"

"你这崽子，"乔宗民撸了袖子，作势要揍人，"我看你是皮痒了！"

乔韶脚底抹油，溜得飞快，顺便还给乔宗民关了门："老爸你身上臭死了，赶紧洗澡吧！"

乔宗民又骂他一句，转眼倒是看到了浴缸里放好的热水和架子上早就给他准备好的换洗衣服。

他嘴角收住，心里很不是滋味。

开学这天，乔韶一大早就起床了。

他是住校生，得早点去把东西收拾好。

乔宗民刚挂断电话，乔韶听到他是在把工作延后。

乔韶立刻道："你别去送我，我自己就行！"

乔宗民："那怎么行，转校第一天，我怎么能不送你？"

乔韶撇嘴道："可拉倒吧，我是去念书的！"

"那又怎样，哪个学校会不让亲爹送儿子？"

乔韶瞅他。

乔宗民道："放心，我找了辆宝马送你，保证不起眼。"

乔韶继续瞅他。

乔宗民又摘下自己的手表："这样总行了吧？"

乔韶仍旧瞅他。

乔宗民哭笑不得："你说，我身上哪儿不合适，我都换了去。"

乔韶出声了："您不想引人注目的话，除非整容。"

乔宗民："……"

乔韶提醒他："谁让你整天抛头露面上新闻、上杂志的！别去送我哈，你去了我就给姥爷打电话说你揍我！"

乔宗民惹不起自己的老丈人，只能放这小子自己去。

乔韶家离东区一中不算远，打个车二十分钟就到了。

他拖着个行李箱，背着捆好的两摞棉被，活像逃荒的。

因为刚结束"五一"假期，不少住校生也换洗了铺盖，大包小包一堆。但他们都有父母跟着，不用自己背。

乔韶虽然是自己来新学校，心里却不慌，到了校门口，他冲着门卫大爷咧嘴一笑就问出了宿舍的方向。

门卫大爷听说他是转校生，热心地给他指了指宿舍楼，还赞他："可以啊小伙子，不用家长送，能干。"

乔韶谦虚道："没什么啦，我比同班同学都大一岁，独立一点也是应该的。"

他走了，门卫大爷还愣了一下，大一岁吗？瞧那小身板怎么像小了两岁？

校门口通向男宿舍楼的回廊边。

贺深盯着那坨球状物看了好一会儿。

也不知是哪个班的学生，瘦瘦巴巴、小得可怜，扛着被褥的模样像是要被埋了。

从他的角度看不到球状物的脸。只是看背影，贺深就觉得有点熟悉。

——很像那个捡便宜的"初中生"。

"看什么呢？"他身边的人问他。

贺深收回目光，想到那小个子"负重前行"的模样，笑了一下："看到一只小乌龟。"

同伴愣了一下："嗯？"

贺深摇摇头："没什么。"

同伴不是个爱追问的性子，直接道："走吧，不早了。"

乔韶哪儿知道自己在被忽悠买女装后又成了小王八，哦是小乌龟，但也没区别！

此时小王八，啊呸，是乔韶，已经上了宿舍楼。

他在516室，五楼最靠南边的房间。

要一口气扛着这么些东西上五楼，乔韶得累死在这楼梯上。

好在是周一，大家刚从家里回来，上楼的人很多，有热心的同学主动帮忙，乔韶也不"独立"了，连声道谢，接受了满满的同学爱。

帮忙的同学得知他在516室，视线晃了晃。

乔韶不明所以。

这个同学拍拍他肩膀道："兄弟，加油！"

乔韶："？"

同学把他的行李放在五楼的楼梯口，便脚底抹油，溜了。

什么情况？

516室闹鬼吗？

乔韶搓了搓脸，振作起来：怕个鬼，他自己就是最大的鬼！

推门进屋，热闹的景象让他有些意外。

说好的闹鬼呢……

这是个四人间，意外地宽敞明亮。

靠窗台的是面对面的书桌和配套的书架，靠门的是上下铺的四张床，中间过道不算窄，但此时堆满了东西。

坐在左侧书桌前的是个染了蓝灰色短发的小个子。

小个子脚搭在书桌上，鞋都没换，模样嚣张跋扈。

屋子里有两个大人，从他们的动作能看出都是这位小个子的家人。

年纪大的女性在张罗着被褥和衣服，男性在拆行李，什么平板电脑、笔记本电脑、手机，各种"违禁品"层出不穷。

见到乔韶进来，蓝灰发少年扬着下巴，问道："转校生？"

乔韶觉得这小子有点欠揍。

少年又问："叫什么？"

乔韶默念一遍"好好学习，天天向上"，忍住了揍人的冲动，说了自己的名字。

"乔少？"少年笑道，"你这名字好，天生的少爷命啊。"

乔韶懒得解释是哪个字。

少年收了腿，从椅子上站起，让乔韶心塞的是，这干瘦的家伙竟然也比他高不少！

少年扫了一眼他的行李，挺好看的眼睛里透出一丝鄙夷："可惜你这日子过得离少爷有点远啊。"

乔韶："……"

见他闷不出声，少年没了兴致，瘫回到椅子上，戴上耳机听歌。

这时乔韶才发现右边书桌前还有个男生。

他和左边的嚣张少年形成鲜明对比，安静地坐在那里，心无旁骛地做着一张试卷。

男生穿着校服，戴着一副旧眼镜，桌面上干净整齐，没有任何与学习无关的东西。

只是他存在感太低，乔韶一开始都没注意到他。

"你好。"乔韶冲他打招呼。

男生抬头,神态安静:"你好。"然后低头做题。

连自我介绍都没有吗?

乔韶有点明白了,他这个516室,虽然不闹鬼,却也聚齐了"牛鬼蛇神"。

四人寝室里来了三个学生,第四位还不知去向。

乔韶盯着两张空着的下铺,也分不清哪个是自己的。

哪个都无所谓,自己这被子总不能放地上,先找个床位放下吧。

这么想着,他把被褥放到了左边的下铺上。

这动作刚做完,就听一声惊呼:"你找死啊!"

乔韶一愣。

只见那蓝灰发少年"噌"地跳起,摘了耳机冲过来道:"别动这个床位!"

说着他直接抱起乔韶的被子,倒是没扔到地上,而是放到了右边的下铺上。

乔韶:"……"这是做什么?

少年道:"不作就不会死,这个床位是宿舍禁忌,不想挨揍就别碰!"

乔韶一脸问号:"怎么?"

少年凶巴巴地瞪他:"穷鬼少问,总之想好好上学就别去惹他!"

乔韶又怔住了……穷鬼啊,哪能想到他这辈子还有机会被人安上这俩字。

一直没动的安静男生放下了试卷,走过来道:"你的床位在这边,我来帮你铺床。"

蓝灰发少年"哼"了一声,坐回自己的椅子上。

乔韶也懒得理他了,和那不正常的小鬼相比,眼前这个男生更像正常学生。

"多谢,"乔韶道,"我自己来就行。"

男生道:"没事,你是转校生吗?哪个班的?"

乔韶道:"1班的。"

男生抬头看了他一眼。

乔韶问:"我们不是一个班的吗?"宿舍难道不是按班分配?

男生道："我是1班的，另外两人不是，他们是国际班的。"

国际班啊……

乔韶懂了，富家子弟集中地，难怪蓝毛小子这么嘚瑟。

男生态度温和了许多，说了自己的名字，也向乔韶解释了一下宿舍的情况。

东区一中是半走读的学校，不强制住校，所以住校的学生也就占了五六成，一般情况下是按班级分配的，但乔韶是转校生，半道进来的，自己班的宿舍都住满了，就516室还有个空位，所以把他安排进来了。

乔韶可不会这么以为，他怀疑是自己的哪位家长动过手脚。

——五楼是四人寝，条件比楼下的八人寝好很多。

男生叫陈诉，乔韶比较好奇的是，他不是转校生，为什么会被安排在这个寝室里，看得出他和蓝毛关系冷淡，相处得很不好。

当然这可能会戳人痛处，乔韶没问。

两人整理完床铺，陈诉道："我带你去教务处吧，你应该还要领些东西。"

乔韶赶紧应下："好！"

他俩出了宿舍，陈诉才向他解释："不要去三号床，也不要和三号床的人说话。"

乔韶好奇了："为什么？"

陈诉看了他一眼："你以前的学校里没有这种人吗？"

哪种人？

乔韶以前的学校太不具备参考性。

陈诉斟酌了一下，解释道："很凶……谁都怕他。"

乔韶懂了，问题少年嘛，学校里的风云人物。

他以前的学校也有，就是他自己。

当然他靠的不是凶，而是他那闪瞎人眼的家世。

陈诉嘱咐他道："总之，你离他远点，学校领导都拿他没办法。"

乔韶认真点头，他是来好好学习的，才不会靠近问题少年。

忽地，陈诉扯着他胳膊把他拉到柱子后。

乔韶眨眨眼:"怎么了?"

陈诉道:"楼骁又在欺负人。"

乔韶:"楼骁?"

陈诉解释:"就是三号床那人。"

乔韶懂了,他悄悄看过去,想把不良少年的脸记下,以后绕道走。

然后……

他看到了一个熟悉的身影。

男生个子很高,白皙的手插在口袋里,散漫站着的模样像没睡醒一般。

是那个……是那个……

乔韶哪里会忘?

是那个骗他买了女款T恤的临时工!

原来这家伙还是个到处欺负人的不良少年!

楼骁是吧。

乔韶记住了!

3. 学渣中的学渣

那边对峙的有四个人。

"楼骁"和他的"跟班"在欺负另外两个人。

那两人看着也实在可怜,好像还年长一些,却缩头缩脑的,生怕挨揍。

乔韶打量了一下"楼骁"的"跟班","跟班"个子也很高,校服都没穿,剑眉薄唇,看侧脸都一脸凶相。

果然是物以类聚,人以群分!

前不良少年、现好学生乔韶靠陈诉更近了些。

陈诉小声对他说:"那俩是高二的,马上升高三了,还被他欺负。"

乔韶也压低声音问:"他们就不会反抗吗?"

陈诉盯着一脸凶相的男生道:"你看楼骁那人高马大的模样,还从小练拳,听说寻常教练都打不过他。"

乔韶沉默了。

他看的其实是那个懒散的男生，刚好男生打了个哈欠，手从口袋里伸出来，那结实的小臂的确是充满力量。

——这不良少年还有点东西。

乔韶道："那就任他欺负？也太窝囊了。"

陈诉顿了一下，勉强说道："其实只要别招惹他，他也不会无缘无故欺负人。"

乔韶想起在寝室时蓝毛那紧张兮兮的模样："那怎样算招惹他？"床铺都是禁忌，这招惹的底线有点高啊。

陈诉以为他害怕，不由得对他更多了些好感，安慰他道："只要离他远远的，一般没事的。"

乔韶惦记着自己的女装，想把被骗买错衣服的尊严给找回来。

可旋即他又想到自己费尽千辛万苦转校过来是要好好学习的……小不忍则乱大谋，先把这事给放下，安静学习才是正经事。

"我是来学习的，才不会靠近这种人。"乔韶这样说。

陈诉松了口气道："对，学习是最重要的。"

虽然这俩少年说的话自始至终都没在一个频道上，却意外地挺契合。

他们离着那边远，一起看过去根本分不清视线的尽头是谁。

陈诉口中的楼骁是那个凶巴巴的冷酷少年，乔韶先入为主，把贺深当成楼骁，把真楼骁当成"楼骁"的跟班了。

过了会儿，外头的人散了，陈诉才拉着乔韶去了教务处。

转校生要领的东西不少，有宿舍的统一用品，如洗脸盆、刷牙杯、毛巾等，还有新校服。

领校服的时候，老师问他："以前穿多大的码数？"

乔韶也不知道，他以前的校服都是量身定制的，单单是量尺寸都用了半个小时。

老师见他不出声，转头看过来。

看到这瘦瘦小小的男生，她一怔，了然了。

男生嘛，尤其在新同学面前，最不好意思的就是承认自己穿衣码数小。

她善解人意道："我看看有没有适合你穿的。"

乔韶赶忙道："麻烦老师了。"

小同学的声音真好听，这位许老师才当妈五个月，母爱"爆棚"，很热心地给乔韶找衣服。

"嗯……"过了好一会儿，老师说，"可能没有适合你的码数了。"

乔韶睁大眼，他这是和衣服有仇吗？要么女装要么没的穿。

陈诉帮他问了："老师那要怎么办，预订吗？"

老师似是认识陈诉，对他也感观极好，温声道："不用了，过不久咱们校就要换新校服，现在订购了以后还得订。"

显然这是个新消息，陈诉也不知道。

老师又对乔韶说："你以前哪个学校的？先穿之前的校服吧。"

乔韶："……"

他以前那校服，隆重得都能出席重大场合了，穿到这里来，是要被围观吗？

"颜色差得有点大。"乔韶解释道，"穿来会格格不入吧？"

"这倒也是。"老师道，"那你就先穿自己衣服，不用多久就换新校服了，新校服很帅的，不是现在这种宽宽大大的T恤。"

"好。"乔韶向老师道了谢，和陈诉一起离开。

陈诉对他说："这样也好，省得多花一份校服钱。"

乔少爷会差这点钱吗，他是没合适的衣服穿，难道要他一件T恤一直穿……

陈诉看看他这小身板，又安慰他："你放心，咱们学校食堂很实惠的。"

乍听这话乔韶没反应过来。

陈诉道："三四块钱就能吃很饱，你好好吃饭，还能……长高的。"

乔韶："……"

陈诉拍拍他肩膀道："男生发育晚很正常，别灰心。"

要不是感受到了陈诉的真诚，乔韶几乎要一炸而起，为尊严而战了！

两人离开教务处，乔韶安顿完自己的东西，距离上课的时间也差不多了。

陈诉先回了教室，乔韶去找自己的班主任。

转校生第一天过来，由老师领着进教室是惯例。

班主任叫唐煜，是个四十岁的男老师，同学们私下唤他"老唐"。

老唐个子也不高，看到乔韶很有亲切感。

现在的高中生啊，一个个都太高了，老师站讲台上才能和他们平视，心塞。

"走，带你去见见新同学。"唐煜从办公桌后起来，领着乔韶去教室。

周一第一堂课一般是很轻松的。

尤其是高一，算是十二年寒窗最后的快乐时光了，等步入高二，那就逐步开启冲刺高考的地狱模式了。

他们一路穿过几个班级来到了1班的教室。

唐煜没出现时，班里还一片嘈杂，像热闹的菜市场。

唐煜一进来，瞬间鸦雀无声，静得针尖落地可闻。

跟在唐煜身后的乔韶，心蓦地一揪。

唐煜的声音很快响起来："周末玩得怎么样？作业都完成了吗？"

他这一开口，班里哀号四起。

唐煜笑眯眯地摆了摆手："行了，学习是你们自己的事，好好掂量着，不用老师整天念叨。"

他话头一转，看向乔韶道："这位是新同学，大家要和谐友爱，好好相处……来，做个自我介绍吧。"

唐煜向后退了一下，让乔韶站在台前。

班级再度安静下来，无数双眼睛盯着乔韶，充斥着各种各样的情绪。

有好奇的、有打量的、有琢磨的，也有看戏的……

乔韶站在讲台上，浸在这个安静得仿佛漆黑海洋的氛围里，一句话都说不出来。

"咔嗒"一声，门开了。

这声音犹如投入寂静海面的石子，掀起的涟漪唤醒了乔韶。

"大家好，我叫乔韶，'音召'韶，以后请多关照！"乔韶终于把这句自我介绍说出来了。

他紧张得弯腰鞠躬，低头的时候刚好和进门的人错开了视线。

"怎么这个点才来？"老唐抱怨了句，却没生气，"快回座位。"

"嗯。"男生应了声，根本没看讲台上那一小坨，目不斜视地走向了自己的座位，一坐下就开始睡。

乔韶再抬头时，看到的是鼓掌的同学们。他松了口气，手心全是薄汗，根本看不清同学们的面孔。

唐煜道："先和贺深一桌吧，等过阵子再调换位子。"

乔韶对于贺深这名字毫无感觉，他只看到后排靠墙那里有个空位。

乔韶走过去坐下，平静了好一会儿，心才彻底稳下来。

这时唐煜已经讲了一大堆话，他一个字都没听见，不过也不妨碍，反正不是上课，入学的那些东西，每个老师讲得大同小异。

平静下来后，乔韶才有心情打量自己的同桌。

同桌回馈给他的是个阳光下带着点亚麻色的后脑勺。

同桌竟然在睡觉！

班主任口若悬河，这家伙却在呼呼大睡！

乔韶现在就想调座位，他不要和学渣同桌！

等等，乔韶后知后觉地发现，怎么这后脑勺有点眼熟……

尤其是这懒洋洋的半死不活的模样，怎么有点像那个楼骁？

不可能是楼骁，陈诉说那人是国际班的，更何况他同桌叫贺深。

乔韶放下心来，可还是忍不住打量同桌。

他睡得真香啊，连身边坐了个人都不知道，这是缺了几辈子的觉！

乔韶抬头看看讲台，发现老师毫不在乎，他心里有数了：看来自己这同桌是学渣中的学渣，已经被老师放弃治疗了。

先这样吧，只要不打扰他学习就行。乔韶坐得笔直，打开了书本。

第一堂课结束，乔韶听得很认真，学得很透彻，心里美滋滋的。

他的同桌还在睡，动作都没变一下，要不是有轻微的呼吸声，乔韶都要怀疑他是不是挂了。

第二堂是语文课,课代表来收暑假作业,走到乔韶同桌这边时,直接一声不吭走过去。

乔韶忍不住问:"他的作业不收吗?"

"不用不用!"课代表是个戴眼镜的女生,头摇得眼镜都快掉下来了,"贺深不用交作业的。"

乔韶:"……"

这是个什么魔鬼同桌,连作业都不用交吗,那来上什么学?

乔韶在心里又记了一笔,首先要远离楼骁,其次要远离贺深,不良少年和学渣都请离他远点!

4.给你加加热

语文课风平浪静。

乔韶对文言文比较头疼,但好在这会儿学的是现代文。

刚好讲到朱自清的散文《荷塘月色》,语文老师是位文质彬彬的四十岁大叔,为了调动气氛放了段凤凰传奇的《荷塘月色》。

这歌"00 后"们欣赏不来但基本都听过,谁还没陪爷爷奶奶去蹦过广场舞?

音乐播放得很"嗨",声音很大,乔韶怀疑语文老师是要唤醒睡梦中的同学,比如他身边这位。

老师一片良苦用心,可惜效果不大。

起初乔韶看同桌的胳膊动了一下,以为睡神终于醒了,自己终于得见同桌真颜,并与其划清界限了。

谁知他同桌背对着他打了个哈欠,继续睡。

唯一不同的是姿势变了,本来是趴在胳膊上,现在是脑袋贴在桌面上,长长的胳膊垂在了课桌下。

乔韶撇撇嘴,瞅了一眼他的胳膊——就觉得有点眼熟,真的熟。

大概这些手长、腿长、个子高、身体结实的男生都长一个样？

想到"长""高""结实"这几个词，发育有那么一点点慢的乔韶很心塞。

罢了罢了，现在是上课时间，不宜想入非非。

第二堂课结束后是要做课间操的。

如果说贺深不用交作业，乔韶只是鄙视的话，那他不用去做课间操，乔韶就是羡慕嫉妒恨了！

不是乔韶想偷懒，而是他不明白，这么个睡得死去活来还不运动的懒货是怎么长这么高的！

人比人，好气哦。

他前桌是个笑起来有对小虎牙的男生，叫宋一栩。

宋一栩招呼乔韶："走吧，课间操迟到是要扣学分的。"

乔韶瞥一眼同桌："他呢？"校规里写着呢，学分低于一定程度是要请家长的，严重了还会通报批评，更严重了还会劝其退学。

宋一栩笑道："他不在乎的。"贺神随便拿个奖，学校就奖他几十分，那分多得够他任性挥霍好几年。

乔韶当然不知实情，他想得也很符合逻辑——那睡神都"弃疗"了还会在乎学分？家长估计都来烦了，学校巴不得扣光他的分清理门户呢！

乔韶起身时看了一眼陈诉。

陈诉在第二排，已经先走了，乔韶便和宋一栩一起出了教室。

宋一栩是个话痨，比一板一眼的陈诉八卦多了：走到钟楼，他神秘兮兮地说这儿是约会圣地，月黑风高时，手电筒一照全是野鸳鸯；走到高三教学楼，他说这是修罗地狱，走出来就是大罗神仙，走不出来就一命呜呼……

乔韶听得直乐呵，没一会儿两人就到了操场。

东区一中的操场挺大的，稳稳装下三个年级的五十多个班。

每个年级都有一两个特殊班，别的班都穿着清一色的蓝白校服，唯独那几个班里全是便服，而且人数仅是普通班的一半。

乔韶心里明白，那些估计就是国际班或特长班了。

他伸长脖子瞄了瞄，没看到楼骁。

想也是，不良少年怎么会来做课间操。

课间操又让乔韶为难了，他根本不会。

他身旁的宋一栩纳闷了："你们学校以前不做这套操吗？这不是全国统一的？"

是不是全国统一的乔韶不知道，反正他的学校是不做操的。

他们有击剑、马术、射击、打高尔夫等一连串必修运动课，真不会再浪费时间集合做操……

当然这话不能说，说了宋一栩得笑掉大牙。

乔韶含糊道："我以前身体不好，没怎么出过操。"

瞧瞧他的小身板，宋一栩了然道："那你现在能行吗？要不去找老师要个假？"

"不用不用，"乔韶心虚道，"早康复了。"

宋一栩热心道："没事的，你跟着做就行，动作简单得很。"

的确说不上难，尤其乔韶还出于转校生的缘故站在最后排，前面一堆"老师"，跟着瞎比画也能对付。

万万没想到，他们课间操回来，睡神还在睡！

乔韶真心纳闷，这家伙都不用尿尿的吗，膀胱这么好？

不是一般人啊！

第三堂是物理课，这是乔韶最弱的一科。

高一学的知识不难，但聚精会神的乔韶听得也是七窍通六窍——一窍不通！

中途有道题，乔韶读题都读得一脸蒙，物理老师竟然撑着课桌说："来个同学上来解一下。"

乔韶瞬间紧绷，解……解什么解，这知识点还没讲呢，谁会？！

让乔韶更紧张的是，物理老师的小眼神飘到他这边了。

不会吧……

乔韶才认真听了三节课，距离好学生还有一大段距离，实在胜任不了这样艰巨的任务。

"贺深。"物理老师叫了名字。

乔韶半响才反应过来这叫的是自己的同桌。

睡神仿佛死了一般,连老师点名都无动于衷。

乔韶犹豫了一下,还是忍不住推了他一下。

虽说要远离学渣,但也不能见死不救。

不过推完他又有点后悔,醒了又怎样,这睡了三节课的学渣能会那道明显超纲的物理题?

物理老师叫他上去,八成是要他出丑,顺便让他站着清醒清醒。

"贺深?"物理老师又叫了一声。

乔韶已是仁至义尽,不会再推了。

本以为老师会亲下讲台,一巴掌把这货扇醒,谁知老师推了一下眼镜,换了个人:"陈诉,你来解一下。"

乔韶一脸迷惑。

这样就算了?

叫了两声没人理,您就这么算了?

老师您的尊严呢?拿着教鞭来把这家伙抽醒啊!

半天工夫,乔韶学得咋样不好说,三观却是被刷新了。

果然不管做什么,做到极致都很牛。

当差生当到这个境界,乔韶有点服。

最后一堂是生物课,在全班昏昏欲睡的氛围中迎来了午餐时间。

乔韶已经对身旁那一大坨东西视若无睹。

反正他除了睡觉就是睡觉,乔韶仿佛没有同桌。

下课铃响起,乔韶看了一眼贺深。

宋一栩道:"千万别叫醒他,他起床气很大的。"

乔韶:"……"关键是叫得醒吗?!

"没想叫他,反正睡觉又不消耗热量,也就不用吃饭了。"

宋一栩:"嘿,是这么回事,热力学第一定律!"

谈话间,乔韶看到陈诉往这边瞟了一下。

乔韶刚看过去，陈诉别开视线往外走。

乔韶道："陈诉，等等我。"

陈诉脚步一顿。

乔韶又转头对宋一栩说："一起去吃饭？"

宋一栩本来笑呵呵的，这会儿愣了一下道："你要和陈诉一起啊？"

乔韶道："对啊，我们是一个寝室的，早上多亏他带我去教务处。"

宋一栩连忙摆手道："你们去你们去，我和别人约了一起。"

乔韶没想太多，应道："那好，我先走了。"

陈诉看着乔韶追上来，也没说什么。

乔韶道："之前那道物理题好难，你居然解得出来。"

陈诉一直淡淡的面上有了点温度："解得不算好，过程很累赘。"

乔韶说："怎么会，我题都读不懂。"

陈诉一谈到学习，话就多了："不难的，用到的也是我们之前学过的……"

两人聊了一路物理题，乔韶受益匪浅，对这位室友越发有好感。

如陈诉说的，食堂性价比很高，4块钱买到两菜一汤一饭，这让乔韶震惊不已。

4块钱啊。

他寻常一顿饭，400块钱也打不住啊。

陈诉花得更少，只用了3块钱！

这可真把乔韶给稀奇坏了，满脸惊喜藏不住。

陈诉面色越发和缓，说道："很合适对吧，肯定吃得饱，你敞开吃就行。"

乔韶连连点头，说道："的确太合适了。"

餐厅二楼。

贺深拎着杯冰美式咖啡，强行让自己清醒一下。

楼骁叼着棒棒糖，问他："你这是又熬了几天几夜？"

贺深转头看向一楼："有个单子很赶。"

楼骁"嘎嘣"一声咬碎了棒棒糖："悠着点，年纪轻轻的至于吗？钱是赚不完的。"

贺深没接话,眸子微眯,在一楼熙熙攘攘的人群里看到个眼熟的小矮子。

楼骁又道:"先吃饭吧,下午你去我寝室补觉。"

反正他从不回寝室,而贺深不住校没床位。

贺深随便应了声,再定睛去看,已经看不到那小孩了。

楼骁留意到他的视线,问道:"怎么了?"

贺深道:"高中部食堂还对初中生开放了?"

楼骁道:"初中部在三公里外,开放了他们有时间过来吃?"

"也是,"贺深收回视线道,"看来我真得好好补觉了。"这缺觉都缺出幻觉了。

东区一中有午休,而且是强制午休。

走读生要下午2点才准进校门,住校生是下午1点后不准出寝室。

乔韶在午餐后和陈诉分开了,陈诉中午要查寝,乔韶只能自己回去。

他开门时想着,屋里估计一个人都没有,蓝毛不像会午休的安分人,楼骁就更不会了,陈诉又去查寝,看来今天中午他要独守空寝……

这念头还没在脑子里逛完,他就被开门后的冷气给冻得一哆嗦。

天哪!

谁把空调开这么大,要冻死人吗?!

这才五月,虽然穿短袖,但开空调也太早了吧!

乔韶顶着寒风走进寝室,赶紧找到遥控器,把空调关了。

"神经病啊,"乔韶嘟囔着,"是有多怕热!"

话刚说完,他就看到三号床上躺了个人。

男生睡得很沉,细碎的短发散在枕边,因为闭着眼,没了那懒散冷淡的神态,更多了些倦意。

他五官生得很好,因为是侧躺着,所以鼻梁显得更加立体,下巴和脖颈线条也趋近完美。

两米的单人床对他来说似乎也不算长,他蜷缩着一双长腿,无处安放。

有点嫉妒的乔韶想着:长得高有什么用?占地方!

空调开这么冷,"楼骁"却只在腰间搭了一条薄得不能再薄的毛毯,是真的不怕冷。

乔韶盯着他看了好一会儿,心里琢磨着趁他睡着给他穿女装的可能性。

哦,乔韶手头没有他能穿上的大码女装,呸呸呸,乔韶才没有女装,什么尺寸的都没有!

算了,先报个小仇。

乔韶"暗搓搓"地把自己的被子抱过来,给他盖了个严严实实。

怕热是吧?

那就给你加加热!

5. 那是初中生?

贺深是被热醒的。

睡觉的时候明明把空调开了,怎么还热?

他睁开眼,才发现自己身上多了一层被子。

纯蓝色的被子算不上多厚,但对于一个在空调下还要裸睡的人来说,这简直是不能承受之热。

他掀开被子,脸色很不好看。

众所周知,贺神常年缺觉,所以起床气很重,尤其是补觉未遂的情况下。

此刻他周身气压很低,想看看是哪个浑小子扰了他的睡眠。

贺深一眼就看到旁边床上的"小虾球"。

别怪他这样想,实在是这可怜巴巴缩成一团的家伙,像极了剥了皮的虾球。

——睡成这样,是多没安全感?

这样想着的贺深,起床气瞬间散了大半。

"丁零……"

午休结束的起床铃响了。

不用贺深出声，那小虾球"砰"地弹开，顶着毛茸茸的短发坐了起来。

这下贺深看清了他的脸，小巧且精致的五官，带着三分稚气和七分茫然，瘦小得像个小姑娘。

"初中生？"贺深认出了他，这名字脱口而出。

乔韶睡得迷糊的脑子转动了，他一抬头就看到逆光而立的男生。

中午的阳光很盛，肆意铺洒在寝室里，此刻却被眼前这高个子给挡住了，细密的阳光像是在努力翻越一般，在他头发上、肩膀上探头探脑，织就了一层淡淡的光晕。

一个激灵，乔韶醒了！

"你怎么会在这儿？"贺深又问了一句。

乔韶抓住的却是前一句话："你说谁是初中生？"别以为他没听到，他听得清清楚楚，"楼骁"叫他"初中生"。

贺深低头看着这盘腿坐在床上，气势犹如奓毛猫的小孩……

他没说什么，只是伸出手，在他毛茸茸的脑袋上按了按。

话不用多，动作代表一切——不是初中生的话，怎么会这么矮？

乔韶："……"

贺深被他这表情逗得嘴角微扬。

乔韶何曾受过这样的屈辱！他一把打开贺深的胳膊，跳下床和他对峙："我是东高的。"还比你大一岁呢弟弟！当然这涉及一点麻烦，乔韶忍住了没提。

贺深慢悠悠地问："高几？"

乔韶："高一！"

贺深心里有数，嘴上仍道："没见过，骗人。"

乔韶脱口而出："我是转校生，今天刚来这所学校。"说完他反应过来了，什么啊，高一有十七个班，"楼骁"每个人都记得吗？！

贺深当然不会全部记得，但乔韶这么有辨识度的同学，哪怕只有一面之缘，自己也忘不了。

"真是高一的？"贺深故意用不信的语气问，"几班的？"

乔韶受不了他这质疑的语气，差点就要把"1班"喊出来坐实自己高中生的身份。

但在最后关头他稳住了，这家伙明显在套他话，他才不要交老底！

哪个班的位置离国际班最远来着？

乔韶道："6班。"

贺深又问："叫什么？"

傻的人才告诉你！

乔韶道："要上课了，拜拜。"

说完他穿好鞋子，一溜烟出了宿舍。

跑到一楼时，乔韶遇到了交完查寝记录的陈诉。

陈诉看他跑得气喘吁吁的，问道："怎么了？"

乔韶思忖一下："我可能得罪了楼骁。"

放往常他没什么好怕的，别说是一个楼骁了，就是成百上千个楼骁，韶哥也是不带怕的。

但现在，他来东高是要好好学习的，第一天就惹了事，他怕自己老爸趁机找借口把他掳回家。

陈诉哪知道乔韶心里这些弯弯绕绕，诧异地问："楼骁回寝室了？"

"是啊！"乔韶想想那画面就愁得慌，"我一回去他就睡那儿了。"

陈诉挺纳闷的："他从来不回寝室睡觉的。"

他倒是想到了516室的半个舍友贺深，但他打死也想不到乔韶会分不清贺深和楼骁。

毕竟他俩是同桌，谁能想到同桌一上午的两个人，因为某人的睡姿，连对方的脸都没见到过。

乔韶道："反正他今天回去午休了。"

陈诉道："楼骁虽然很凶，但只要别惹他，他也不会胡来。"

乔韶幽幽地道："我差点把他闷死，算不算惹到他？"

陈诉吓一跳："你做什么了？"

乔韶道:"就把他的空调给关了。"哦,顺便给他盖了一层棉被。

陈诉缓过劲,笑道:"没事的,他应该也没这么小气,嗯,你别担心,他很少回宿舍的,以后见到他的机会不多,尽量躲开就行。"

乔韶想到自己谎报班级,还没透露姓名,应该没问题。

不管了,兵来将挡,水来土掩,反正他要留在东高,好好学习,天天向上!

下午的时候,他的学渣同桌直接翘课了。

乔韶眼不见心徜徉,听课听得更认真。

课间的时候,前桌的宋一栩看着乔韶空了一半的桌子,叹气道:"真羡慕深哥啊,想来就来,想走就走,自由如风。"

乔韶十分鄙夷:"一点都不像个学生。"

宋一栩道:"这倒是,他真是我见过最不像学生的……"

铃声吞没了宋一栩最后的"好学生"三个字,于是乔韶又错过了认清学神的好机会。

晚饭的时候,乔韶找了个僻静地方给家里人打电话。

虽然打了三通电话,但内容基本一致。

乔韶说的话总结一下就是一个字:"好!"

甭管对面问啥,他统一回答,全是"好"。

为了踏踏实实、安安稳稳,靠自己实力在东高拿个好成绩,乔韶很"忍气吞声"了!

上过晚自习,乔韶回了寝室,进门前他还是有点忐忑的,不想再和楼骁迎面撞上。

好在陈诉说得没错,楼骁的确是不常回寝室的,中午那次午休是破天荒,一个学期难遇几次。

乔韶推门进屋,屋里谁都没有。

陈诉是今天的值日生,回来得晚,蓝毛嘛……鬼知道这小子去哪儿了,重点是楼骁不在!

乔韶心情倍儿棒,趁着没人赶紧洗澡,早早上床。

快要关灯时,陈诉回来了,瞧着有些疲倦。

乔韶探出脑袋看他:"怎么这么慢?"值日生有四个人,应该很快就打扫完了吧。

陈诉顿了下,说道:"打扫完卫生,我又在教室背了会儿单词。"

乔韶眼睛一亮,记下了。

这才是好学生,抓紧一切时间学习!

蓝毛是踩着就寝铃声回来的。

他回来后倒也没吵闹,洗了个澡上床睡觉。

查寝老师听到了动静也只是敲敲门说:"下次早点回来。"没进屋就走了。

乔韶躺在床上,回忆自己这一天的学校生活,心里美滋滋的。

虽然不幸遭遇一个不良少年室友,一个学渣同桌,但乔韶也认识了陈诉、宋一栩这些正经同学。

尤其是陈诉,简直是他在东高的榜样!

为人低调,专心学习,成绩也很不错,是优等生没错了!

以后他要好好向陈诉学习,紧跟他的步伐,做好学生。

在对未来的美好畅想中,乔韶睡着了。

第二天早上五点半,残酷的起床铃声叫醒了睡梦中的少年们。

乔韶坐在床上发呆,陈诉已经开始洗漱:"快点,早操要点名。"

对哦,住宿生要跑操……

乔韶很想倒下再睡会儿,但是……

一咬牙,乔韶起床了!

拼死拼活住的校,怎么能倒在第二天!

他迷迷糊糊地洗漱,迷迷糊糊地下楼,迷迷糊糊地站队,迷迷糊糊地开始跑步。

偏偏这天还起了大雾,乔韶魂不守舍的后果是,在跑了不到半圈时,他摔了。

唐煜是每早跟操的,看到乔韶这样,立刻过来问:"怎么样?"

乔韶只觉得脚踝处像断了一样疼，但他好强，说道："不、不要紧。"

额头都滚汗了，肯定不是装的。

唐煜道："先出列吧。"

乔韶在最后一排，再停下去后面的班级就要跟上来了，他只得单腿蹦出去。

唐煜给他看了看脚踝，说道："有点扭到，不过没肿起来，早上校医不在，我先送你回宿舍。"

男寝离操场很近，与其坐在操场边干愣着，不如先回去。

乔韶道："不用的老师……一会儿就好。"

"那哪行？"唐煜道，"趁这会儿还好，赶紧冰敷下，压一压。"

乔韶也怕严重了会惊动他老爸，于是不再强撑："那麻烦老师了。"

唐煜把他扶起来，两人往男寝走去。

刚到宿舍楼，就碰到踩着清晨浓雾来学校的贺深。

唐煜起初没看清是谁，瞧这大个子还以为是教职工，说道："你好，能搭把手吗？"

一会儿要上五楼，他怕弄不动乔韶。

贺深上前道："老师，您快去跟操场吧，我送他上楼。"

一听声音唐煜就知道是谁了，他刚想叫名字，贺深又道："楼梯窄，两个人弄也不方便，我自己可以。"

唐煜对贺深是一万个放心，于是道："那你记得给他冰敷一下，实在不行就来找我。"

贺深应了声，扶住了乔韶。

乔韶听声音也分辨出是谁了，当近看到这张脸时，更是心如死灰。

完蛋了……

他竟然落到了"楼骁"手里！

贺深看他脸色发白，问道："很疼？"

乔韶只好装可怜，以勾起"楼骁"残存的良心："疼……"

贺深眉心微蹙，在上楼梯时一用力，把乔韶举了起来。

6. 开学第二天

乔韶蒙了，他活了十七年，此时此刻遭遇的事绝对可以计入他这些年来的最丢人排行榜，至少名列前三！

——他被人举起来了！

像大人拎小孩一样，从腋下给生生举起来了！

被举了三个台阶，乔韶找回了自己离家出走的声音："放我下来！"

声音大到响彻宿舍，亏了这会儿楼里没人，要不得引出一堆人围观。

始作俑者耳朵动了下："你脚踝不是疼吗？"

疼又怎样？

人活一口气，丢头不丢人！

乔韶悲愤回头："哪有这样的！"

要是真被人看见，他乔韶还当什么好学生？他就是东高第一笑话！

贺深饶有兴趣地看着他因为生气而睁得更圆的眼睛："哦，你不喜欢这样……"

乔韶气得舌头打结："谁……"谁会喜欢被人举起来！

贺深把话说完："原来你更喜欢公主抱。"

乔韶："……"

这一瞬间乔韶想的是，如果"楼骁"敢把他拦腰抱起，他就拖他一起滚下楼梯，同归于尽！

贺深放下他，作势……

乔韶顾不上脚踝疼了，威胁道："你真那样，我就和你拼了！"

"本来只是开个玩笑，"贺深又被勾出恶趣味，"现在真想试试了。"

乔韶肝疼："你！"

贺深怕他站不稳再摔了，好歹说了句正经话："你要怎么上楼？"

乔韶死死握着楼梯扶手，道："单脚蹦上去。"

贺深好心提醒他："蹦五层？"

乔韶还一个台阶没蹦呢，腿就开始软了。

贺深向来冷淡的眸子里带了点笑意："来。"

乔韶警惕地看他，誓死不从。

"怕什么？"贺深语出惊人，"都是男的，我还能非礼你？"

乔小少爷何曾见过如此无耻之徒，脑袋都断电了。

贺深抓住他胳膊，轻而易举把他背了起来。

乔韶惊住。

贺深身体前倾，将他背得更稳了些："老实点，摔下去我可不负责。"

乔韶手搭在他肩膀上，蒙了。

贺深已经开始爬楼梯，他背了个人，脚步却丝毫不慢。

乔韶总算冷静下来了。

虽然这家伙是个实打实的坏蛋，但背自己上楼这份情还是得记着的。

回到宿舍，他被贺深放到床上，坐稳后乔韶抬头看贺深，瞧他一口气上五楼，连气息都没变，不禁心中嘀咕：什么见鬼的体格？果然是横行霸道的不良少年，估计都是打架练出来的。

贺深看了看他的脚踝，皱眉道："有点肿。"

乔韶也看过去，倒没发现两只脚有太大区别。

其实这会儿他已经没那么痛了，尤其是这样平躺着不动弹，更是没多大感觉。

这时贺深在他脚背上按了下，乔韶"嘶"了一声。

贺深抬眉看他："疼？"

乔韶强撑着："还好。"

贺深垂眸又看了会儿道："给你爸妈打电话，去医院拍个片。"

乔韶心一颤，立刻道："不行！"

他这拒绝得太干脆太利落，让贺深有些诧异。

乔韶哪敢给老爸打电话？

这事要是被家里人知道，他几乎能知道后果是什么！

休假回家都是小事，他怕老爸给学校换个新操场，爷爷给宿舍楼安俩电梯，姥爷把医务处换成三甲医院……

"不行不行！"乔韶想想都可怕，也顾不上"楼骁"是个浑蛋，几乎是哀求道，"不能打电话。"

贺深看得出乔韶是真的很抗拒。

这不符合逻辑。

普通高中生，有这样请假回家偷懒的好机会，怎么会不好好把握？

除非他有的是一个不想回、不能回的家。

贺深想到去卖场里捡便宜的小个子，又想到开学时背着褥独自报到的小乌龟，再看看他这明显营养不良的瘦胳膊瘦腿……

"等着。"贺深站起身。

乔韶拿不准他要去干吗，只能抬头看他。

贺深道："不想回家的话，就快点好起来。"

说完这话他推门出了宿舍。

乔韶从未跟上过"楼骁"的脑回路！

他也想快点好起来，可是要怎么快？

不过……乔韶打量着自己的脚踝，他觉得不太严重，骨折的话不会这样轻松。

乔韶试着动了下脚，一阵刺痛袭来，他轻呼口气，不敢乱动了。

惨啊。

开学第二天就扭了脚，他这求学之路真是坎坷不断。

乔韶倒在床上，盯着上铺的床板发呆。

宿舍楼很安静，住校生都去跑操，走读生还没来校，偌大一栋宿舍楼里估计只有舍管。

男寝离操场很近，但516室在最南边，和操场是两个方向，又出于开空调的缘故关着窗，所以外头的动静一点都传不进来。

躺在床上的乔韶很快就沉浸在这无法言说的静谧中。

这可怖的静谧让他心兀地一跳，想去把窗户打开，可惜脚一落地，钻心的刺痛袭向大脑，他低吟了一声。

乔韶只好立刻从枕头底下掏出手机,戴上耳机。

约莫两首歌的工夫,宿舍门开了。

贺深回来了,拎了个便利袋。

听到动静,乔韶摘下耳机坐起来,贺深瞧他脸色似乎比之前更白了些,道:"很疼的话别强忍,我带你去医院。"

他没再说打电话给乔韶爸妈的事。

乔韶立刻回道:"不用!"

贺深道:"万一骨折了呢?"

乔韶笃定道:"不会!"

贺深看他一眼,悠悠道:"同学,你的名字叫CT拍片机?"

乔韶:"……"他被噎到了。

贺深也没勉强他,他将便利袋放在床铺上,半蹲在乔韶面前。

乔韶这会儿看到了便利袋里的东西,是一些药和冰敷袋。

校医要八点才上班,他是去校外给他买药了?

虽说很嫌弃这个横行霸道不守规矩的"楼骁",但此刻乔韶心里还是热乎乎的。

也没那么坏嘛,还是很有同学爱的。

贺深给他喷了药,又抹了药,最后还放上了冰敷袋。

一连串动作麻利熟练,根本不用看药品说明书就能准确控制剂量。

乔韶看得惊讶,心里品了品又回过神来了——不良少年大概就是这样吧,时不时和人干架,受伤了就得自己抹药,所以对这些跌打损伤的药物如此熟悉。

这么看,当个不良少年也不容易。

乔韶对他的成见又降了那么一小指甲盖。

一切搞定,贺深叮嘱他:"上午别去上课了,休息下看看,如果能消肿就不用去医院,否则必须去拍片。"

乔韶点点头,模样挺乖,心里嘛,不当回事。

贺深也没再多说,反而问了另一件事:"你到底是哪个班的?"

乔韶眨了下眼，道："6班！"

贺深扬眉："那我去跟6班班主任说一下你的情况？"

难道才半天工夫，自己不在6班的事实就被戳穿了？

不良少年这么闲的吗？！

乔韶顿了一下，觉得也没什么继续瞒下去的必要了，他道："1班。"

贺深当然没那闲工夫去6班看乔韶在不在，他只是早上见到了唐煜，猜到这小子昨天是随口骗他的。

唐煜是1班的班主任，能被他扶着出来的，大概率是自己班的学生。

贺深昨天累得很，一整天都在神游太虚，好像进教室时的确听到有人提到"转校生"，但没怎么留意。

贺深抬眼看他："这次没撒谎了？"

乔韶道："你干吗非得知道我在几班？"

反正不和你一个班！

贺深拎了拎便利袋道："方便讨债。"

乔韶："……"

贺深看了下时间道："我还有事先走了，你休息吧。"

乔韶点点头，临到贺深要走了，他才小声说了句："'楼骁'，谢了。"

虽说梁子结得不小，但忙也的确帮了，乔韶是个善恶分明的人。

贺深怔了下，心里想的是——谢我就是了，谢楼骁做什么？

楼骁来了？不可能。这个点那小子还在做梦吧。

乔韶显然是对他说的："药钱是多少？我还你。"

贺深回过神来了，原来这小孩把他当成楼骁了。

说来也是，他昨天睡在楼骁床上，会被误会也正常。

贺深意味深长地笑了笑，没解释："再说吧，以后有的是机会。"

嗯？

乔韶看着推门离开的人，也没法追上去还钱。

不过……也的确有的是机会，反正一个寝室的。

乔韶不舍得耽误课。

抹了药、冰敷后，他的脚没肿起来，而且只要不碰到就不会太痛。

陈诉给他带了早餐，和他确认了好几遍后，才扶他下楼，一起去了教室。

第一节课是唐煜的数学课。

唐煜一看乔韶来了，忙道："再休息休息，刚开学课程不紧，落下了老师给你补。"

乔韶说："老师，我已经好多了，不严重，而且是坐着上课，没事。"

人都从宿舍下来了，唐煜也没再说什么，只正儿八经把乔韶给表扬了一顿，赞叹他这热爱学习的积极劲。

乔韶心里美滋滋的，深感自己向着好学生的方向又迈进了一步。

唐煜道："你这样很不方便，这阵子就让陈诉……"

他话没说完，一个声音响起："老师，我可以照顾他。"

听到这声音，乔韶呆了。

他转头，毫不意外地看到了熟悉的身影。

男生站在教室门边，个子高得仿佛要顶到门框，他正看着乔韶，嘴角似笑非笑，左眼还眨了下。

乔韶一脸迷惑。

国际班的"楼骁"来他们班做什么？

很快唐煜又给了乔韶一记重锤："行啊，你俩刚好是同桌，照应起来也方便。"

乔韶一脸震惊，以为是自己幻听了。

同桌？

他和"楼骁"？

7．记住了，我叫贺深

"不是……老师……"

乔韶一句话没说完，贺深已经上前抓住了他的胳膊："走吧，同学。"

看到他眼中的戏谑，乔韶福至心灵，顿悟了！

什么国际班什么楼骁什么舍友。

根本就是1班贺深，他同桌！

唐煜见他俩关系不错，笑呵呵地招呼道："回座位吧，马上上课了。"

乔韶如同那被赶上架的鸭子，一瘸一拐，还有点悬空嫌疑地回到了座位上。

贺深坐他旁边，逆着阳光对他笑了笑："乔韶？"

"韶"字他读的是二声，因为"乔"和"韶"的拼音里都有"ao"，乍听之下竟很像"韶韶"，也有点像"乔乔"。

乔韶赶紧纠正他："是'韶'！四声！"

没想到这学渣知道得还不少，贺深又说道："以梦为马，不负韶华，难道不是这个'韶'？"

是这个，这个字也的确是二声，但是……

乔韶道："我们那边方言都读四声。"

二声太娘了，听着一点都不霸气。

贺深应道："原来如此。"的确有这样的情况。

事到如今，乔韶当然明白了，他一直以为是"楼骁"的男生其实是自己的同桌贺深。

什么不良少年、学渣，其实就只有一个学渣。

他想想这两天发生的事，觉得也不怪自己眼瞎。

当时他和陈诉离得那么远，他哪知道陈诉说的是哪个。

之后贺深还在楼骁的床上睡觉，更加深了他的误会。

而他这同桌更是奇葩，一上午四节课，趴在桌子上睡得像头猪，他又没有从后脑勺识人的本事，怎么分得清！

乔韶自我分析一番后，怒了。

他早上叫了一声"楼骁"，贺深却不解释，这家伙是故意的！

乔韶气不过道："你明明就是贺深，为什么不说清楚？"

贺深抓住的却是他的发音错误："贺森？"

乔韶一急，把"深"给念成"森"了。

贺深好心地给他找了个台阶："这也是方言？"有些地方是会这样分不清。

然而这对乔韶来说真不是方言的锅，是他自己叫错了。

不过有台阶在眼前，不下白不下，乔韶道："嗯……"

贺深："行吧，贺森也比楼骁好听。"

乔韶："……"

他听出贺深是在打趣他！

见小孩气鼓鼓的，贺深又萌生了坏心思。

贺深："原来你们方言里's'和'sh'不分？"

乔韶分得挺明白的，但这会儿也只能硬着头皮说："有一点点。"

贺深等的就是他这句："这样啊，"他故意拉长音，抛出重锤，"那在你们那地方，你的名字不该读乔'shao'，应该读乔'sao'吧。"

乔韶："……"

贺深慢悠悠地重复了一遍，用的还是一声："sao——"

乔韶炸了："闭嘴！"

贺深按住他胳膊道："小声点，老唐在讲台上呢。"

乔韶瞪大眼睛恨不得盯死他："是你先胡说八道的！"

贺深很满意："谁让你认错人。"

乔韶心啊肝啊肺啊都气得生疼："你还倒打一耙！"

贺深："你认错人还叫错名，我就只是叫错名，咱们勉强扯平吧。"

乔韶惊了：这是什么见鬼的歪理？

贺深察觉到老唐的视线，声音压得更低，凑近他："记住了，我叫贺深。"

乔韶看着近在咫尺的这张脸……一巴掌呼他脑门上："同学，别打扰我听课。"

贺深只觉得额头上的手凉凉的，他刚一动，乔韶的手已经收回去，坐得腰板笔直，目不斜视，心无旁骛——大概吧。

贺深也没再说什么，懒洋洋地看向黑板。

刚开学，老唐讲的都是最浅显的知识点，贺深早就记得滚瓜烂熟，没一会儿就犯困了。

昨晚又熬了一宿，饭钱全用来给小个子买药了，他连早餐都没吃。

又饿又困又累，没一会贺深就趴倒了。

乔韶今天的听课效率明显不如昨天，他用余光瞄了瞄，发现睡神就位后，心里又是一阵叹气。

这家伙性格坏，嘴巴坏，不良少年还学渣。

等还了买药的人情，他就和贺深划清界限。

对了……药钱是多少来着？

乔韶看贺深那旁若无人的睡姿，都"不忍心"打扰他了。

一节课结束，乔韶觉得脚踝有些胀。

放着时没感觉，落在地上还是很不舒服的。

宋一栩一下课就回头道："乔韶，你脚伤得厉害不？"

乔韶赶忙道："没事。"

宋一栩说："我要是你早回家歇着了，干吗要在这儿受罪，现在的课程不紧的。"

乔韶正要解释自己是何等热爱学习，他身旁的睡神就开口了："现在的课最重要了，基础打不好，后面能跟上？"

宋一栩显然是有些怵贺深的，听他开口，立马无脑应"是"。

乔韶瞅瞅悠悠转醒的某人，心道：说得这么冠冕堂皇，好像你基础打得好似的！

贺深转头，枕在胳膊上看乔韶："脚踝怎么样？"

他一脸睡意，头发散落在额间，声音还有点沙哑，饶是乔韶嫌弃他，也不得不承认，这张脸长得有点"得天独厚"。

乔韶的脚踝开始胀痛，但他不想落下课："不要紧。"

贺深道："疼的话我送你回宿舍休息。"

乔韶转头盯他："是你想趁机翘课吧！"

贺深先是一怔，但很快他就明白了："有点想。"

乔韶"切"了一声，掐断他的念想："别想了，我不会回寝室的，下节还是数学课,我要好好听。"

这个三视图和直观图好迷糊,乔韶听了都不太明白,不听更完蛋了。

让乔韶意外的是,第二堂课铃声一响,睡神竟坐直了身子,还拿出了数学课本。

乔韶诧异地问:"不睡了?"

贺深修长的手指转着圆珠笔:"也不能天天睡。"

乔韶心里想着:不睡有什么用?才不信你跟得上。

当然乔韶心地善良,不会打击他。

贺深翻开了自己的数学课本,乔韶瞥了一眼,无语道:"你这是上学期的课本吧!"

贺深垂眸:"哦,拿错了。"

乔韶无言以对,把自己的课本推到他面前。

贺深笑道:"谢谢。"

乔韶忍不住看向他上学期的课本,道:"你这书也太干净了吧。"

何止是干净,简直是崭新崭新的。

新学期刚开始两天,课本干净是常理,可上学期的课本还这么白净算什么?

这家伙到底有没有上过课。

贺深谦虚道:"我很爱惜课本的。"

乔韶默了默,打击他:"这叫爱惜?你难道不需要记笔记?"

贺深说得很自然:"有什么好记的?"

乔韶嘟囔出声:"也是,天天睡觉是没什么好记的。"

显然这小孩把他当成不学习的差生了,贺深一点儿都不想解释,还觉得很好玩。

他托腮看乔韶:"你成绩很好吗?"

这话问得乔少爷有点心虚,他腰板挺直道:"来东高,我肯定要考个好成绩证明自己。"

在贺深眼里,好成绩就等于第一名,他问:"想拿第一?"

乔韶没那么大野心,可话都说到这份了,他硬气道:"这是我的目标。"

贺深幽幽道:"那可能有点难。"

乔韶听出他话里有话,竖起耳朵打听道:"咱们班成绩最好的是谁?是不是陈诉?"

贺深没出声。

乔韶握拳道:"没事,一次不行还有下次,我会努力赶超他的。"

可超了陈诉,也才刚到山脚而已。

贺深不忍打击他,拍拍他肩膀道:"加油。"

乔韶已经全身心投入课堂中去了:"好了好了,不说话了,这里是怎么回事来着?老师刚才是怎么讲的来着……"

贺深用余光瞥了眼,半秒都不用就能解出这道课后题,然而乔韶同学……

任重道远啊,贺深觉得这小孩想拿第一,除非他放水,嗯,放一个西湖的水。

课间操乔韶理所当然地不用去了。

贺深是从来不去的。

乔韶好心劝他:"去锻炼下身体不好吗?"

贺深:"不用,我平常锻炼得够多了。"天天打工,运动量足够了。

乔韶想的却是不良少年天天把打架当锻炼。

贺深毕竟是楼骁的跟班,估计也是"战事"连连。

同学们都走了之后,贺深才起身道:"我看看你的脚踝怎样了。"

乔韶只穿了双拖鞋,一抬起就能看到脚踝。

贺深打量了一会儿道:"怎么比早上更肿了?"

乔韶心道:还更疼了呢。

贺深抬头看他:"别强撑,回头恶化了,你必须回家。"

这话让乔韶一惊,他道:"不、不会恶化吧……"他不想回家,也不想耽误课。

贺深顿了下,道:"我再给你涂点药。"

乔韶生怕脚踝严重,老实道:"麻烦你了。"

贺深坐在旁边的座位上,将乔韶的脚踝放在了自己的膝盖上,仔细给他抹药膏。

也不知道是药膏的原因还是把腿放平的原因,总之乔韶的痛感轻了很多。

就在这时,门口传来了两个女生的声音。

贺深和乔韶一起看过去,只见是两个胳膊上挂着检查员袖章的女生。

课间操是要查教室的,查到偷懒不出操的要扣分,这俩女生就是检查员。

而此时她俩捧着花名册,站在门口,都一副难以形容的表情。

乔韶一脸疑惑,只听她俩道:"打扰了!"

扔下这话,俩女生就跑了。

乔韶一脸茫然地看向贺深:"什么情况?"

"没什么,"贺深十分淡定,"可能就想看看咱俩的关系怎么样。"

8. 你们有请假条吗?

现在的高中生懂的都挺多,乔韶因为所处环境不同接触少,贺深却是常年被"围观"。

他和楼骁经常在一起,时不时被女生围观……

不过告白是不存在的,姑娘们只想时刻关注他俩的动态。

"见多识广"的贺深不以为意,还向乔韶解释:"意思就是看两个男生是不是'塑料'兄弟情,放心,咱们是纯洁的同学关系。"

乔韶听他这解释,还不如不听!

"她们怎么会这样想?"乔韶怪尴尬地问他。

贺深抬头,看了他一眼道:"大概是因为你长得好看。"

乔韶更糊涂了。

贺深又指了下自己,补充道:"你知道的,我也很好看。"

乔韶脸黑了:"抱歉,这我不知道。"

贺深笑眯眯的:"也对,我这不叫好看,应该是帅。"

乔韶从未见过如此厚颜无耻之人:"并不帅!"

贺深："那是英俊？"

乔韶："不英俊！"

"酷？"

"不酷！"

贺深换了个思路："原来在你心中，我很漂亮？"

乔韶："……"

"那个……"怯生生的女声响起，之前溜走的俩女孩又回来了，她俩双颊绯红，眼睛亮得犹如小太阳，"虽然很不想打扰你们，但是你们有请假条吗？"

这俩本来都跑远了，后来想起本职工作，只好再摸回来，万万没想到竟听到了这样的对话！

乔韶虽然懂得不多，但看她俩这表情，再想想自己和贺深那幼稚到外婆桥的话，一时间……只想找个地缝钻进去。

贺深对俩女生微微一笑："你看他这脚踝都肿成这样了，会没有假条吗？"

最后当然没检查请假条，俩女生还好心提醒道："教室有摄像头，你们小心些。"

乔韶没反应过来。

贺深向她们道谢，俩女生脸蛋红扑扑的，激动地离开了。

乔韶后知后觉地明白了，他在内心咆哮：他和贺深要干什么见不得人的事，才需要小心摄像头？！

他看向贺深："你为了不扣分，真是无所不用其极。"

乔韶有假条，贺深当然没有，要是真检查了，他就得被扣分。

贺深道："能不扣自然是不扣的好。"

乔韶："清白还没学分重要？"

贺深可占理了："清者自清，浊者自浊。"

乔韶算是明白了，对付这家伙的招数就是闭嘴，和他讲道理，只会被他的歪理拐出银河系！

其实闭嘴也不行，贺深一句话就让他破功："说起来，你不浊吧？"

乔韶想死："我不！"

"嗯。"贺深道，"那么继续之前的话题，难道在你心里，我居然是漂亮那一挂的？"

乔韶真想用肿痛的脚踹飞他："滚！"

贺深眼中全是笑意，觉得这小孩真有趣，和他聊一聊，自己连续熬夜的疲惫一扫而空。

这事算是翻篇了，涂好药后贺深又道："你这的确是比早上严重了一些。"

乔韶道："上午我是不会回去的，等下午的体育课我请假回寝室休息。"

贺深看了他一眼："到时候你就该去医院了。"

乔韶不出声。

贺深顿了一下，忽地起身把他们的课桌往后挪了挪。

他们的桌子在最后排，后面空荡荡的，往后挪也不会妨碍谁。

乔韶不知道他在搞什么："干吗？"

贺深道："照顾爱学习的好学生。"

乔韶一脸蒙，这又是什么跟什么？

贺深转身出去，没一会儿拎了张板凳回来。

正常情况下同学们坐的都是和课桌配套的椅子，而贺深找来的这张却是窄窄的矮凳。

他把凳子放在了课桌前头，对乔韶说："脚伸过来。"

乔韶这下明白了，他把脚伸过去，刚好搁在了矮凳上，贺深抬头看他："高度如何？"

饶是嫌弃死了这个嘴巴坏得很的不良学渣，此刻乔韶也满心感激："刚好。"

贺深道："就这样吧，应该会舒服些。"

的确是舒服多了，脚踝的压力小了很多。

乔韶是恩怨分明的人，他觉得贺深人还是很不错的。

这时贺深又从自己课桌里拿出一摞书，道："起来下。"

乔韶没想太多，撑着课桌站起来："高度可以的，不用再垫了。"

他话刚说完就发现贺深把书本放在了他坐着的椅子上。

乔韶心中生出不好的预感……

贺深把他按回垫了书本的座位上，笑眯眯道："这样你坐最后一排也不用怕被人挡住了。"

说着贺深坐在他旁边，撑着下巴看他："你可真够矮的，垫了六本书才勉强和我平视。"

乔韶："……"

收回前言，贺深这家伙这辈子都不会和"很不错的人"画上等号了！

后来乔韶当然没有垫着书本上课，他就差把这六本书扔贺深脑门儿上了！

第三节课，乔韶一整节课都没理贺深。

贺深头埋在书本里，也不知道是在睡觉还是在打瞌睡。

反正乔韶不信他是在听课。

下课铃声一响，有个挺难为情的问题缠上了乔韶。

他坐了一个上午，虽然竭力避免喝水，但新陈代谢不会停止……他想上厕所了！

下一节是物理课，乔韶本来就不太能跟上课程进度，再憋着听，只怕脑子会乱成一团。

必须去解决一下这个重要问题。

乔韶见贺深一动不动，以为他睡了。

他不想惊动这家伙，只想自己去上厕所。

谁知他费力撑着课桌站起，前桌的宋一栩就大声道："乔韶，你要去哪儿？小心你的脚！"

乔韶："……"

这大嗓门一喊，那埋在书里的男生便睡眼惺忪地抬起头。

"吃午饭了？"贺深问。

乔韶嘴角抽搐："还有一堂课。"

贺深打了个哈欠："你这是要去哪儿？"

乔韶只得坦白道："上厕所。"

"哦，"贺深道，"我带你去。"

乔韶真不想麻烦他，可贺深都醒了，也不好拒绝。

乔韶只能认了，顺便祈祷这家伙别整什么幺蛾子。

1班教室离厕所有点远，要横跨整整五个班级，他们这一瘸一拐地走来，引起了不少人的注目。

贺深见乔韶踮脚走得费力，问道："我背你？"

这一群人又一群人的，乔韶还是要脸的："不用！"

贺深也没再说什么，只是觉得这小胳膊太细了，一点儿不像个十六七岁的高中生。

这小孩之前的日子到底是怎么过的，是受了什么样的亏待才会发育得这么迟缓。

好不容易挪到厕所，乔韶累得不行。

贺深十分自然地来了句："扶着墙，我给你脱裤子。"

乔韶立刻道："不用，我自己来！"

贺深道："你自己怎么来？"

乔韶道："我一只手就行！"

贺深看他一眼："紧张什么？都是男的，占不了你便宜。"

乔韶是连公厕都没去过的人，本就适应不了这样放一排的小便器，他胡乱找了个借口："男的怎么了？"

贺深幽幽道："我不会把你怎么样的。"

乔韶一时语塞。

"行了，老实点……"

"不……"

"咣当"，有人听不下去了。

厕所门开了，手插在裤兜里的楼骁死鱼眼地看着这两个人。

"老贺，"楼骁道，"这就是你不去睡觉的原因？"

9. 没人要的老贺

眼前这画面比刚听到的对话还要命。

一个死命拽着裤子。

一个死命扯着对方裤子。

楼骁道:"你俩干啥呢?"

贺深可有理了:"没干什么啊。"

"没干啥?"楼骁无语道,"我说你脱男人裤子干吗?"

状况外的乔韶火了,什么乱七八糟的,楼骁你有视力障碍吗?!

别说,他还真有视力障碍。

贺深无语道:"你这近视得六七百度了吧,赶紧去配眼镜。"

这是东高不为人知的秘密。

"征战沙场、雄霸一方"的楼骁是个严重近视眼。

严重到看人全凭感觉,比如高个子是男生,矮个子是女生……

乔韶这体形和委屈样,自然而然被他当成小姑娘了。

至于声音嘛……备受惊吓的乔韶声音其实很小。

楼骁虽然"眼瞎",但绝不会戴眼镜,这眼镜一戴,他还怎么霸气压倒对手?

反正打架又不用看太清楚,上课也从不听课,平日里"目中无人"也是他的标配。

所以,戴什么眼镜!

不过这会儿楼骁有点后悔,他真想有副眼镜让自己看得清楚点了。

贺深道:"他脚崴了不方便,我在帮他。"

可怜的近视眼现在才看清乔韶有只脚不利索。

"这样啊。"楼骁兴致全无。

乔韶觉得再这么耗下去自己要憋死,他趁机离开,扶墙进了厕所间,锁门。

贺深也没再坚持,他在外头和楼骁说话。

乔韶刚脱了裤子,就听他说:"……我怎么会喜欢男人?"

乔韶差点掉厕所去!

神经病啊!

乔韶无比沉重地告诉自己——

珍爱生命,远离智障!

他收拾利索后,外头响起了手机铃声。

起初乔韶以为是楼骁的手机,毕竟老师规定教学楼不准出现电子产品,普通学生即便偷偷带了也不敢开铃声。

然而接电话的是贺深。

乔韶也不意外:自家同桌也是个无法无天的不良少年。

贺深接电话的声音很低,说的话乔韶听不太清,但能分辨出他的声调。

这家伙有两副面孔,初见时冷漠散漫,说话漫不经心且有毫不隐藏的疏离与不耐烦。

可熟悉了——他俩姑且算熟悉了吧——就是另一副腔调,蔫坏不正经却亲近了许多。

此时贺深的声音是前者,声调里的疏离像劈开山峰的巨斧,在人和人之间划了一道无法逾越的天堑。

乔韶从隔间走出来时,厕所里只剩下楼骁了。

因为乔韶走得慢,他们在来厕所的半道上就已经响铃,同学们早回教室了,也就楼骁这种不把上课当回事的才会跑过来。

楼骁盯着人看时很唬人,毕竟"眼瞎",想看清楚就得恶狠狠地盯着。

他道:"老贺有点事先走了,我扶你回教室。"

乔韶才不要和他扯上关系,他说:"我自己扶着墙走就行。"

楼骁走过来,一把抓住他胳膊,道:"婆婆妈妈的做什么?走了。"

乔韶眼看甩不开也只能认了,他脑瓜痛,痛得很,总觉得自己这入学方式不对,想退了重入!

楼骁酷范儿十足,面无表情地扶着乔韶,冷酷无情。

他身上有烟味，乔韶忍了好一会儿，还是没忍住，咳了一声。

楼骁低头看他。

乔韶想想他近视六七百度还不戴眼镜的眼睛，友好提示："看路。"

楼骁"哧"了一声，离乔韶远了点："你家里没人抽烟？"

乔韶家还真是一个抽烟的都没有，他摇摇头。

楼骁顿了下，忽然问道："你家里有人吗？"

这什么鬼问题？

乔韶道："当然！"

虽然略显空旷，但他们父子和吴姨都是人！

楼骁道："有爹妈照顾还营养不良？还不如老贺那没人要的。"

乔韶："……"

贺深没人要？什么意思？

信息量有点大，他接不上话。

这时迎面走来一个男生。

楼骁这视力是别想看清是谁了，乔韶却一眼看清了。

是陈诉。

陈诉应该是刚从老师那边回来，毕竟上课铃早响过了他还在这儿。

他也看到了乔韶，目光在楼骁身上转了下，有些躲闪。

没哪个好学生会和不良少年扯上关系，这眼神乔韶懂。

乔韶本以为陈诉会直接回教室，但他没想到的是，陈诉加快脚步过来，说道："我带他回教室。"

虽然是室友，但楼骁这个常年不回寝室的，显然对安静沉默的陈诉毫无印象。

"同班同学？"楼骁问乔韶。

乔韶连忙道："他是我们班学委，我和他一起回教室就行。"

真让楼骁送回教室，他努力塑造两天的好学生形象怕是要灰飞烟灭。

楼骁没多说，把乔韶交给陈诉后走了。

乔韶握着陈诉的手，两人搀扶着往教室走。

这时乔韶才发现陈诉手心有汗。

陈诉走过来接他也是鼓起了很大的勇气吧，毕竟那可是动不动就欺负人的楼骁。

乔韶心里一热，说道："谢了。"

陈诉眼睛亮了亮："没什么。"

乔韶解释了一下自己为什么会被楼骁"挟持"。

陈诉听完后，拧眉道："你找唐老师申请下换座位吧。"

乔韶愣了下。

陈诉道："你的身高本来也不适合在最后一排，只是因为班里座位早就安排好，不好再调换……"

乔韶道："不用麻烦了，在后排我也看得到黑板。"

身高不是重点，5.3的视力才是资本。

陈诉顿了一下，乔韶又找到一个理由："况且我这腿不行，坐后排可以把桌子往后拖，把腿架起来听课。"

要是在前头就不方便了。

"也是，"陈诉神色缓和了许多，"先这样吧，很快就期末考了，之后肯定要调换座位。"

乔韶对座位不在乎，他对期末考很忧心。

这是他来东高后的第一次大规模考试，万一考砸了……

老爸会不会让他马上卷铺盖回家？

乔韶拍了一下脸颊，振作起来——好好听课，肯定没问题的！

也不知贺深接了个什么电话，这堂课直接旷掉了。

老师、同学都见怪不怪，乔韶也只能当正常情况了。

下课铃一响，大家都涌向餐厅找饭吃。

乔韶想回宿舍，午饭就拜托陈诉帮忙带回去，他凑合吃点。

反正他是没力气去食堂了，单脚蹦得心塞。

谁知他刚站起来，教室门口就来了位不速之客。

楼骁名气很大，整个高一年级几乎没人不认识他。

一来是他的确横行霸道；二来是他有钱有势；三嘛，是他长得不错，哪怕他整天凶巴巴的，也是帅，否则女生们也不会跟在他屁股后边跑。

此时楼骁拎了便利袋站门口，帅得1班女生心里小鹿乱撞。

"楼骁怎么来我们班了？"

"是给我贺神送饭吗？关系这么好吗？"

"可贺神不是旷课了吗？"

"对哦，贺神不在，楼骁来找谁？"

"啊啊啊，楼骁不会又看上哪个女生了吧？"

这些窃窃私语楼骁当然听不到，乔韶也听不到。

如今女孩子们的世界，男生还是别去了解比较好。

楼骁旁若无人地走进别人班里，面对一堆陌生同学也没什么不自在的——反正他自己班的同学都没认全。

"午饭。"他把便利袋放乔韶面前，用平板冷酷的声调扔下这俩字。

乔韶："……"

楼骁又说了句："别乱跑，老贺会来接你。"

说完他就走了，如来时一般目中无人。

然后1班女生无声爆炸，之前窃窃私语的几个人眼中冒的光能写十万字"狗血文"！

乔韶看着便利袋里的午餐，没吃都饱了。

他宁愿饿着，也不想这样出风头。

他如此卑微地来到东高，就是想低调学习，努力向上，可这路怎么越跑越偏了？

想出风头的话，他在原先的学校不行吗？

风口浪尖上的男人，名字就叫乔韶好吗！

让乔韶意外的是，本以为会离他远远的同学们竟然一窝蜂凑上来，尤其是女生，来了好几个，其中包括英语课代表林苏、语文课代表莫笑笑，还有宣传委员于源溪。

都是好学生哇！都是班级前十名！

乔韶有点开心。

林苏是个少见的短发女孩,一双杏眼很讨人喜欢:"乔韶,楼骁怎么会给你送饭?"

乔少爷不谙世事:"应该是贺深让他送的吧。"

林苏的杏眼更水灵了:"贺深对你真好啊,你们以前认识吗?"

乔韶想了一下道:"嗯……他帮我买过衣服。"

一件女装,老子记一辈子!

莫笑笑倒吸一口气:"都到这个地步了吗?"

她声音太小,乔韶没听清:"嗯?什么地步?"

"没什么!"林苏赶紧岔开话题,又问,"那个,你觉得楼骁和贺深谁更好一些?"

这让乔韶如何回答?毕竟两人都是不良学渣外加无法无天,坏得不相上下!

一直不出声的宣传委员于源溪来了句:"你喜欢跟楼骁玩,还是喜欢跟贺深玩?"

乔韶:"什么?"

他还没开口呢,一个声音从背后传来:"当然是贺深。"

女孩们转头,看到身后的高个男生,一哄而散。

贺深反坐在乔韶前座,下巴搁在椅背上,懒洋洋道:"有什么好吃的?我饿了。"

10. 我是来好好学习的

乔韶回神,看着眼前的贺深:"你刚说什么?"

贺深根本没看便利袋里的饭菜:"饿了。"

乔韶给他个白眼:"前一句。"

贺深知道是哪句,反问道:"怎么,难道你喜欢和楼骁一起玩?"

"我喜欢个鬼!"乔韶暴躁澄清。

贺深道:"那就是了,于源溪问的问题是楼骁和贺深二选一,你不喜欢和楼骁一起玩,用排除法也知道答案是贺深。"

这话说得,仿佛他不是贺深一样!

乔韶气得想拿筷子戳他:"别胡说八道行吗?!"

贺深来兴致了:"那你说这道题要怎么解?"

乔韶还真会这题,他冷冰冰道:"哪个都不喜欢。"

"哦……"贺深转眼又是一题,"那你喜欢谁?"

乔韶想和谁玩?

那当然是……

"陈诉。"乔韶给出最优解。

贺深眼中染了笑意:"为什么?"

这还用问吗?

乔韶拍拍旁边的书本,美滋滋道:"他是学习委员,学习特别好。"

贺深抓到了重点:"就因为他学习好?"

"对!"乔韶道,"我是来好好学习的,当然要和学习好的一起玩。"

"这样啊。"贺深低喃了一声。

乔韶没听清:"嗯?"

贺深抬头,看进他眼里道:"那不久的将来,你要转移目标了。"

乔韶听清了但没听明白:"什么跟什么?"

贺深心情很好,扯开便利袋道:"等以后就知道了,吃饭吧。"

"谁啊?"乔韶被勾起了好奇心,"咱们班成绩最好的不是陈诉吗?"

贺深把便利袋里的盒饭拿出来道:"不是。"

"那是谁?林苏?莫笑笑?"

他抽空看了班里上次的月考成绩,前十名他都记得!

"远在天边,近在眼前。"贺深指了指自己。

乔韶满肚子好奇心就这么被浇灭了:"可算了吧,上次月考你倒数第一。"

贺深道:"我那时有事,没参加月考。"

当时有个奥数比赛，他为校争光去了。

乔韶凉凉地道："还有一个多月就期末考了，我等你从班里倒数第一翻身做全班第一。"

乔韶是半道来的，现在是五月，估计也就六月中旬期末考，很快了。

贺深拆开竹筷："全班第一？"

"对！"乔韶笃定道，"只能是全班第一！"

第二、第三都不行！让你嘚瑟！

贺深慢悠悠道："这有点难。"

乔韶心里闷笑：牛还没吹上天呢，就妥协了？

贺深抬眼看他："你非让全市第一只考全班第一，不是强人所难吗？"

乔韶："……"

贺深看了眼菜色道："这红烧牛肉不错，多吃点。"

乔韶一口吞掉好大块牛肉，下肚了才冷静下来："吹，接着吹！"

全市的牛都要被你吹上天了！

贺深又给他一块肉："这么不相信我？"

乔韶又吃掉，道："信，你考全国第一我都信。"

贺深："又不是没考过。"

少年组编程比赛拿了好几个全国第一。

这下乔韶认定这是个吹牛大王了！

哪来的全国第一？

试卷都不统一，高考也没谁敢说自己是全国状元！

乔韶懒得拆穿他。

两人你一言我一语地把午餐给解决了。

楼骁买了两份饭，菜色很好，比乔韶在餐厅吃的4块钱一份的强不知道多少倍。

饭菜被吃得干干净净，贺深看他："吃得也不少，怎么这么瘦？"

乔韶这才发现自己吃的是真不少。

好大一份红烧牛肉都进了他的胃，米饭也吃了一整盒，还喝了小半份蘑菇汤。

他在家时胃口不好,吃五分之一碗的米饭都能让吴姨乐开花。

"挺好吃的……"乔韶解释道,"这个牛肉好吃。"

尤其在某人吹牛的背景音下吃牛肉,特别下饭。

乔韶说的这话戳到了贺深,他神态有些复杂。

——小矮子真可怜,牛肉都没怎么吃过吗?

得亏乔韶不会读心术,否则他得拿几千块钱一斤的神户牛肉糊贺深一脸。

中午没人在教室吃饭,本来还有几个女生偷偷瞄瞄,但因为贺神气场太强且肆无忌惮,她们不敢靠近打趣,只能遗憾地去食堂。

乔韶吃饱喝足,贺深收拾垃圾时,他问:"饭钱是多少?还有药钱,我……"

他话没说完,老唐来了。

唐煜一眼看到乔韶,走过来问:"脚踝怎么样了?要不要回家休息?"

听到"回家"二字,乔韶立马神经紧绷:"不用!老师我已经好了!"

唐煜喜欢乔韶不愿耽误学习的劲头,但也怕他受伤严重:"可别硬撑着,回家休息一两天不碍事。"

乔韶怕自己回去不是休息一两天,而是从此消失在大家面前。

他道:"真的不用,我不想回家……"

贺深接过话道:"我看不要紧,没肿起来应该不严重,不影响听课。"

唐煜点点头,应了下来,他又问乔韶:"对了,你爸妈电话多少?我去查记录没看到。"

乔韶神经一绷,他是故意没留的,怕的就是老师给老爸打电话。

"我爸不常在家的,手机我也打不通。"这没撒谎,乔总会议缠身,白天的手机都是助理负责,乔韶平时找爸都是给助理孙叔打电话。

当然乔宗民每晚都回家,乔韶很少给他打电话。

唐煜愣了下:"这样啊……那你妈妈……"

他刚提起"妈妈"二字,乔韶的脸立马雪一样白,眼神也一片灰茫,空得像是没了灵魂。

唐煜话都说不下去了。

贺深眉心一拧，岔开话题道："时候不早了，老师，我送他回宿舍午休。"

"好，好的，"唐煜回神道，"快去吧，一会儿午休铃要响了。"

"乔韶？"贺深低声唤他。

乔韶回神，血色慢慢涌上来，眼眶透着点压不住的红晕。

贺深心下一紧，没多问。

家家有本难念的经，贺深比谁都了解，也正是因为太了解，所以看到这可怜巴巴的小孩，才格外惦记。

有些苦楚，只有尝过的人才明白其中滋味。

到了宿舍楼，乔韶被贺深一句话给吓回神了。

"需要我背你上楼吗？"

乔韶惊恐转头，像看魔鬼一样看着贺深。

瞧他终于恢复正常，贺深也松了口气："背还是抱？数三个数就默认是……"

"都不用！"乔韶压低声音说。

贺深道："扶你爬楼太慢了。"

乔韶凑近他低声道："这么多同学，我让你背着还要不要脸了！"

贺深道："那就抱呗。"

乔韶气得肝疼："那我坟头都长草了！"

贺深一脸惊奇地看他："你又不是女生，还怕授受不亲？"

"这不是授受不亲的问题，"乔韶认真道，"这是尊严的问题！"

贺深一愣，被他逗笑了。

乔韶坚持道："你回去吧，我扶着扶手就行。"

"走吧，"贺深架着他的小胳膊道，"送佛送到西，我可是接受了老唐委托的。"

乔韶见他不再作怪，认真爬起楼来。

刚到二楼，就碰上了一群打闹的男生。

也不知是哪个班的小子冒冒失失的，拎着个垃圾袋还在跑跳。

乔韶总觉得那袋子不稳，可惜他腿脚不便，心有余而力不足，于是……垃圾袋糊了他一胸膛。

男生错愕回头，看到乔韶胸前一大片菜渍傻眼了："对……对不起！"

乔韶："……"

贺深拧眉："在楼道里乱跑什么。"他怕扯到乔韶的脚，刚才没敢拉开他。

男生连声道歉，惭愧得很。

乔韶虽然很不爽，也知道这男生不是故意的，他道："没事……不要紧。"

男生道："你脱了，我帮你洗衣服吧！"

乔韶不想在光天化日下暴露，摇头道："不用了，我自己洗就行。"

男生又道："那我赔你钱……"

"不用不用，"乔韶摆手道，"洗洗还能穿，不用的。"

说着他看向贺深道："我们走吧，上去得洗个澡了。"

那男生一脸局促，只能不停地道歉。

两人好不容易上到五楼，宿舍里一个人都没有。

乔韶低头看看自己的衣服，心情灰败。

贺深问："你衣服在哪儿？"

乔韶幽幽地看他。

贺深一愣："你不会就这一件衣服吧？"

这也太惨了。

乔韶的眼神更幽怨了："还有一件，就是你哄我买的那件纯爱女装。"

11．没有星期五

那件被乔韶扔进垃圾桶的女装，后来又被他捡了出来。

原因无他，他怕被吴姨收拾垃圾时看到这"女装"二字想入非非。

他能出来念书已经很不容易了，实在不想再让家里人想太多。

无处安置的白T恤就这么被他带到了学校里。

平心而论，这件T恤不看标签是绝对不会知道是女装的，但内领口处的标签是印上去的，撕都撕不下来。

难得地，贺深同学也有接不上话的时候。

"嗯……"贺深顿了一下道，"那款式不分男女吧。"

乔韶从床下扯出背包，把里面的白T恤扔他手上。

鲜艳的"纯爱女装"四个字映在贺深眼底。

他不禁低笑出声。

还好意思笑！

乔韶气得很："这是一件女装，你看它腰身这么瘦！"

贺深把它扯开，远远地对着乔韶比了比："你穿刚好。"

乔韶重复道："可它是一件女装！"

"有什么关系？"贺深道，"标签在内领口，不翻开没人看得到。"

道理很对，但是……乔韶："头可破血可流，女装不能穿！"

贺深又好笑又有点心疼——越是生活艰难，越是自尊心强，他明白。

想到这里，贺深有些惭愧，自己这玩笑开得有点过，是真的在欺负小孩了。

他收起这件女装，说道："我给你换一件。"

他还有其他衣服？

贺深走过来道："你先把身上的衣服脱了。"

说着他帮忙掀起乔韶的T恤。

乔韶没拒绝，他习惯了被人伺候着穿衣服，还老实地伸直胳膊。

贺深脱下他的脏衣服，皱眉道："你……可真够白的。"

乔韶坐得坦坦荡荡："还好吧，夏天晒黑挺多了。"

贺深："你是没看过我脱了衣服后。"

乔韶感受到挑衅："我也给你来一身菜渍，给你个脱衣服的机会？"

"行啊，"贺深眨眨眼，"我们可以顺便一起洗个澡。"

乔韶炸了："闭嘴！"

贺深觉得自己这样不好，但是逗小孩实在太好玩了，忍不住。

他拿起乔韶的脏衣服去了洗手间。

五楼的"高级"寝室里配有洗衣机，贺深给它涂了点洗衣液后把衣服丢进了洗衣机里。

乔韶虽然气他胡说八道，但看他这样热心帮忙，也气不了太久。

出来后贺深道："等着。"

乔韶想问他去干吗，人已经走了。

约莫十分钟，乔韶洗完澡，贺深也回来了。

乔韶看向他。

贺深似乎跑了个来回，声音略微有些喘："拿着。"

乔韶接过袋子，看到了里面一件干净的蓝白色T恤。

贺深道："你没校服吧？这件挺像我们校服的。"

乔韶抬头："你还真……"

"去买衣服了啊"没说出口。

"给男生推荐女装，是我工作失误，这算补偿。"贺深坐到楼骁床上说。

乔韶看了看这衣服，明显不是大卖场的促销货。

他正想问问价钱，贺深又来了句："穿吧，你不穿只能扔了，这码数一般人真穿不起。"

乔韶那一点小纠结全飞了。

道什么谢？这就是贺深欠他的！

管他多少钱，他乔韶多贵的衣服没穿过？！

乔韶套头穿好，悲哀地发现，这码数还真是刚刚好，一点不大一点不小，比他之前那件还合身。

贺深可算忍住了，没把这是件大码童装的事实给说出来。

小乔韶真的太小只了，还好正在发育的阶段，好好吃饭多加锻炼，肯定还会长。

女装这事暂且翻篇了。

贺深虽然总惹人生气，但这又是给他洗衣服又是买衣服的，乔韶心里是实打实地感激。

他道："药钱和饭钱是多少？我还你。"总不好欠人这么多。

贺深根本没想让他还，他怕乔韶还了钱之后这一周都得饿肚子。

转念他又想到乔韶这较真的性子，不还钱八成会觉得自尊心受损。

他道："一共46块钱。"

乔韶愣了下。

他心里想的是可真够便宜的，当然这愣怔也可以理解为觉得数额巨大。

不等他开口，贺深又道："我是债主，我来定还钱的规矩。"

乔韶隐约觉得前方有坑，可他哪里摸得透贺深的"脑回路"。

只听贺深继续道："46块钱，分期付款，你每天还我一毛。"

还能这样？

贺老板掐指一算："也就460天，一年多就还清了。"

乔韶觉得要么是贺深疯了，要么是自己疯了："这……"

"来加个微信。"贺深道。

乔韶拿出手机，贺深扫了他的二维码后道："记住了，以后每天早上第一件事就是给我发微信。"

乔韶抬头看他，从他这双褐色眼睛里看到的只有认真。

真的假的？

普通学生穷到连46块钱都要分460天还吗？

是他太脱离现实了，还是现实就这么魔幻？

贺深拍拍他脑袋道："时候不早了，我有事先走了。"

乔韶还在混乱着："这钱……"

贺深接过话道："从明天开始还。"

"不是……"可怜乔韶已经没了说话的机会，因为"债主"已经走了。

他呆呆地看着手机，盯着微信里多的这个好友。

他手机号是崭新的，微信也是新申请的，第一个也是唯一的好友就是贺深。

贺深的头像是一本书，封面是深蓝色的，一片幽冷的森林，一处黄色的篝火尤其显眼，坐在篝火边上的人如同被整个世界遗弃了一般。

《鲁滨孙漂流记》？

乔韶分辨出上面的烫银书名。

贺深的微信名也证实了这一点，他叫——没有星期五。

乔韶小学时看过《鲁滨孙漂流记》，记得鲁滨孙收留的一个相依为命的野人叫星期五。

嗯……

一个没有星期五的鲁滨孙？

乔韶眨眨眼，竟品出点可怜巴巴的味道。

这时开门声打断了乔韶的思绪，他赶紧藏起手机。

陈诉一脸疲惫地回来，眼底的黑眼圈很重。

乔韶向他打招呼："忙什么去了？"

陈诉像是才意识到屋里有人一般，惊醒过来："没……没忙什么。"

乔韶站不起来，只能坐在床上看他："陈诉？"

陈诉有点慌乱地说道："我看有人给你送饭了，就先去食堂了。"

乔韶察觉到陈诉是有事不想说，就没再多问，岔开了话题，问他一道课上的题。

说起学习的事，陈诉精神了不少，坐到乔韶身边给他讲了起来。

乔韶听得认真，直夸他："你比老师讲得还清楚！"

陈诉抿唇笑了笑："是你听了两遍的缘故。"

乔韶："不管，反正老师讲完我不懂，你讲完我全懂了。"

陈诉心情明显好多了。

就寝铃要响了，蓝毛也没有要回来的意思。

楼骁更不用提了，他是个连晚上都不回来的人。

乔韶挺纳闷的，既然不在学校，还非得留个床位干吗，浪费资源。

他和陈诉都睡到了床上，安静了一会儿后，乔韶终于还是悄声道："陈诉，我能问你一件事吗？"

陈诉小声回他："怎么？"

乔韶也压着声音说："我没别的意思，就是做个参考……嗯，你一周带多少钱来学校？"

这应该不算侵犯隐私吧？乔韶问得挺忐忑。

陈诉顿了一下，说道："二三百元足够了，但我只吃食堂，其实五六十元也能行。"

乔韶震惊了！惊得连一个字都说不出来了！

五六十元？

五六十美元也不多啊！

陈诉见他不出声，又压低声音说："别和国际班的人比，他们不一样，我们能吃饱就行。"

显然不只贺深，陈诉也把乔韶看成小可怜了。

乔韶回过神了，误会了个彻头彻尾：看来国际班是一周两三百元起步，普通学生五六十元起步……

他凝重道："我当然不会和国际班比。"

他是来好好学习的，不仅要向陈诉学习课程，也要像他一样做个低调普通不打眼的高中生。

然而陈诉真不是个普通高中生。

参照物标准太低，导致乔韶的生活水准越来越低。

等他知道参照物不太对之后，已经晚得不能更晚了。

乔韶摸出手机，看看贺深的头像，心里满满都是感激。

一周生活费五六十块的话，这46块钱真是笔巨款了。

贺深让他分期还钱是怕他饿肚子吧。

别管这人嘴巴有多坏，心地还是挺善良的。

乔韶点开对话框，给贺深转了1毛钱，备注："谢谢。"

刚出校门的贺深手机响了一下。

他拿出手机，看到消息后，嘴角溢出笑容。

"睁眼瞎楼大爷"扬眉："怎么了？"

贺深把手机往他眼前晃了一下。

楼骁看不清手机上的内容。

别说贺深只是晃一下，就是放稳了给他看，他也看不清。

贺深本来也没想让他看清。

"我在想一个问题。"贺深道。

楼骁以为他是聊正事:"嗯?"

贺深收了 1 毛钱,回了一条消息后轻声道:"本金 46 元,什么样的利率才能在每天还 1 毛钱,460 天后涨 46 元的利息。"

楼骁:"什么?"

贺深:"没什么。"

楼骁看他:"你这理财有问题吧?"

"是啊,"贺深笑眯眯的,"想要个一辈子都还不完的每天 1 毛钱。"

乔韶手机振动了一下,拿出来一看——

没有星期五:"收到。"

他还发了个可爱的颜表情,把乔韶雷了个里外焦酥。

12. 真的没哭?

午休乔韶睡得挺好。

醒来后耳机掉了一只,他也没察觉到,这要是在家里,早跳起来了。

陈诉从洗手间出来,说道:"走吧,下午第一节是化学课,得去实验室。"

乔韶立刻醒过来,他拍了拍脸颊,把挂在耳郭的另一只耳机拿了下来:"我洗把脸。"

陈诉问:"需要我帮忙吗?"

乔韶摇头:"我自己能行。"

必须适应,这脚至少也得大半个月才能好,总不能天天麻烦别人。

陈诉没坚持,他去收拾了书桌,把没做完的试卷放到了抽屉里。

乔韶把手机塞进枕头下,叠好被子后他感觉枕头振动了一下。

是手机?

"我这儿有上学期的物理笔记,你要不要看看?"陈诉问他。

乔韶立马忘了手机的事,赶紧道:"好啊好啊。"

陈诉从书架里扯出一个干净的文件袋，里面放着一沓整齐的A4纸。

乔韶定睛一看，惊叹出声："好厉害！"

A4纸上是如同打印体一般的漂亮字迹，一笔一画写得明明白白。

笔记用的是思维导图的方式，从基础知识点向外扩散，清晰明了，让人一看就懂。

陈诉道："我看你对之前的知识点有点不熟悉。"

一个学期就那么几个月，乔韶赶着五月过来，已经离期末不远了。

能有这么一份笔记，对他来说帮助极大。

"太谢谢了。"乔韶都不知道该怎么感谢陈诉了。

陈诉似乎很少听人这样说，有些不好意思地说道："没什么。"

乔韶收好笔记，早就把手机的事忘到脑后。

他洗了把脸，和陈诉一起出门。

下楼比上楼舒坦多了，即便是一路蹦下去也不怎么累。

两人到实验室的时间还不算晚，来的同学不多。

实验室里也是按教室的座位坐的。

乔韶坐下，他的同桌理所当然地没在。

他没当回事，只兴致颇高地看着眼前的实验器材。

贺深不来更好，器材全是他的，做实验时他可以自己过把瘾。

正这么想着，贺深来了。

他视线在实验室一扫，看到了乔韶。

腿长个子高就是好，眨眼就从门口走到最后一排。

贺深一坐下就问他："怎么不回微信？"

乔韶茫然看他："嗯？"

贺深懂了："没看手机？"

乔韶道："上学时间，看什么手机？"

贺深绷着的嘴角弯了一下："亏我还跑了几个来回。"

乔韶一脸纳闷："跑什么来回？"

贺深在教室里就把自己的手机大刺刺地拿出来，递到乔韶面前。

乔韶一紧张："你不怕被没收啊！"他压低声音说。

贺深道："老师不管。"

老师只是不管你这管不了的学生吧！乔韶腹诽着。

他视力好，和楼骁那个"睁眼瞎"有着天壤之别。

贺深一递过来他就看清楚了，屏幕上是他俩的微信对话——

没有星期五："醒了没？"

乔韶没回。

没有星期五："怎么去教室？"

乔韶还是没回。

没有星期五："我有点事，你等下，我让楼骁去接你。"

看看那时间点，乔韶早和陈诉下楼走人了。

乔韶道："我手机静音，没听到。"

其实是振动来着，还真听到振动了一下，可惜自己没当回事。

贺深道："还以为我不去接你，你生气了。"

乔韶无语了："这有什么好生气的？"

再说他要是看到这条信息肯定回啊，让楼骁接他？让楼骁架他去实验室？他还要不要低调做人了！

贺深又道："吓得我赶紧扔下手头的事赶去宿舍。"

乔韶道："我和陈诉一起走的，这节是实验课，这边比去教学楼远。"

贺深顿了一下，幽幽道："是啊……我去了教学楼才知道这节是实验课。"

然后又跑到这边来确认小矮子行踪。

所以他真的是跑了几个来回，货真价实。

乔韶心里一热。

然而他心里的热乎劲，很快就被贺深一盆水扑灭了："我还担心你一个人委屈巴巴地下楼，不小心摔个底朝天，在医院躺上十天半个月，哭个肝肠寸断什么的……"

可去他的热乎吧！

乔韶凉飕飕道："让你失望了。"

贺深歪头看他："真的没哭？"

他歪头时额间的短发滑了下来，让平日里略显冷漠的五官多了点孩子气。

乔韶面无表情地承认这家伙有点好看，但这有什么用呢？

这家伙本质就是大写的"恶劣"俩字！

"哭个鬼啊！"乔韶送他个白眼，"我说你把我当什么了？"

他又不是娇滴滴的小女生，至于掉眼泪吗？

贺深怔了一下，把心里话说出来了："……小孩。"

啊？

乔韶抬眼看他，用看神经病的眼神。

贺深兀自笑了，眼底的疲倦一扫而空，他拍拍乔韶的脑袋道："把你当我家小孩了。"

乔韶拍开他手道："别动我头。"

会长不高的！

很快他又扬声反击他："贺同学，你几岁了，这就当爹了？"

"嗯，"贺同学淡定道，"我熟得早。"

熟……熟得早？

早熟是这么说的吗？

乔韶意识到和这人互"怼"只会掉进坑里，于是摆手赶他："走开走开，我要上课了。"

贺深还真走了，他来实验室本来也不是来上课的。

乔韶蒙了——这人到底来干吗的？！

真就只是确认下他哭……呸……确认下他的情况？

做实验时，乔韶开了会儿小差。

贺深不会把他当成自己的星期五了吧……

没有星期五的鲁滨孙，捡到了星期五，从此孤岛上……

什么乱七八糟的！

他才不是可怜巴巴的野人！

乔韶认真做起实验。

下午第三堂是体育课，乔韶这情况自然是不用下楼了。

他等人全走了，去把窗户打开，隔壁班诵读的声音顺着风飘了进来。

乔韶拿出卷子，准备做题。

这时旷了两堂课的贺深回来了。

乔韶看向他："这节是体育课。"

贺深打了个哈欠："嗯。"

乔韶问他："你不去操场？"

"困了，"贺深趴在桌子上，闭上眼道，"我睡会儿。"

说完这人就呼吸均匀，沉入梦乡了。

乔韶："……"

服，真的服！

这人晚上到底在干吗？通宵打游戏，和人疯玩，蹦迪唱K？

嗯，估计是除了睡觉，什么事都干了！

"不良少年……"乔韶嘟囔了一声，起身去把开着的窗又关了。

虽然都五月了，但今天天气不好，从下午开始就阴沉沉，风挺凉的。

关了窗就隔绝了外头的声音，乔韶的心稍微提了一下，但坐下后听到身边人的呼吸声，又平静下来了。

乔韶轻呼一口气，翻开卷子，认真做了起来。

二十分钟后，做题的乔韶被同桌传染，也倒下了。

常年失眠的人，在这种不属于睡觉时间的时间里睡着了。

亏了老乔家的人都不在，要不准感动到眼泪汪汪。

距离体育课下课还有十几分钟，林苏和莫笑笑两人偷偷溜了回来。

体育课后半段是自由活动，林苏新买了偶像的周边，想和莫笑笑分享下。

她俩暗搓搓地回教室，一眼就看到了睡在最后头的两个人。

傍晚的教室里蒙了层薄光，银白色的桌面像一面面镜子，反射出更加温暖的光线。

最后一排的两个人像睡在橙色的光芒里，连头发丝都溢出了柔软与美好。

林苏睁大眼。

莫笑笑倒吸口气。

其实两张课桌之间有空隙，所谓同桌也不过是比其他人靠得更近、中间没有过道而已，并不是紧挨着的，毕竟现在都是单人课桌。

可此刻从她们的角度来看，两人仿佛依偎在一起。

她俩默默看了三秒钟后，一起退了出来。

偶像的周边都不炫耀了。

"咳……"林苏清清嗓子道，"咱们转校生真好看啊。"

莫笑笑也赶紧道："真的是细皮嫩肉，除了瘦小点，再没缺点。"

林苏伸手："和我们贺神绝配！"

莫笑笑握住她的手："比楼骁更配！"

如今女生的世界，男生真的是望而生畏。

临下课时，贺深先醒了，他睁眼就看到犹如白瓷般细致的小脸。

贺深愣了下。

半晌他意识到这是他的新同桌。

真白啊。

贺深忍不住多看了一眼。

他视线下移，看到了乔韶桌上的试卷。

这小矮子是做题做睡着了？

贺深笑了下，小心地抽出试卷。

一张数学卷子，贺深扫了一眼就判定这卷子难度很低，不值一做。

乔韶已经写完了一半，贺深看了会儿后眼中笑意更深。

十一道题错了六道，小矮子想考第一不是一般的难。

这时乔韶也醒了，他一睁眼就看到自己的卷子……

坏了，自己怎么睡着了！

乔韶心一虚，将自己的卷子抢回来。

贺深见他醒了，好心提醒道："这题不该这样……"

他话没说完，乔韶惊讶看他："那该怎样？你会？"

贺深坦诚道："都会。"

乔韶已经醒了，才不信他的大话："那你咋不做？"

这卷子是课后作业！

贺深道："会了还做什么？"

这理直气壮的语气，把乔韶给噎得不轻。

"行行行，您能耐，您全会……"乔韶不理他了，咬着笔头继续做题，"您这么聪明就别打扰我这只笨鸟了。"

贺深决定先不打击他了，撑着下巴看小孩做题。

盲测一下，这张卷子，乔韶最多得65分……

哦，又错了一题，60分吧。

勉强及格。

13．我要六色笔

乔韶被看得怪不舒坦。

贺深这眼神，仿佛他看得懂这题似的！

他捂住卷子，转头看他："好奇就去做自己那张。"

贺深道："这卷子没什么可好奇的。"

乔韶："那你盯着看什么？"

贺深弯唇："我是好奇……"他本想说"你能对几道"，但想到这话有点打击小矮子，就改口道，"你这么小的手用这么粗的笔，好握吗？"

乔韶睁大了眼睛："什么？"

贺深这口改得还不如不改，好像更打击人了。

他清清嗓子道："我想说你别为了省钱就乱买东西，这笔不适合你。"

乔韶觉得他上一句话很糟糕，让他有种想生气却因为点太多而不知该生哪点的悲怆感。

"怎么不适合了？"乔韶展示了一下自己的笔，"一支笔六种颜色，花一支笔的钱买六支笔。"

妙啊!

乔韶对这性价比很满意,比他以前的万宝龙炫酷多了。

贺深看他:"你用六种颜色做卷子?"

乔韶:"……"

"给我。"贺深摊开手掌。

乔韶把笔放到他掌心。

贺深没收了这笔,从桌肚里拿出三支纤细的签字笔给他:"用这个。"

乔韶道:"不用,我自己再买就行。"

贺深微笑:"10块钱一支,真不和我换?"

10块钱又怎么了? 10万块钱乔少爷想不换也不会换啊。

况且他的六色笔那么酷!

等等!

乔韶反应过来了,一周50块钱生活费的学生面对10块钱一支的笔……要换啊!

贺深看得明白,又忍不住逗他:"不换算了。"

说着一把握紧了三支笔,密不透风。

"哎……"乔韶道,"谁说不换了?"

贺深心里好笑:"过期不候。"

乔韶好气:"那你把我的六色笔还我!"

"不还。"

"贺深!"

"这样吧,我用两支笔和你换。"

乔韶不可置信道:"刚刚换三支的。"

贺深道:"你不听话,现在涨价了。"

听你个鬼的话!

乔韶仔细算了算,自己那支笔11块钱,贺深这一支笔就10块钱,而且还比那粗粗的笔好用——傻的人才不换!

"成交!"乔韶掰开贺深的手,抢出两支笔。

贺深松了劲，要不凭这小孩哪里掰得开。

乔韶有了新笔，字写得比之前工整多了。

贺深坐一旁，用修长的手指转着那支六色笔。

他懒洋洋道："你早点听话，现在就有三支。"

乔韶瞄他："你有这么好心？"

贺深又来兴致了，他从桌肚里拿出那支签字笔，对乔韶说："这样吧……"

乔韶："嗯？"

贺深："叫声爸爸，它就是你的了。"

乔韶对他很无语。

然后，"贺爸爸"被卷子糊了一脸。

今天周二，最后一堂是大扫除。

体育课还可以睡觉，大扫除却不好在大家都干活儿的情况下睡觉，于是贺深溜了。

乔韶都懒得理他了。

让他无可奈何的是，全班竟然都默许了他这种无耻行为。

没一个人表示抗议。

这就是不良加学渣的威力吗！

乔韶是真的长见识了！

因为脚受伤，乔韶也不用劳动，他继续写作业。

大多数同学并不讨厌大扫除，只要不老是上课，扫地、拖地、擦窗户都让人无比快乐。

乔韶可算把这张数学卷子做完了。

因为是练习卷，所以满分是 100 分，乔韶看自己写得这么满，觉得怎么也能拿个 80 分左右。

他给自己定的小目标就是成绩中上游。

毕竟落下很多，要追也是一点一点追。

搞定这张数学卷子，他还有物理、化学和英语练习册。

乔韶斗志满满，决定去上个厕所，回来继续战斗！

他起身时，前头拿着拖把手舞足蹈的宋一栩说："要去哪儿？"

乔韶回了句。

宋一栩说："我扶你啊。"

乔韶赶忙道："不用，我自己能行。"

宋一栩也没坚持，只让他小心点。

乔韶这脚踝只要不用力就不会疼，估计还是伤得很轻。

他一瘸一拐地到了男厕，一进门就看到了熟人。

"陈诉，你负责打扫厕所？"乔韶看到的正是拿着马桶刷刷着小便器的陈诉。

陈诉一愣，直起身时面上有薄汗："是的。"

很快他又说道："你上厕所？那几个都刷好了。"

乔韶道："我去隔间里。"

陈诉应了下，继续干活儿。

再出来时乔韶拧眉道："怎么就你一个人？"

一层楼虽然有四个厕所，但学生多，每个厕所都很大。

厕所是公共区域，每个班级轮流负责，这周是1班负责这个厕所，可也不能就陈诉一个人吧。

陈诉拿着刷子的手微顿，他道："有几个同学的，他们都做完了自己的那份。"

乔韶皱了皱眉，想再说什么，陈诉又道："你快回去吧，我很快干完了。"

乔韶道："我帮你。"

陈诉看向他，笑了下："你脚受伤了，怎么帮？"

"我又没伤着手。"

陈诉眼中多了些感激："没事的，就剩下一点了，我很快干完，你先回教室吧，这里地滑，万一摔跤怎么办？"

乔韶看了看，觉得的确剩下不多了，他自己瘸着条腿，万一帮倒忙也是闹心。

于是他又说：“等下周大扫除我和你一组。”

陈诉猛地抬头。

乔韶道：“放心，下周我这脚肯定好了。”

"嗯……"陈诉垂下眼眸道，"会好的。"

乔韶出了厕所，有些担心。

陈诉这是被欺负了吗？

他人这么安静老实，学习又踏实认真，怎么会被欺负呢？

不过……在他以前的初中，可从不会因为你学习好就不被欺负。

难道这里也这样吗？

乔韶被前头的说话声唤回了神。

"你们说陈诉会不会去打小报告啊？"

"不会的，他哪次不扫厕所？哪次也没去告诉老师。"

"算他有点种。"

"可拉倒吧，他是心虚吧！坏事做多了，活该扫厕所！"

"没准他就喜欢扫厕所呢……"

乔韶听不下去了，他径直走过去，看到了几个熟面孔。

都是自己班的同学，其中还有宋一栩。

乔韶皱眉："为什么每次都让陈诉扫厕所？"

几个同学一愣，宋一栩先开口道："乔韶，你以后还是离陈诉远点吧。"

乔韶问："为什么？"

"因为陈诉不是个好东西。"一个高大结实的男生说道。

乔韶记得他的名字，叫解凯。

"这样说同班同学，你也不是什么好东西。"乔韶毫不客气地回了句。

解凯火了："你找事是吧！"

宋一栩拉住他道："乔韶刚转过来，还不知道情况。"

解凯"哧"了一声，说道："我看不一定，没准是一路人，瞧他那小姑娘的样子。"

乔韶也火了："你说什么？！"

宋一栩道:"解凯,你少说两句!"

解凯"哼"了一声。

乔韶双手攥拳,要不是想到才来这学校两三天,惹事的话自己只会被接回家,他早就一拳揍上去了!

宋一栩赶走了解凯等人,拉着乔韶说:"我不是有意说人坏话,但陈诉这个人真不行。"

乔韶盯着他:"别随便定义人。"

"不是,"宋一栩对他说,"你不知道,陈诉很古怪的,我们都同班快一年了,他谁都不理,谁都不接触,做什么都独来独往。"

乔韶听得更火了:"那又怎样?"

"这没什么,我们顶多觉得他阴沉无聊,但是……"宋一栩道,"他手脚不干净,他偷人东西。"

乔韶愣了下。

宋一栩道:"你们一个寝室的,等你丢了东西你……"

他话没说完,闭嘴了。

乔韶也看到了前头面色苍白的陈诉。

陈诉打扫完厕所了,他手里还拿着一个拖把,额头的汗直滚下来,衬得瘦削无血色的脸更加狼狈。

乔韶喊他一声:"陈诉。"

陈诉像是被惊醒一般,猛地转身,头也不回地走了。

可怜乔韶瘸着腿,想追也追不上。

他转头看向宋一栩:"你这样说有证据吗?"

宋一栩顿了一下道:"很多人都知道的,他在的地方,就会少东西……"

乔韶冷笑:"凭这样就给人定罪?这世上得冤死多少人!"

乔韶不理宋一栩了,他挪回教室,可惜也没看到陈诉。

晚饭时陈诉也没回来。

贺深倒是拎着一个便利袋坐他旁边了。

"怎么了?"贺深问他。

乔韶心情很差："没什么。"

贺深看了他一眼："那怎么脸蛋气鼓鼓的？"

乔韶道："你了解陈诉吗？"

贺深道："嗯，上次月考第一。"还是乔韶告诉他的。

乔韶翻了个白眼，觉得自己问错人了，要说不合群，眼前这个才是最不合群的吧！

成天不是旷课就是睡觉！

"他怎么了？"贺深又问乔韶。

乔韶犹豫了一下，还是说出来："他们无凭无据，就说陈诉是小偷。"

贺深托腮看他："那你觉得他不是？"

乔韶笃定道："不是！"

贺深道："为什么？你才认识他没两天吧，能了解多少？"

乔韶愤愤道："你们都认识他快一年了，难道了解很多吗？"

贺深被他反问得一怔。

乔韶起身道："我去找他，我会问明白的。"

贺深道："问明白了又怎样？有没有偷东西不是根本问题，而是大家都不相信他……"

他话没说完，乔韶转头盯他："我相信。"

贺深瞳孔微缩。

"需要很多人吗？"乔韶道，"我一个人就够了！"

贺深看进他那双明亮的眼睛，一时有些恍神。

需要很多人吗？

需要很多人认可吗？

不……

一个人就够了。

真正相信他的人，一个足够了。

贺深轻吸口气道："乔韶……"

乔韶正要去找人，敷衍地"嗯"了一声。

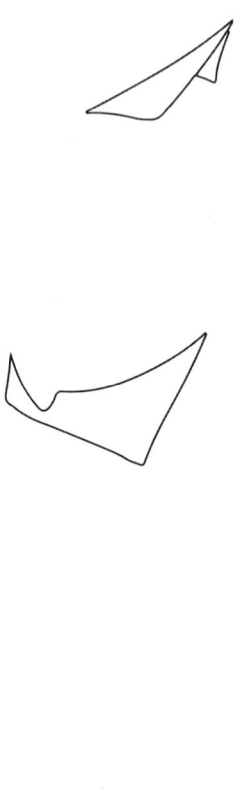

韶不需要安慰

14．莫欺少年穷

"走，带你去找陈诉。"贺深把他的手放在自己胳膊上。

这动作是他们这一两天常有的，这样瘸腿乔才好借力，方便走路。

此刻……

乔韶像看神经病一样仰头看他："你……"但又问不出口了。

贺深还反问他了："怎么，我没资格一起调查？"

乔韶睁大眼，心里咆哮了一万遍：你有什么资格？！

"陈诉在那儿。"贺深看向围栏。

东高的教学楼是环状分布的，中间镂空，课间休息时同学们都喜欢在这边玩。

陈诉站在角落的围栏边，手死死握着栏杆，怔怔地向下俯视。

若非这栏杆高到让人翻不过去，乔韶几乎以为……

"陈诉！"乔韶喊他，挪着自己的瘸腿，努力靠过去。

谁知他这一喊，陈诉浑身僵硬，头也不回地跑了。

这样一来乔韶压根追不上他。

贺深道："我抱你的话，很快就能追上。"

正是晚饭时间，来来往往全是同学，甭管贺深是抱他还是背他，乔韶都会想翻过这栏杆跳下去！

乔韶掐着他胳膊道："我这样也追得上。"

贺深也没强抱他，毕竟乔韶同学人小脸面大，是个丢头不丢人的汉子。

乔韶自然是追不上的,他刚到楼梯口,陈诉人影都没了。

贺深道:"他回宿舍了。"

陈诉这是在躲着乔韶,他料到乔韶现在的情况上五楼很难,躲他最好的去处就是宿舍。

乔韶也想到了,他咬牙道:"走!"

就当锻炼身体了,虽然肚子有点饿。

两人去了宿舍楼,乔韶坚持上五楼,看得贺深怪难受的:"真不用我背?"

乔韶喘息着道:"不用,我不累。"

贺深看看他额间的薄汗道:"我背两个你上楼也不会出这么多汗。"

乔韶没好气道:"我能和你比?"

这人得一米九了吧!

腿长得都快到他腰了!

小短腿和大长腿爬楼梯付出的体力是不一样的!

当然这话乔韶是不会说的,打死都不会说的。

贺深捏了捏他的小胳膊道:"你是得好好吃饭,多锻炼。"

乔韶累得直喘气:"我会的。"

贺深好心安慰他:"等脚好了,我带你锻炼。"

"怎么锻炼?"乔韶狐疑地看他,别是找人干架吧?!

贺深道:"我运动全能,你随便挑。"

乔韶挑衅他:"芭蕾舞也会?"

贺深诧异地看他:"你想学这个?"

"我才不想!"乔韶道,"你不是全能吗?"

贺深想了下道:"芭蕾这个我真不行,不过我滑冰还行,想学吗?"

花样滑冰和芭蕾是有点相通之处的。

但乔韶才不信贺深会花滑,估计就是不良少年常去的那种旱冰场吧!

"再说吧。"乔韶随便敷衍了一下,根本没当回事。

说话间他们到了516室,乔韶喘了口气后开了宿舍门。

如他俩所想,陈诉在宿舍里。他端坐在桌子前,面前摊着一张试卷,可看他那模样也知道心不在题上。

听到开门声,陈诉抬头,看到乔韶后立马站起身。

乔韶进屋,贺深没进来,他在外头把门关上,直接上锁。

乔韶无语。

您真行!

这下陈诉是没处可跑了。

乔韶连挪加蹦地上五楼,已经体力透支。

他坐到床上道:"躲什么?"

陈诉不吭声。

乔韶喘口气,看向他道:"怕我像他们那样,不理你了?"

一句话戳到了要害。

十六七岁的少年,自尊心是最强的,也是最脆弱的。

陈诉坐到椅子上,哑着嗓子说:"你不是都听他们说了?"

乔韶心一紧,问他:"你真的偷过东西?"

陈诉低着头,放在桌面上的手痉挛着,把卷子都弄褶皱了,他应道:"嗯。"

乔韶立刻又问:"为什么?"

这三个字让陈诉一愣。

知道他是个小偷后,乔韶不该起身走人吗?为什么还要问为什么……

陈诉终于抬起头,看向了乔韶。

乔韶也正看着他,他眼中半点鄙夷都没有,和之前一样清亮透彻,毫无成见。

乔韶问:"能告诉我原因吗?"

压低的清脆声音里有着毫无保留的信任,陈诉只觉得鼻尖一酸,一股热气涌上来,他的眼眶通红:"我……我以为……"

乔韶看着他,耐心听着。

陈诉把积压在心头半年多的话说出来了:"我以为他不要了……我看他丢到垃圾桶,以为他不要那个背包了。"

乔韶一愣。

陈诉说得断断续续，可把整件事情说明白了。

他的确"偷"了一个东西——一个黑色的书包。

可他却不是从桌肚里拿的，而是从垃圾桶里捡到的。

他以为这是没人要的东西。

陈诉一直都想要一个书包，一个轻便的、能够在教室和宿舍间来回时装几本书的背包，所以把它带回宿舍，仔细洗干净，晒干，然后用上了。

那几天陈诉很开心，虽然他独来独往，但有了这个背包，他每天都脚步轻快。

直到有人惊叫一声："这不是我找不到的那个背包吗？"

那是在食堂里，聚集了无数的学生，大家听到动静都看过来。

陈诉脸涨得通红，一句话都说不出来。

那人上前道："这肯定是我的，我妈怕我丢了找不到，在里面缝了我的名字的。"

他上前抢过背包，拉开拉链后，翻出了自己的名字。

这下，食堂里的人看向陈诉的眼神让他如芒在背。

从那之后，陈诉就成了一个小偷。

听到这里，乔韶急道："你为什么不解释？"

是捡到的，明明是捡到的啊！

陈诉看向他，无可奈何道："怎么解释？说我穷到去垃圾桶里捡东西？"

乔韶道："可那人真的把它丢垃圾桶了！"

如果只是捡到丢了的东西，乔韶相信陈诉会把书包交到失物认领处。

可一个垃圾桶里的书包，怎么上交？

陈诉摇摇头。

乔韶"噌"地站起来："那人叫什么？我去找他！"

陈诉道："已经过去半年了，说什么都没用的。"

半年……

陈诉背着这污名，默默忍受了这么久吗？

乔韶心里很不是滋味。

陈诉垂下眼眸，继续道："其实还是我自己不好，是我给了他们会偷东西的印象。"

乔韶火了："这怎么能怪你！"

"就是怪我！"陈诉用罕见的音量说道，"因为我穷，因为他们什么都有，而我连学费都是紧紧巴巴勉强凑出来的！"

乔韶愣住了。

陈诉抬头看他道："你明白的，是吗？乔韶，你肯定明白的！家里穷就是错，什么都比不上他们，什么都不如他们！不敢和他们说话，怕被瞧不起；不敢和他们一起吃饭，怕自己吃的东西被嘲笑；不敢和他们玩，因为他们玩的我都……我都根本不知道！"

乔韶眼眸微睁，嗓子眼像被什么堵上了，一个字都说不出来。

"我古怪，我不合群，我穷酸，所以我就活该去偷东西！"陈诉低吼着把压在心头半年多的怨气发泄了出来。

乔韶心里难受死了，他轻声道："不是……陈诉，你不是的……"

陈诉一把擦干了眼泪，再抬头时他眼中竟有关切："乔韶，你千万不要像我这样。你什么都不要去想，什么都不要去碰，别让他们有欺负你的理由。"

乔韶更加说不出话了。

他明白了，什么都明白了。

陈诉家里状况不好，或者说是很穷。

他自卑、敏感，有着强烈的自尊心。

他不愿成为同学的笑柄，所以离大家远远的，这反而给同学们留下了古怪的印象。

意外地在垃圾桶里捡到的书包，成了他偷的东西。

没人质疑，没人想了解真相，因为陈诉穷，因为陈诉孤僻，因为他像是会做出这种事的人。

一直以来陈诉把这些压在心底，默默忍受着，死都不肯开口说一个字，这时却全说出来了。

原因是什么……

只是因为乔韶问了吗？

不仅如此，更因为陈诉觉得乔韶和自己一样，他以为乔韶能够理解，他甚至想……保护乔韶。

是的，他希望乔韶不要像他这样"犯错"，不要像他这样被人排挤。

可实际上，乔韶……

但乔韶看到了陈诉的这份关怀。

陈诉把他当成了同类，用这种揭开伤疤的、血淋淋的方式来提醒他。

乔韶怎么忍心让他再度孤零零。

"我知道了。"乔韶对陈诉说，"谢谢。"

陈诉怔了下，但很快他嘴角露出了笑容，眼中也有了神采。

他说："别怕，我们不用管这些，我们一起好好学习，一起努力，等考上好的大学，我们的人生就不一样了！"

家里穷又怎样？穷得让人耻笑又如何？

"宁欺白须公，莫欺少年穷。终须有日龙穿凤，唔信一世裤穿窿。"①

乔韶心里涌动着热流，他用力点头："我们一起努力！"

陈诉也点头："嗯！"

门外的贺深靠在墙边，嘴角也挂着淡淡的笑。

莫欺少年穷啊，莫欺少年穷。

陈诉振作起来，乔韶也有了第一个真正意义上的朋友。

不只是朋友，更是战友！

这时，外头响起了说话声。

一惊一乍的，是他们的室友蓝毛："深哥，你堵门干吗？"

贺深散漫的声音响起："别进去。"

蓝毛声调向来又高又嚣张："怎么，有什么事？"

贺深张口就是瞎扯："楼骁在里面。"

蓝毛惊讶道："骁哥？我刚还在班里看到他。"

---

① 出自清代吴敬梓的《儒林外史》第四十六回。

贺深："哦，他刚回来。"

蓝毛狐疑道："骁哥在，为什么我们不能进去？"

贺深道："里面还有他心上人。"

蓝毛："骁哥居然？！"

贺深卖起队友毫不客气："懂了？"

蓝毛连声道："懂了懂了！"

一溜烟跑得飞快。

屋里的乔韶和陈诉都笑出声。

本来挺难受的气氛，一下子全没了。

15．他打不过我

过了一会儿，乔韶开门，一脸无语地看贺深："你这么冤枉楼骁，他不会揍你吗？"

贺深："他打不过我。"

打不死你哦！

短短两日，乔韶已经习惯了他的盲目自信。

陈诉想在寝室待会儿。

乔韶准备去食堂，他问陈诉："帮你带饭？"

陈诉摇头："我晚点自己去吃。"

乔韶又道："那我等你一起。"

陈诉道："不用等，晚了没好吃的，你先去吧。"

乔韶想了下，打算和贺深先走了。

一来他腿脚不方便，需要一根强有力的拐杖；二来他觉得陈诉当下需要时间整理一下情绪。

这样哭了一场，心中的郁闷排解了，眼睛也肿了。

他不想这样出门也能理解。

乔韶对他说："那我先去吃饭了。"

陈诉罕见地笑了下："去吧。"

乔韶扶上贺深的胳膊，两人并肩走了。

陈诉站在门边看了一会儿，心里升起的是前所未有的轻松。

乔韶和他不一样，哪怕两人的家庭情况都不好，但乔韶比他自信多了。

他该向乔韶学习，努力迈出一步，也许生活会是另一副模样。

乔韶和贺深这会儿来得也有点晚了，排队的人少了很多。

乔韶如今明白自己的"参照物"有问题，可惜也改不了了。

他好不容易给了陈诉一些安慰，再暴露身份的话，陈诉会怀疑人生吧！

所以乔韶不只要做个普通学生，他还要做个家庭情况很不好的学生。

这事的难度暂且不提，重点是这样算长久之计吗？

他总不能瞒陈诉一辈子吧？以后总会拆穿，到时候……

乔韶很愁。

因为一路胡思乱想，所以当他发现自己站在楼梯口时，诧异道："去哪儿？"

贺深一只手托着他的餐盘，一只手扶着他道："二楼。"

乔韶是知道的，餐厅二楼是家境富裕的学生的天下，各种昂贵的菜品层出不穷。

他一个"穷苦"学生，去那地方干吗，他立刻摇头："不去！"

贺深道："我的饭菜都在二楼。"

乔韶："那你上去，我自己在一楼吃。"

贺深垂眸看他，说了句仿佛不相关的话："其实我一只手就能把你拎上二楼。"

乔韶震惊了。

贺深微笑："试试？"

试个鬼啊！

以乔韶对他这四十八小时的了解，他干得出来！

我去二楼干吗？我都打好饭了……乔韶在心里腹诽。

他们已经到二楼了。

一上来就碰上了楼骁。

楼大爷目中无人地站在那儿,同学们都离他十万八千里。

楼骁:"怎么这么慢?"说着看了眼乔韶,"这谁?"

身为资深"睁眼瞎",三米外人畜不分。

乔韶对他的好感度已经降到谷底,一想到这楼骁冷酷无情的模样是因为"眼瞎",他竟有些想笑。

随着两人走近,楼骁又来了一句:"哪儿来的小孩?"

乔韶不想笑了,他想为尊严而战!

贺深放下餐盘,揽住乔韶肩膀:"我家的。"

楼骁好凶的眼睛,一眨就有点破坏气氛:"哦,是他啊。"

他大约看清了,是厕所里的"小姑娘",瘦胳膊瘦腿的转校生。

乔韶掂量了一下自己和楼骁的身高差,暂时忍了。

一个两个的都长这么高,东高伙食催人长吗?!

乔韶想想自己比他们大一岁还矮这么多,不禁心更塞了。

这时一个惊讶声响起:"骁哥?"

是蓝毛。

楼骁转头看他。

"你竟然……竟然……"蓝毛脱口而出,"这么近视的吗?"

这语气十分复杂了,其中包含着一点点幻灭的成分。

楼骁一无所知:"怎么?"

接收到贺深眼神的蓝毛一个激灵,意识到自己是在老虎屁股上拔毛,赶紧摆手道:"没、没什么!"说完溜之大吉。

楼骁纳闷:"刚才那是卫嘉宇?"

贺深:"嗯。"

楼骁:"他说我什么了?"

贺深从容道:"谁知道呢?他成天大惊小怪的。"

"也是,"楼骁不疑有他,"吃饭吧,等半天了。"

旁边的乔韶:"……"

有点心疼楼骁怎么办!

莫名背了个偷偷带心上人回宿舍的锅!

乔韶默默地离贺深远了些。

楼骁都如此惨兮兮了,乔韶怕自己迟早也要被这芝麻馅的坏家伙吃干抹净!

贺深伸手夹了乔韶餐盘里的肉。

乔韶像看魔鬼一样看他。

他这四块钱一份的菜,统共就三块肉,他一筷子就夹去了三分之一!

乔韶还想长个呢!

贺深道:"还挺好吃。"

乔韶没好气道:"这是我的!"

贺深道:"这么小气干吗?"

外号"散财童子"的乔少爷万万没想到"小气"二字有天会落到自己头上。

乔韶干巴巴道:"我才不是。"

贺深毫不客气地抢过他的餐盘:"那我再吃点。"

乔韶急了:"这是我……"

早说他就打两份啊!

贺深把自己面前的排骨米饭推到他面前:"你吃这个。"

乔韶一愣。

贺深道:"不想吃?"

乔韶看向他:"你这份不是肉更多吗?"

四五块大排骨,一碗白米饭,比他的四块钱套餐好了不止一个档次。

贺深道:"偶尔想吃素。"他已经完全霸占了乔韶的餐盘。

乔韶盯着他看了好一会儿,心里拿不准。

贺深是故意把排骨米饭让给他吗?

这家伙会这么好心吗?

嗯……

他嘴巴坏还有恶趣味，但心地挺好的。

乔韶戳了下排骨，竟体会到了久违的有点馋的感觉。

要知道在家里，吴姨为了让他多吃哪怕一口饭，都要费尽心思。

可惜他……

乔韶用力咬了一口排骨，肉香味唤醒了全部味蕾。

贺深见他吃了起来，嘴角微扬，慢条斯理地吃着餐盘里四块钱一份的学生餐。

晚饭后，乔韶回去上自习，贺深和楼骁先走了。

出了校门口，楼骁道："你不是宁愿饿死，也不吃一楼的'猪食'吗？"

没错，他们管那四块钱一份的饭菜叫"猪食"。

贺深道："偶尔尝尝也不错。"

楼骁看他一眼："芹菜也很不错？"

贺深最嫌弃的就是这种菜，见了都吃不下饭。

贺深幽幽道："不感人吗？为了让乔韶吃肉，我付出的还不够多吗？"

吃了一盘芹菜，他想想都反胃。

楼骁顿了下，总觉得哪里不太对。

直到他去了酒吧，一杯酒下肚后才反应过来。

贺深对乔韶是真好。

可惜贺深早回家了，他也没处说去。

晚自习，乔韶听课听得很投入，最后一节因为走读生都走了，他更是坐到陈诉旁边，和他一起做卷子。

陈诉果然厉害，一张练习卷只错了半道题！

乔韶看看自己刚刚及格的卷子，心情很复杂。

前路漫漫，还需努力啊乔同志！

回寝室后，洗完澡准备睡下的乔韶有点出神。

总觉得不甘心，替陈诉不甘心。

明明没有偷东西的陈诉为什么要背负这样的污名？

怎么才能帮他证明清白呢？

想来想去他也想不出个所以然，这时手机振动了一下。

因为戴着耳机，他很快就发现了。

乔韶躲在被窝里看手机。

没有星期五："睡了？"

是贺深，大半夜找他干吗？

乔韶回他："没。"

没有星期五："睡不着？"

乔韶正想回他"就快睡着了"，这家伙又发来一条："想不想帮陈诉？"

乔韶蓦地睁大眼，赶紧删掉之前的内容，重新打字："怎么帮？你能证明他是清白的吗？！"

漆黑的出租屋里，贺深从椅子上站起，他一只手插兜走向阳台，一只手在手机上敲了一行字。

乔韶很快就收到了消息。

没有星期五："可以，只要你答应我一件事。"

还附上了可爱的颜文字。

乔韶："……"

不发颜文字能死啊？！

16．我会唱摇篮曲

小不忍则乱大谋，乔韶无视颜文字，问他："答应你什么事？"

没有星期五："陪我吃饭。"

乔韶发给他一个问号表情。

这算什么事？

贺深靠在阳台上，在漫天星光下打字："我吃饭不规律，食欲也不好，这两天和你吃得还不错，想以后都和你一起吃饭。"

必须把这小孩哄到眼皮子底下，否则天天吃"猪食"，怎么长肉？

看到这一长串字，乔韶发了一会儿呆。

贺深食欲不好吗？

食欲不好的滋味没谁比乔韶更清楚了。

每天茶饭不思，坐到饭桌前就满心厌倦，逼着自己吃两口，也尝不出食物的味道，只觉得胸口烧得慌，像吃了一把火。

乔韶握紧了手机。

他问贺深："为什么和我一起吃饭有食欲？"

这个问题乔韶自己也想知道，他和贺深吃了两次饭，这两次也不知道是聊天分了心，还是怎样，总之他吃得很好。

乔韶的心有点紧，眼巴巴看着对话框。

没有星期五："你都在努力吃饭了，我怎么好浪费食物。"

乔韶："什么？"

没有星期五："多好的对照，一想到不吃饭就会像你这样瘦瘦小小，食欲一下子就好了。"

乔韶心里的那点紧瞬间烟消云散，他戳了一个字送他："滚！"

修养好的乔少爷，不怎么会骂人，只能用感叹号发泄心情了！

贺深因为烦心事积郁的心，一下子畅快了。

他又发了一条："好不好嘛？"

又附上星星眼的颜文字。

这时候的乔韶真该截个图，把这星星眼的颜文字发到学校论坛上，准让万千少男少女跌破眼镜。

谁敢想？

常年全科第一，雄霸奥赛，以高冷著称，连老师都退避三舍的贺神，居然熟练掌握颜文字的使用技巧！

可惜此时的乔韶并不知道贺深的真正身份。

他才懒得把一个不良学渣的奇怪爱好挂到论坛上去。

乔韶纠结了好半天，最终还是回复道："你先告诉我，你用什么办法证明陈诉清白。"

这事乔韶怎么想怎么没辙。

都过去半年了，当时的事也没人目睹，那个丢了书包的人又不承认，这根本是个死局，百口莫辩。

贺深轻松破了个局："那地方有监控。"

乔韶差点从被窝里跳出来。

对哦，监控！乔韶在心里叫了声。

贺深道："怎样，可以答应我了吗？"

乔韶又想起一件事："这都半年了，监控还保留着记录吗？"

贺深道："嗯。"

乔韶很快又丧气了："不行的，老师不会让我们查这么久之前的监控记录。"

这事对陈诉来说至关重要，可老师能理解吗？

乔韶没那么天真，不会想当然地认为，忙碌的成年人会把这种事当回事。

贺深回他俩字："能行。"

乔韶越想越难办，他下意识地戳了几个字："不行的，肯定不行……"

他倒是可以找老爸帮忙，只要他爸一出手，别说是半年前的监控，十年前的都能调出来。

可是这样一来，他独自来这个学校的意义就没了。

他始终无法……

"我说小乔，"贺深发了一段语音，"别小看我。"

乱七八糟想了一大堆的乔韶被噎了个正着。

这句话槽点太多，乔韶又听了一遍后，怒道："不准那样叫我！"

小乔什么的，他又不是女孩子。

贺深又发来一段语音："戴着耳机啊？早说我就不打字了。"

乔韶不戴耳机无法入睡，当然他不会告诉贺深。

你真的……"能行"二字没打出来，他改成了："你真的可以弄到监控？"

贺深道："相信我。"

戴着耳机听，这低沉的声音像是贴着耳朵说的，乔韶竟觉得耳朵有点痒。

他揉了揉耳垂打字:"我暂时信了。"

贺深又问:"条件也答应了?"

乔韶无所谓道:"那算什么条件,不就是一起吃饭吗?"

吃就吃呗,他也想凭着东高伙食长高点。

贺深声音里带了笑意:"一言为定。"

乔韶:嗯。

话题结束,乔韶该睡了。

可他盯着手机看了会儿,还是忍不住又发了一句话:有件事……想问你一下。

这是一件他自己想不明白却一直挂在心上的事。

他不指望贺深能给他什么答案,只是有人告诉过他,想不通的事说出来也许就有了头绪。

贺深本来都要和他道晚安了,冷不丁看到这消息,回道:"怎么?"

乔韶犹豫了好一会儿,一行字断断续续地敲了好几遍——落到贺深眼里就是长时间的"对方正在输入":想说什么呢?这么纠结?

贺深向后靠了靠,抬头看向夜空。

十一点了,夜深人静,一层乌云不知何时聚拢,遮住了星辰。

消息发来了,贺深低头,看到内容时弯起的薄唇像弯月。

乔韶:"我有个朋友,嗯……你不认识,他遇到这么个情况,他家境不太好,有些穷,好吧是很穷,然后他交了一个新朋友,这个新朋友呢……也许很有钱,你说我朋友该怎么办……知道了朋友有钱后,还能不能和他做朋友了……"

乔韶问的就是他和陈诉,他原本只想扮个普通学生,谁知选错了参照对象,跟着陈诉一路学下来,已经成了贫困生。

更要命的是陈诉把他当同类,乔韶不愿刺激好不容易振作起来的陈诉,只能硬着头皮装下去。

可这也有隐患。

他不能装一辈子,总有暴露的一天,到时候陈诉会怎样?

会不会一怒之下和他绝交？

乔韶想想就不安，他找不到人问，于是就拐弯抹角地问了贺深。

阴差阳错的，这段话落到贺深眼里，成了另一番意思。

什么朋友的事，明显就是小孩自己的事。

所谓的穷苦朋友就是乔韶，新认识的朋友应该就是贺深自己了。

小矮子把他当成有钱人了？

也难怪，他穷归穷，却从不亏待自己，会让小矮子紧张也难免。

贺深回他："交朋友看的是情投意合，钱不钱的，有什么关系？"

情投意合？

乔韶觉得贺深在乱用成语，可又找不到证据。

贺深又问他："你朋友和新朋友是不是很合得来？"

乔韶立马回道："当然！"

贺深眼中全是笑意："这么说，你朋友很喜欢这个新朋友？"

陈诉肯定喜欢他啊，乔韶道："对！"

贺深又道："那就是了，很喜欢了就是好朋友，哪能说不做就不做了。"

乔韶愣了愣，把这句话来回听了好几遍。

对哦……是他想歪了。

他现在不能告诉陈诉实情，因为这会打击到陈诉，会把他推远，更会让他失去伙伴与依靠。

但他以后是可以说出来的。

两人相处久了，他会用时间来向陈诉证明自己是个怎样的人、怎样的朋友，这样即便说出真相，陈诉也能接受甚至原谅他！

嗯！

乔韶想通了。

当务之急是帮陈诉建立信心，让他走出自卑，不那么敏感，让他的生活和心态都焕然一新！

乔韶很开心地回复贺深："谢谢！"

贺深心里也一片熨帖，反而想和他说声谢谢——

多久了，他深更半夜连个说话的人都没有。

贺深敛神，发了段语音："现在睡得着了？"

还不等乔韶回复，他又发了一段："要不要哄睡服务？我会唱《摇篮曲》。"

乔韶默了默，赶紧打字：不要！

然而一段长达十几秒的语音已经发了过来。

乔韶盯着看了好一会儿，心一横还是点开了。

悠扬悦耳的男声在他耳畔响起："睡吧……睡吧……我亲爱的宝贝……"

"啪"的一下，乔韶头一次在半夜十一点摘掉了耳机！

贺深这家伙，有什么是他干不出来的！

17．别用非正常手段

这个时间点，乔韶没了耳机相当于没了命，他翻来覆去，还是戴上耳机，顺便把那段语音听完了。

"睡吧睡吧，我亲爱的宝贝……哥哥的声音永远陪着你……"

乔韶嘴角抽搐，忍不住戳字："哥哥个鬼啊！我比你大！"

发出去了他又后悔了，赶紧点"撤回"。

贺深还是看到了："比我大？你几月生日？"

乔韶心想：我可能比你大一岁呢。

算了，不想提这事，他道："反正比你大。"

"这么笃定，"贺深沉吟问，"九月之后的生日？"

上小学九月是条分界线，之后的月份要推迟一年入学。

乔韶不想回答。

贺深又道："那也没用，我今年十七岁了。"

乔韶不以为然："下半年的生日吧？"

乔韶还是比他大。

贺深道："上半年。"

乔韶顿了一下，竟睡意全无："你怎么……"

他敲了几个字，又想到两人才认识这么两天，不该问。

谁知贺深坦荡荡道："我初中休学一年，所以比同级生大。"

乔韶死死握住了手机："为什么？"

"为什么休学？"贺深的声音很轻松，"嗯，受了点伤。"

乔韶听他这玩世不恭的声音，再想想他的不良属性，撇撇嘴戳字："和人打架？"

贺深供认不讳："差不多。"

乔韶服了："你厉害。"

贺深："怎样，可以心服口服叫声'哥'了？"

挺奇怪的，本来乔韶打死不想提的事，这会儿竟觉得没那么难以启齿了。

乔韶打字："我也十七岁了，也是上半年的生日。"

这下轮到贺深惊讶了："别闹。"

乔韶道："爱信不信。"

贺深："身份证拍照给我。"

乔韶力气大得手指都要戳断了："不！"

贺深声音里还是不信："你真的和我同龄？"

乔韶顿了一下道："我晚了一年入学。"

他说得含糊，听起来像是晚一年才上小学似的。

贺深又问："生日是几月几日？"

乔韶也不瞒着了，他就要吓死贺深："二月二日。"

够大了吧，除非贺深是一月的生日，否则贺深就是他弟弟！

过了一会儿，贺深发来一张图片。

乔韶这边刷新了很久才打开，他定睛一看，愣住了。

这是张身份证截图，隐去了其他信息，只留下姓名、照片和出生年月日。

乔韶惊呆了——一月一日？

贺深发来一段语音："一月一日和二月二日，我们生日离得好近。"

乔韶无语。

贺深又发来一句:"叫声'哥'。"

叫你个大头鬼!

乔韶关掉微信,睡觉了!

夜色下,贺深薄唇弯着,抬头再看到阴霾的天空也不觉得闷了。

第二天乔韶被起床铃声唤醒,他迷迷糊糊地坐起来,陈诉已经洗漱好回来了。

"早。"因为蓝毛还在睡,他打招呼的声音很小。

乔韶醒过神来了:"早……"

陈诉放下脸盆道:"你不用跑操,再睡会儿吧。"

他腿伤了有特权。

乔韶摇摇头让自己清醒:"不了,我起来看会儿书。"

他之前落下的知识有点多,得抓紧时间补。

陈诉又道:"我给你带早饭。"

乔韶正想道谢,又想起自己昨晚的陪吃约定,连忙道:"不用,贺深说给我带早饭。"

陈诉明显一怔,却没说什么,只道:"那好,我先去跑操了。"

乔韶连连点头,寝室里就剩下他和睡成蚕蛹状的蓝毛了。

乔韶洗漱完坐下正要背背古文,他的手机振动了一下。

没有星期五:"早上好。"

无一例外又发了颜文字。

乔韶无语。

一个大男人装什么可爱啊!没眼看。

乔韶回他:"起这么早?"

走读生又不用跑操,起这么早干吗?

贺深看了看电脑屏幕上运行的程序,向后靠在椅背上,打字道:"一宿没睡。"

乔韶默了默:"通宵打游戏?你是想猝死啊!"

难怪白天上课除了睡就是睡！

贺深也没解释，他道："你就当我过的是美国时间。"

乔韶揶揄他："那您现在该睡觉了吧？！"

贺深坦坦荡荡："吃饱就睡。"

不用想了，就是在课桌上睡！

乔韶懒得管这不良学渣了，他想起每日任务，给他转了1毛钱。

贺深从容收下，又问他："早上想吃什么？"

乔韶掂量下自己的贫穷人设，打字："馒头、粥。"

这是性价比最高的早餐了，买粥送小菜，刚好可以下馒头。

关键是吃得饱，能稳稳挨到中午。

贺深回他："在宿舍等我。"

乔韶觉得这陪吃的工作有点妙，白得一个送饭的，何乐不为？

他看了一会儿书，效率不高，打算去床上拿手机，戴上耳机刷一下题。

他刚起身，看到了从上铺爬下来顶着鸡窝头的蓝毛。

在身高这方面，乔韶赢不了516室里所有人！

蓝毛居高临下地看他，苍白的肌肤和浓浓的黑眼圈把他衬得像个吸血鬼。

他起床气不小："让开，穷鬼。"

乔韶同学每次听到"穷鬼"二字都因太新鲜而回不过神。

蓝毛"哧"了一声，伸手要推他。

乔韶瘸了条腿，真被推一下，怕是要伤上加伤。

谁知蓝毛手都碰到他了，临时又改了力道，一把抓住他衣服道："别挡路。"

乔韶顺势坐到了自己床上，没摔着。

蓝毛嫌弃地瞥他一眼，去了洗手间。

乔韶倒没怎么生气，当然他也不喜欢蓝毛。

就这没礼貌的臭脾气，谁要理他！

蓝毛洗漱完走人时，乔韶正和一道几何题死磕，他笔头都快咬烂了，也算不出点 c 到点 m 的距离……

"a/4。"

乔韶回头，看到了贺深，他被吓了一跳："靠这么近干吗？！"

贺深在卷子上点了下："答案是 a/4，赶紧写上然后去吃饭，我饿了。"

乔韶狐疑地看他："你会这题？"

贺深把拎着的东西放到桌面上："嗯。"

乔韶才不信："你连运算都没有，直接出答案？"

开什么玩笑，这可是道 14 分的大题，他在草稿纸上磨蹭了整整 15 分钟都毫无头绪！

贺深道："这有什么好算的？"一目了然的事。

乔韶合上试卷，开始腹诽：这人学习不咋地，吹牛的本事当真是无人能及。

算了，这道题一时半会儿也解不出来，先吃饭，回头再问问陈诉去。

乔韶收拾了桌子，看到贺深拿出豆腐脑、里脊肉夹馍、牛肉馅饼、小笼包、老麻抄手……

乔韶惊了。

最后贺深拿出了菜粥和馒头："这是你的。"

乔韶那可怜巴巴的早餐在这一堆美食面前，着实楚楚可怜。

乔韶不禁问道："你怎么买了这么多？"

贺深掰开筷子道："我和你不一样，我这是晚餐，当然要丰富些。"

他说自己过的是美国时间，早晨就是晚上了。

乔韶又问："你一个人吃得了这么多？"

贺深看他："你帮我？"

乔韶："……"

贺深又道："只吃馒头和菜粥可不会长个儿。"

一句话戳到了乔韶的痛处，他道："我中午会吃很多肉！"

贺深夹起一个小笼包堵他嘴上："吃吧，扔了也是浪费。"

小笼包蓬松香软，里面是肉馅，乔韶觉得二百块钱一个的蟹黄包都没这个好吃。

"嗯……"乔韶食不言,努力咽下去道,"所以说你为什么要买这么多?!"

"嗯……"贺深沉吟片刻,"大概是千金难买我高兴。"

乔韶哑口无言。

后来乔韶吃了一屉小笼包,喝了半碗豆浆,还吃了肉夹馍里的两片里脊肉……创下他四五年来早餐食量最高纪录。

再看贺深……

他把剩下的所有,除了馒头和菜粥,全吃了。

乔韶有些灰心丧气。

吃得多才长得高吗?

就贺深这食量,他一辈子也比不上啊!

两人搞定早餐,乔韶问起正事:"要怎么才能弄到监控?"

贺深道:"拷出来就是。"

乔韶忧心忡忡:"你别用什么非法手段吧?"

回头被抓了,出大事怎么办?

贺深有些困,他靠着床杆,懒洋洋地问:"你觉得我会用什么非法手段?"

他故意在"非法"二字上加重了语调。

乔韶紧张兮兮的:"比如夜闯监控室、敲晕老师、窃取资料……"

贺深低笑出声,在小矮子头上拍了一下:"放心,直接找老师要就行。"

乔韶最怕别人拍他脑壳:长得高了不起啊,越拍越矮好吗!

这些不知"人间疾苦"的大高个儿,真让人生气!

"反正别用非正常手段!"乔韶强调。

贺深想了下说:"这样,我先睡两节课,课间操的时候我带你一起去。"

乔韶:"……"

能说什么,面对把课桌当床的同桌,他能说什么?!

去教室的路上,乔韶又向贺深问起一件事。

"陈诉为什么会在516室?也是像我这样,普通宿舍满了吗?"

他觉得不是,他始终觉得自己能进516室,是老爸或者该说是老爸的助理叔叔们搞的鬼。

贺深道："他没你这么好的运气。"入校时若是被调剂的话，校方会免除百分之二十的宿舍费。

乔韶纳闷道："516室的住宿费用那么高，陈诉何必花这个冤枉钱？"

贺深给他解释："东高有个福利，一个学年的期末考试能拿前三，会有不同程度上的奖励。"

乔韶懂了："陈诉考了前三？前三免除宿舍费吗？"

这就好理解了，不用交宿舍费的话，当然是选最好的宿舍住！

贺深道："他应该是第三名，所以免除宿舍费。"

"第三也超级厉害了好吗！"乔韶羡慕得眼睛晶亮，"陈诉果然是学霸！"

能和学霸做朋友，还在一个寝室，真是太妙了！

见他这样，贺深扬眉："想不想知道第二和第一的奖励？"

乔韶赶忙问："是什么？"

贺深往他心窝窝上递："第二的话是免除学杂费。"

"好学生从小就能给家里省钱！"乔韶佩服，"那全校第一呢？"

贺深道："全市第一免除学杂费，同时补贴一个学期生活费。"

乔韶惊呆了。

他没听出全校和全市的区别，只顾着钦佩第一名了。

"是谁啊？"乔韶凑近贺深，热切地问道，"上次咱们年级第一叫什么？"

贺深垂首就看到他小刷子似的眼睫毛，忽然问了句："你睫毛这么长，不会挡眼睛吗？"

乔韶一脸蒙："什么？"

"没什么……"贺深清清嗓子回答他，"上次是我。"

乔韶毫不客气地给他个白眼。

见他不信，贺深微笑："我很穷的，只能靠免除学杂费和补贴才能生活成这样子。"

18．许久未曾有的梦

要不是早餐的垃圾都进了垃圾桶，乔韶真想丢这学渣脸上。

还穷呢？

哪个穷孩子早餐能吃那么多种？当他没见过世面吗？！

还第一呢？

贺深能考第一，他把自己脑袋给他玩！

当然不能是倒数第一。

乔韶一副我还不知道你的表情，说："还没睡觉，就开始做梦了？"

贺深无奈道："这么信不过我？"

"信。"乔韶心里却想：信了你这个大骗子！

贺深也凑近他，两人隔得极近："你眼里分明写满了不信任。"

乔韶一巴掌呼在他脸上，把他推远："你看错了。"

贺深歪头，眼神从他指缝里露出来："这会儿里面写满了嫌弃。"

乔韶盯他：不错啊，还真能看眼色辨意思！

这时贺深像是发现了什么一般，盯着乔韶的手："你怎么连手都这么小……"

他俩手掌对比，一个修长笔直，一个白皙瘦削，前者足足比后者长了一个指肚。

"真白啊。"贺深补充了一句。

"你们……"冷冰冰的男声响起。

乔韶和贺深齐齐转头，看到了手插裤兜、嘴里叼根草的楼骁。

楼骁神态冷峻，漆黑的眸子落在他俩的手上。

贺深坦坦荡荡的："什么事？"

楼骁抬头，认真道："这么早，好兄弟要一起逃课吗？"

乔韶沉默了半秒钟，爆发了，他跑到"睁眼瞎"跟前，道："没有！"

可怜乔韶同学忘了自己是个瘸子，他这向前一冲，一条腿瞬间平衡失控。

贺深伸出胳膊,在他即将摔倒时拉住了。

但好歹是男生,刚才拽他的力道不小,于是贺深也没站稳。

结果就是……

楼骁居高临下地看着摔倒在地的两个人,吐了草叶子道:"老贺,这么快就把转校生带坏了。"

乔韶一脸呆滞。

贺深还笑得出来,对楼骁道:"拉我一把。"

楼骁伸出手,贺深顺势借力,带着乔韶一块起来了。

乔韶还没回过神。

贺深看他:"脚怎么样?没伤着吧?"

刚才贺深垫在他身下,乔韶一点事没有。

乔韶道:"没事。"

贺深道:"别理楼骁,他成天满嘴跑火车。"

乔韶顿了一下,问道:"你呢?伤着没?"

他更在意的是贺深摔这一跤受伤没。

"要是老楼砸我身上,那我现在早进医院了,你嘛,"贺深拍拍他脑袋道,"还需努力。"

乔韶:"……"

还能嘲笑他,看来是没事了!

到了教室,贺深打个哈欠就迫不及待地卧倒了。

贺深的睡姿和两人初见时不同,他没有对着窗户,而是对着乔韶,闭上眼后的一张脸隐隐透出些苍白与疲倦。

乔韶看了他一会儿,嘟囔了句:"何必呢?"

游戏有那么好玩吗?把自己给玩得这么累还算游戏吗?

周三前两节是英语课,这大概是乔韶最游刃有余的一门了。

小时候跟着爷爷到处飞,爷爷很多时候都不和他说中文。因此英、法、德三语他都能说,其中英语最好。

再加上自己之前的学校，英语教学比普通学校进度快很多，哪怕他落下不少，也不会像其他科目那样跟不上。

第一堂课讲的是课本上的知识点，因为太简单，乔韶竟有些走神。

原来早就会了的东西，会听不进去啊，尤其英语老师的发音还有点……

嗯，还是要集中精神，不能大意！

乔韶坐得笔直，强行听了会儿又走神了。

今天太阳好大，他和贺深的座位在教室最后头，太阳先照到他们这里。

窗帘没拉，一缕一缕阳光全洒在了课桌上。

乔韶倒没妨碍，可睡神却像那见了光的吸血鬼，眉心紧皱着。

下课后，乔韶费力起身，去把窗帘拉上了。

宋一栩看到了，连忙道："你脚不方便，想做什么就告诉我嘛！"

之前因为陈诉的事，乔韶对宋一栩那帮人有点儿成见，觉得他们不分青红皂白诬蔑人很过分。

所以他神态有点儿冷："没事，我能行。"

宋一栩想说点什么又咽了回去，他"哦"了一声就回座位了。

乔韶往自己位置上挪时看到了贺深的后颈。

虽然窗帘拉上了，挡住了阳光，但他也清晰地看到了贺深后颈上的一点鲜红。

流血了？

乔韶轻轻扯了下他的衣领，看到指肚大小的擦痕。

是之前摔倒时伤到的……

虽然那地板很平坦，但也有小石子，估计是蹦起来划的，也不知道衣服下还有没有其他伤。

乔韶忍不住凑近，努力顺着他衣领去看他的后背。

"嗯……"懒洋洋的男声因为睡觉而略带沙哑，"好看吗？"

乔韶松了他衣领，无语道："青青紫紫的是挺好看。"其实他并没看清楚。

贺深醒了，却还趴在桌上，他半眯着眼睛看他："都说没事了。"

乔韶道："流血了。"

贺深打了个哈欠:"睡一觉就好了。"说完眼睛又闭上了。

乔韶都不知道该怎么吐槽他了,这人到底是心太大还是皮太厚,半点不把自己当回事!

又想到他是因为自己受伤,乔韶心里越发过意不去。

可惜他这腿脚也没法去医务室买创可贴。

乔韶犹豫了一下,还是戳了下前座的宋一栩。

宋一栩立刻回头,乔韶怪别扭的:"能帮个忙吗?"

宋一栩应得飞快:"你说!"

乔韶说了买创可贴的事,宋一栩刚要站起来,身后又传来了一个安静的男声:"不用去买,我那里有。"

是陈诉。

乔韶眼睛一亮,立马说:"那太好了,能给我用用吗?"

陈诉应道:"好。"转身去桌肚里拿了。

宋一栩又回到座位,没说什么,只是看向陈诉的眼神里全是戒备。

没一会儿,陈诉拿了创可贴过来。

不只宋一栩,班里挺多人都偷偷把视线瞄过来。

陈诉心情如何乔韶不知道,他反正很不是滋味。

成见这东西一旦形成了,真的很要命。

它压在你身上,像个烙印,让你做的一切事都成了不正常。

乔韶接过创可贴,向他道谢。

陈诉嘴角扯出一点笑,说:"没什么。"

过了会儿,他又像是鼓起了勇气般说道:"你要是想去厕所就告诉我,我扶你。"

陈诉座位在前头,走到这里来就是想看乔韶需不需要他帮忙。

想到这里,乔韶心里暖洋洋的,他朗声应道:"我会喊你的!"

陈诉明显松了口气,嘴角的笑也自然了许多:"那我先回去了。"

乔韶点头:"嗯!"

睡得迷迷糊糊的贺深,感觉有人在自己后颈吹了口气,随后是微凉的手指，有什么东西贴在了那儿。

——创可贴吧。

——都说没事了。

他没睁眼，但嘴角却轻轻扬着，做了个许久未曾有的梦。

他梦到了那个富丽堂皇的屋子，梦到了母亲。

那个温柔美丽却异常脆弱的女人。

她像浮在空中的气泡，反射了阳光的绚丽多彩，却极其轻易地……碎了。

贺深猛地睁开眼，耳边响起的是流利的英语朗诵声。

他睁开眼，看到握着课本的白皙的手，再向上是干净的面庞，伴随着悦耳动听的声音，仿佛盛满了阳光的暖玉。

嗯……

不做题的话，小矮子真像个优等生。

19．睡醒才有精神学习

乔韶朗诵完，看到了侧趴在书桌上、半睁着眼睛的贺深。

两人对视，贺深眨了下左眼。

乔韶心想：你这个正大光明睡觉的家伙，还好意思眨眼睛，我要是老师，非得给你个熊猫眼不可！

讲台上的英语老师已经在夸乔韶了，说他朗诵流利，字正腔圆，肯定是在私下里下过苦功夫的，希望大家向他学习。

听到这些夸奖，乔韶还挺不好意思，含蓄地低头摆弄书桌上的东西。

这时老师忽然叫了一声："贺深。"

贺深"唰"地闭上眼。

乔韶："……"

老师又叫了一声："贺深？"

乔韶真想告诉老师：老师您不用叫啊，直接过来扇他耳光啊！

然而老师"委曲求全"，竟然当自己从未叫过这名字，转头对其他人说:"接下来是 interview(采访对话),需要两个同学来配合,哪两位同学想试试这段文章?"

一时间鸦雀无声。

课本上的这段采访冗长复杂,陌生单词一大堆,谁乐意起来读?

况且乔韶之前那段读得那么好,和他一对比,老师怕不是要把他们扔出窗外。

英语老师还在鼓励:"勇敢点,我们学英语不能只看不说,口语虽然不考试,却是语言的基础,是交流的根本……"

这些老生常谈,大家都听腻了,不为所动。

老师又道:"不要害羞嘛,起来读一读,勇敢朗诵,老师不会批评你们的。"

眼看着没人举手,乔韶十分心疼老师,只好又举了手。

老师眼睛一亮,说道:"好!乔韶同学算一个,还有吗?有谁想和乔韶合作的吗?"

同学们缩得更狠了,巴不得钻到桌肚里,化身成一块不起眼的小橡皮擦!

谁知这时有人举手了。

先是前头慢慢举起一只手,就在老师即将喊出"陈诉"二字时,有人站起来,懒洋洋道:"我来吧。"

大家"唰"地回头,看到了半睡半醒状态中的贺神。

乔韶因为脚崴了,只能坐着,这会儿得使劲仰头才能看到他。

可惜贺深直视前方,并没回给他视线。

乔韶心里直嘀咕:不老实睡觉,又搞什么幺蛾子?当课本很好念吗?十个单词九个蒙,读起来很丢人的好吗!

老师却喜出望外道:"好啊,你俩选下角色,谁来当女记者?"

这时贺深垂首,看向乔韶:"你当女的还是我当女的?"

什么糟糕的问题?

乔韶本能回道:"我不当女的。"

贺深道："那行，我是女记者了。"

这时乔韶才反应过来，女记者的提问都很短，而且词组简单，和被采访者的回答内容不是一个量级的。

难怪贺深要问得那么有歧义，他就是想偷懒少说点吧！

乔韶倒也无所谓，他多读点，总比贺深磕磕绊绊地读不完要强得多。

因为乔韶脚崴了，不方便站起来，贺深为了配合他索性也坐下了。

两人读起这个采访，配合得竟是天衣无缝。

乔韶因为语句复杂，又不想让老师失望，所以课本看得非常认真，目不斜视。

贺深就不一样了，他课本都没怎么看，采访问题却是随口即来，不仅连一个错词都没有，还吐字清晰，发音丝毫不比乔韶差。

五六分钟的内容，他们一个问一个答，除了贺深的声音一点不像女记者外，再没有丁点瑕疵。

结束后，老师又毫不吝啬地夸了一通。

乔韶心里美滋滋的，连带着多看了贺深好几眼：不错嘛，学渣同桌还没渣到底。

贺深从桌肚里拿出一支笔，在书上写了什么。

乔韶接过来一看——

"你读得真好。"

乔韶没在书本上乱写乱画，他找了个空本子写道："你也很不错。"虽然语句简单，但能不磕绊已经非常优秀了。

贺深在他的字下面写道："比你差远了。"

那肯定了，乔韶矜持地鼓励他："你英语这方面很有天赋，好好听课会更好的。"

贺深看他这圆润的小字，薄唇微弯又写道："我哪方面都很有天赋。"

老实人又开始实话实说了。

乔韶下笔用力了些："有天赋又怎样？整天睡觉能学好？"

贺深本想写个"能"，想了下又改成："睡醒了才有精神学习。"

这话说得,和"吃饱了才有力气减肥"有什么区别?!

乔韶不理他了,他要好好听课。

等他再回头,某人已经睡着了……

还真是把自己的话贯彻到底啊!

乔韶气得想戳他脑壳,送他一句——孺子不可教也!

两节英语课结束,终于迎来了课间操。

乔韶挂念了一上午的事可算要有结果了:贺深答应过他,课间操带他去查监控。

他有些紧张,倒不是怕别的,而是怕贺深拿大话诓他。

监控真有这么好查吗?

要是这么简单,陈诉为什么不去查呢?

当然陈诉可能从未想过这方面的事,因为之前的他,连为自己澄清的勇气都没了,早就放弃了。

乔韶等同学们都离开,才推了贺深一下:"课间操了。"

贺深没动,睡得昏天暗地。

乔韶只得又推他一下:"起来了,起来了!"

贺深睡得踏踏实实。

乔韶没好气地道:"你不会想蒙'睡'过关吧?快起来,说好的带我去看监控。"

他又稍稍用力一些,谁知睡着的贺深胳膊一抬,把他摁在书桌上:"别吵,睡会儿。"声音沙哑疲倦,仿佛几百年没睡醒过。

乔韶眼睛睁得贼大:"贺深!"

他炸了,他竟然挣脱不开,什么玩意,这家伙的胳膊是铁做的吗?!

这一声怒喝让贺深清醒了些。

他迷迷糊糊地睁开眼,看到了自己胳膊下的一张小脸,嗯……"奶凶奶凶"的一张脸。

"嗯……"贺深松开他,抱歉道,"睡迷糊了。"

乔韶揉了揉后颈:"你到底要不要带我去看监控了?"

为了这事,他真是够忍辱负重了!

贺深打了个哈欠道:"走,这就去。"

说罢他扶起乔韶。

乔韶急于办正事,也就不和他计较了。

两人正往外走,贺深又停了下来。

乔韶怕了他的幺蛾子:"又怎么了?"

"你头发乱了。"贺深示意他赶紧整理一下。

乔韶没好气道:"还不是因为你!"

贺深道:"我睡迷糊了。"

乔韶道:"谁让你熬夜不睡觉!"

贺深轻叹口气,老气横秋:"都是为生活所迫嘛。"

乔韶:"……"

是为游戏所迷吧!

乔韶算是明白了,和这个人扯,他十张嘴也扯不完。

乔韶"切"了一声。

监控室在教务处,好在是在一楼,两人不怎么费事就到了。

越是临近了乔韶就越紧张,然而等真进去了,他才发现……贺深还真一个字都没哄他。

管监控的老师跟贺深还挺熟的。

贺深一说明来意,老师立刻道:"你自己查,我去抽根烟。"然后就出去了。

乔韶一脸蒙:"就……就这么简单?"

贺深笑道:"我都说很容易了。"

乔韶:"好吧……"

贺深拉他坐下道:"应该是这个摄像头了,你有大概的日期吗?"

乔韶早就问过陈诉了,连忙说了日子:"前后几天都看看吧,具体哪天也不好确定。"

贺深应道："行。"

他开了十六倍速，很快就看到了陈诉。

乔韶立刻道："是这里了！"

贺深放慢速度，把整件事情的来龙去脉都看明白了。

陈诉没有骗乔韶，他的确是从垃圾桶里捡到这个书包的。

而这个书包为什么会在垃圾桶里？

是一个男生恶作剧，把失主的书包丢到了垃圾桶。

失主只知道书包丢了，回头看到在陈诉那里，就先入为主以为是他拿了。

至于恶作剧的男生为什么没有澄清，这就得问问当事人了。

20．过目不忘

其实乔韶并不知道失主是谁，别说长相，连名字陈诉也不肯告诉他。

乔韶也不可能去问别人，他之所以判断丢书包的人不是失主，是因为这个男生把书包里的课本扔到了旁边的灌木丛里。

如果是失主自己丢的书包，又怎么会把自己的书那样随意扔掉？

所以乔韶判断监控录像上的男生不是失主，而是其他人。

书包是早上被扔掉的，下午陈诉来这边倒垃圾，才看到垃圾桶里的书包。

陈诉明显愣了一下，垃圾桶里没太多垃圾，但也有很多细灰，一扯就飞起大片灰尘。

陈诉咳嗽了一下，却难耐喜悦地看着这个黑蓝条纹的书包。

它沾满了灰尘，还有些油乎乎的菜汤，却没有丝毫瑕疵，是个齐齐整整的书包。

陈诉一直想要书包。

可他没办法拿出一周的生活费来买一个非必需品。

而现在，一个没人要的、被当作垃圾扔掉的书包出现在他面前。

他拿起来了，当作一份从天而降的礼物。

看到这一幕，乔韶心里很不是滋味。

贺深看不了他这触"穷"生情的可怜样,道:"想哭的话,哥的肩膀给你靠。"

乔韶:"……"

哭你个头!

乔韶别开视线道:"能把这两段监控拷下来吗?我要去找这个男生。"就是那个扔了书包的人。

贺深一边把录像存到手机里,一边问乔韶:"你认识这男生?"

乔韶道:"有视频还怕找不到人?"

贺深又问:"怎么找?"

乔韶道:"一个班一个班地找,总能找到!"反正是这个学校的学生。

贺深瞥了眼他的脚:"就这样瘸着腿找?"

乔韶一时冲动,竟忘了自己是个半瘸。

"我的脚没那么严重,"乔韶道,"而且班级离得近,我……"

他话没说完,贺深道:"3班,赵昊远。"

乔韶愣住了。

贺深补充道:"把书包扔到垃圾桶里的人叫赵昊远,高一3班的。"

乔韶回过神了:"你认识他?"

贺深道:"不认识。"

乔韶更蒙了:"那你怎么知道他名字?"

贺深道:"无意中瞥到过学生档案。"

乔韶改蒙为惊:"什么?"

怎么都觉得各种不可思议!

贺深道:"这个你放心,我过目不忘,不会记错。"

乔韶无语地看他:"你……过目不忘?"

贺深笑了下:"也很困扰的,喜欢的书和电影都没法多看几遍。"

因为看一遍就记得清清楚楚了。

乔韶:"……"

乔韶也挺困扰的,他困扰的是自己的同桌怎么这么能吹牛不打草稿!

"走吧，"贺深摇了下自己的手机道，"视频存好了，我带你去找赵昊远。"

他就是乔韶的人形拐杖，"拐杖"要走乔韶只能跟上去。

这时课间操结束了，同学们陆陆续续回到教室，没多时乔韶就看到了录像中出现过的男生。

还真是 3 班的？

还真叫赵昊远？

好吧，还真是。

那又怎样？估计贺深早就认出这人了，故意胡说八道来捉弄他。

乔韶才不信他真的过目不忘。

赵昊远冷不丁被人叫到楼道口，根本不知道是怎么回事，他从未见过乔韶，但却知道贺深。

谁能不知道呢，东高的风云人物，以全市第一的成绩来到这个二流高中，还在上学期期末考试中干翻了重点高中的尖子生，保持了全市第一的成绩，让东高扬眉吐气。

赵昊远挺客气地问道："同学，找我有什么事？"

贺深没说什么，乔韶开门见山地问："半年前你为什么要把别人的书包扔到垃圾桶？"

他这话一出，赵昊远面色微变。

乔韶一直盯着他，敏锐地捕捉到了他的情绪变化。

赵昊远道："你说什么啊？"

乔韶逼视他："难道你没扔过？"

"我不知道你在说什么，我也不认识你，马上上课了，我回教室了……"赵昊远转身要走，却被人按住了肩膀。

贺深道："站着。"

轻飘飘的两个字却极具威慑力，吓得赵昊远愣是不敢回教室。

乔韶这会儿倒是感觉到这不良少年的好处了，吓人一吓一个准！

乔韶拿出了贺深的手机道："我这儿有监控录像。"说罢，他在关掉声音的情况下播放了录像。

赵昊远慌张了:"你干吗?弄这些录像干什么啊?"

乔韶又问他:"这难道不是你做的?"

赵昊远有些恼怒:"是我做的又怎样,我丢的是徐非凡的书包,和你没关系。"

被扔了书包的人叫徐非凡,乔韶知道了。

他心中火气上涌:"你平白无故丢人书包,还有道理了?"

赵昊远道:"我就是和他开个玩笑……"

乔韶忍不住了:"开个玩笑?你知不知道有人因为你这个玩笑,被欺负了大半年!"

赵昊远显然是听懂了,他眼神越发躲闪,声音也很不自在:"我就和徐非凡闹着玩,谁知道那家伙会从垃圾桶里捡东西……"

乔韶松开了拉着贺深胳膊的手,上前拽住了赵昊远的衣襟:"你明知道陈诉不是小偷,为什么不解释清楚,为什么不告诉大家?!"

他脚崴了,两三天来一直不敢落地,这会儿却因为愤怒忘了疼,向前走了一大步。

赵昊远完全被他震住了。

不只是他,连贺深都怔了一下。

赵昊远回神,支支吾吾道:"我怎么知道会那样啊,我本来就开个玩笑,怎么知道会闹成那样……"

听到这里,乔韶懂了,他心里气恨交加,低声道:"去道歉,去当着所有人的面向陈诉道歉!"

21. 陈诉需要一个道歉

听到"道歉"二字,赵昊远急了,他道:"我为什么要道歉,这事又不全怪我,陈诉不去捡垃圾,哪会被人当成……"

"小偷"二字他没说出来,乔韶已经打断了他:"够了!"

陈诉从头到尾都没有一丁点错处。

——从垃圾桶里捡出没人要的东西是错的吗？家里情况不好是罪过吗？他受人冷落不够，还要被人欺辱到这种地步才行吗？！

乔韶厉声问他："捡走别人不要的东西和偷拿别人的物品，能一样吗？！"

一句话问得赵昊远哑口无言。

乔韶字字句句都戳中了他的心事："我不知道你为什么要扔了徐非凡的书包，但你对陈诉造成了巨大的伤害，你明知道他被误会了，你明知道他没有偷东西，你明知道他是无辜的，可你不敢站出来，你一声不吭，就因为你怕牵扯到自己！"

赵昊远面色越来越难看，他长久以来压在心上的事全被一股脑儿地捅了出来。

乔韶说得没错。

赵昊远原本只是想报复徐非凡。

他心生好感的女孩和徐非凡走得更近，他心里气不过，想让徐非凡不痛快。

但他没想到陈诉会捡走那个书包，而徐非凡又刚好在食堂发现了陈诉背着他的书包。

那里可是食堂，正是打饭高峰期，书包里的名字一暴露，谁都会以为书包是被陈诉偷了。

事情闹得那么大，那么多人知道了，赵昊远再站出来说是自己扔的，大家会怎么看他？

回头再问他缘由，他又要怎么解释？

一想到这儿，赵昊远就没有勇气开口。

而陈诉又因为自尊心，无法承认自己是从垃圾桶捡的——其实承认了又如何，除了更丢脸，没人会信他。

只要赵昊远不说，这事就没有真相。

而如今被乔韶一把撕开，全摊到阳光下了。

这半年赵昊远心里也不是滋味，可他拖得越久，越开不了口⋯⋯

越开不了口，就越只能拖着⋯⋯

这是一个恶性循环。

"我也没想到会这样……"赵昊远还在辩解,"我真不是故意的,陈诉他要是平日里和人亲近些,也不会这样被人误会……"

乔韶冷笑:"孤僻、不合群,就活该蒙冤受辱,被人欺侮吗?!"

赵昊远被堵得说不出话了。

乔韶强硬重复:"向他道歉。"

赵昊远低着头,道:"道歉也没用的,都过去这么久了……"

乔韶道:"他需要。"

有没有用不重要,陈诉需要这样一个道歉!

赵昊远愣了一下,终于妥协了:"好,我会向他道歉。"

乔韶松开了他的前襟,冷淡道:"中午午休前,来男寝516室。"

他真想让赵昊远当着所有人的面说出真相,告诉所有人陈诉不是小偷,而是赵昊远的自私带给了他长达半年的被误解与被排挤!

可是……

冷静了一点的乔韶想到了陈诉的情况。

——把在垃圾桶捡东西这件事曝光了,对陈诉来说也是很大的伤害。

他不能莽撞。

"好了,"一直不说话的贺深忽然开口,"已经上课了,你回去吧。"

他是对赵昊远说的。

赵昊远如释重负,没敢再看乔韶一眼,转身回教室了。

乔韶刚才在气头上,完全忘了脚踝的事,这会暂时告一段落,他才感觉到针扎般的刺痛。

"咝……"他倒吸口气,单脚站着。

贺深扶住他,声音里带着戏谑:"义薄云天的乔少侠,终于记起痛了?"

乔韶:"……"

贺深温声道:"坐到台阶上。"

乔韶看他:"干吗?"

贺深按住他的肩膀,轻松让他坐下,然后他自己向下走了两个台阶,长而直的手指在乔韶脚踝上碰了下。

乔韶意识到他要做什么后说道:"不要紧,都上课有一会儿了,我们赶紧回去。"

他可是要好好听课的人。

"别动,"贺深一边垂眸检查,一边还在打趣,"要是严重了,你以后的江湖称号没准就是'跛脚少侠'了。"

乔韶没好气道:"什么乱七八糟的!"

虽然这样,但看贺深专注的模样,他又心里一暖。

他这同桌除了不学习、爱打架、嘴巴坏之外,人真的不错。

这时贺深在他脚踝外侧按了下,乔韶立马倒吸口气。

贺深抬眸:"痛?"

乔韶硬着头皮说:"不。"

贺深道:"还是去拍个片。"

乔韶立刻道:"不用!"

贺深知道他在顾忌什么:"不叫家长,下午自习课我带你去。"

乔韶愣了下。

贺深起身,把他扶起来道:"中心医院离这儿很近,找老唐请个假,自习课加上晚饭时间就回来了。"

这不仅不用叫家长,还不会耽误正课。

乔韶犹豫着……

贺深又吓他道:"怎么,真想当个跛脚少侠?"

乔韶瞪他。

贺深继续吓他:"留下隐患,可是要后悔一辈子的。"

这话让乔韶在意了。

他想把脚伤的事瞒过去,但要真严重了,成了半个瘸子……

嗯,他老爸乔宗民同志会被爷爷和姥爷乱棒打死。

画面太凶残,乔韶不能当个"坑爹"的崽。

"好吧……"乔韶答应下来,"下午就麻烦你了。"

贺深淡定道:"不麻烦,我刚好可以正大光明走出校门。"

乔韶:"……"

也是,反正下午也该睡醒了,不如出去溜达!

两人回到教室后,乔韶心不在焉地听了一节课。

课间,他戳了一下睡得正香的某人。

贺深把头转向他:"嗯?"

他懒洋洋的,眼睛都没睁开。

乔韶不想被别人听见,索性也卧倒在桌子上,头枕在胳膊上凑近问他:"我得帮陈诉澄清误会。"

赵昊远私下里向陈诉道歉,固然能够给陈诉很大的安慰,但却无法解决根本问题。

大家还是误会陈诉,陈诉还是背负污名,还是很难被同学们接纳,他自己也无法自信起来。

所以要治根就得除毒。

"嗯,你想怎么办?"贺深先开口后睁眼,他抬起眼皮,一下子看到了近在咫尺的精致面孔。

贺深的睡意散了大半,他之前总俯视,没太认真看过乔韶。

这么近距离一看,还真是……

乔韶小声说道:"只要把视频放出去,就能澄清一切,但这不行,陈诉不会想让人知道自己从垃圾桶里捡东西的事。"

贺深盯着他看:"对。"

乔韶又道:"所以我想问问陈诉,先听听他的想法,再决定怎么处理。"

贺深应道:"可以。"

其实贺深没给什么意见,但听他说了句"可以",乔韶莫名松了口气:妥了,他中午放学就去找陈诉!

心中大石落地,乔韶留意到贺深的视线:"一直盯着我干吗?"

贺深默默说:"没想到你这么为朋友着想。"

22. 我们最需要的是自己放下

乔韶坐了起来，一脸看神经病似的看他："还没睡醒？"

贺深说了那样的话也不觉得尴尬，打了个哈欠道："我是在夸你。"

乔韶有点习惯他了，甚至还能反讽一句："我是不是得谢谢你啊？！"

"不用谢，"贺深视线还在他脸上转，"我才发现，你长得真不错，眼睛再大点就失神，再小点就不乖，鼻子和嘴巴也是恰到好处……"

尤其这皮肤，怎么和白豆腐似的。

乔韶听不下去了，拿圆珠笔在他胳膊上敲了下："友情提示，我性别男。"

贺深道："嗯，你要是个女孩，肯定把男生迷得晕头转向。"

乔韶火了："我是男生就不帅吗？！"

"这个嘛……"贺深沉吟着。

乔韶瞪着他，很凶了。

贺深却笑了，他抬起垂在课桌下的长胳膊，在乔韶脑袋上拍了下："你要是能长到我这个身高，你就是东高最帅的崽。"

乔韶震惊了：这世上怎么会有这么不要脸的人！

贺深托着下巴，又补充了一句："没事，你还小，好好吃饭，也许能够到我耳朵。"

他还在自己耳朵那儿比了下。

乔韶气得不行，但转念一想自己若真能长到那儿，至少一米八。

一米八啊，这身高他晚上睡觉都能笑醒！

"嗯……"虽说心里有点美，但面上还是得稳住，乔韶道，"我爸很高很结实，我肯定还能长高。"

贺深挺感兴趣的："看来你是随了妈妈？"

乔韶长得这么好看，想必妈妈是个美人。

这本是随口接的话，再正常不过的，谁知听到这话的乔韶神色一变，面上血色急速退去，一双眸子犹如星辰坠落般瞬间黯淡无光。

贺深心一滞，低声唤他："乔韶！"

乔韶一动不动。

贺深看着乔韶，眉心微蹙："你……"

这时，上课铃声响了。

悠扬的铃音覆盖了整座教学楼，如同一阵不容人拒绝的风，抚平了一切喧闹与躁动。

老师走进教室，乔韶缓过神来，打开书本，认真听课。

贺深也倒下了，他虽然趴在课桌上，却没立刻睡着。

小矮子的家庭肯定有问题，是母亲那方面的吗？

联想到乔韶说什么都不肯回家，估计情况很严重。

是怎么回事呢？

贺深不知道，但他想照顾乔韶。

看到这孤苦无依的小矮子，就好像看到了另一个自己。

可乔韶更加瘦小，更加孱弱，更加孤立无援。

中午放学，乔韶喊住了陈诉。

陈诉停下来问："一起去吃饭？"

乔韶点头道："嗯，我有件事想和你说一下。"

陈诉听到他答应，眼里就有了光泽，并没想太多："有什么事？"

乔韶道："回宿舍说！"

乔韶说完这话就捶了睡神一下："起床，吃饭了！"

睡神翻了个身。

乔韶又给他一下："不起床，我先走了。"

一旁的陈诉嘴唇抿了下，没说什么。

乔韶怕陈诉等急了，凑近他耳朵喊："贺深！"

贺深睁开眼，声音里有没睡醒的沙哑："魂都被你叫没了。"

乔韶心里装着正事，眨着眼睛对他疯狂暗示："放学了，该吃饭了。"赶紧拿好手机，回寝室给陈诉看监控录像！

贺深明白他意思，却仍旧好奇："你眼睫毛真的不会挡视线吗？"

乔韶有求于他，只得哄着："挡挡挡，挡行了吧，回头我全剪了！"

贺深想了下，否定道："不行，没睫毛的话，你眼睛就太大了。"

乔韶气道："那你到底要怎样！"

留着嫌长，剪了嫌大！

贺深伸了个懒腰，精神了一些："这样就很好。"

乔韶悔啊，他就不该接贺深的话，都什么乱七八糟的！

可算是叫醒了睡神，三个人一起下楼。

贺深扶着乔韶，陈诉在乔韶身边。

这三人行有点古怪，不少人都偷偷瞄着。

贺深是从不怕人看的，他不管和谁一起都有人围观，早习惯了。

乔韶更无所谓，他在来东高前从来都是被众星捧月的那位，对别人的视线有天然的免疫力。

唯独陈诉……

他一路走着，紧张得手指都掐进掌心了。

他总觉得所有人都在议论他，都在嫌弃他，都在……

"我觉得陈诉才是刚好。"

乔韶的声音止住了他的胡思乱想。

陈诉不知道他们在说什么，略有些茫然地看过来。

乔韶对他说："我扶你的胳膊试试。"

陈诉弯起了胳膊，乔韶把手搭上去，立刻转头对贺深说："你看是不是高度正好，你太高了，我扶你……"

"高点才好，"贺深拿回他的手，放在了自己胳膊上道，"脚都不用落地。"

乔韶呵呵一声："你怎么不直接把我抱起来走？！"

贺深微笑："我不介意。"

乔韶怒道："我介意！"

一旁的陈诉根本插不进话，但奇妙的是，他心中的紧张和慌张因为这个打岔全散了。

别人的注视和打量也没那么让他痛苦了。

因为他身边还有两个被注视着的人。

他无法评价贺深，却应该向乔韶学习。

同样的贫穷，类似的处境，刚刚转入新学校的乔韶比当初的他更难。

一切都是那么陌生，还被人调笑身材矮小，甚至刚来的第二天还崴了脚，可面对这些糟糕的事情，乔韶选择直面一切，不自卑、不敏感，用坦然和自信接纳不幸。

想到这些，陈诉心中涌起了前所未有的勇气。

回到了寝室，乔韶坐到床上歇了一会儿后道："我去查了半年前的事。"

他一开口，陈诉僵住了。

乔韶看了眼贺深，又对陈诉说："嗯……贺深就是嘴巴坏点，人很好的，这次多亏他帮忙。"

虽说贺深和陈诉同学半年多，但乔韶心里明白，就睡神那挚爱课桌的毛病，估计两人都没说过话，更谈不上了解。

陈诉身体紧绷着，问道："怎么查的，你问谁了吗？"

乔韶摇头道："我谁也没问，我是去查了监控录像。"

果然陈诉根本没想到这一茬。

乔韶向贺深伸手，贺深把自己的手机递给他。

他一边找出视频，一边道："垃圾桶那里有摄像头，什么都拍下来了，书包是被人恶作剧扔掉的，整件事……"

他把来龙去脉说了个明明白白，同时把录像都放给陈诉看了。

陈诉从头到尾看完，那郁结在胸口的、从来没有放下的结略微松动了。

徐非凡不是故意的，他是真的丢了书包……

乔韶又回放了赵昊远丢书包那段，说："他叫赵昊远，3班的，他……应该和徐非凡有过节，所以才扔了他的书包。"

陈诉垂下眼皮，道："是我的错，我不该去……"

"你没有错！"乔韶打断他的话，"没人要的东西凭什么不能带回去？回收再利用是国家倡导的！"

陈诉看向他，乔韶又道："这事最不对的是赵昊远，他不该把一切都瞒下，让所有人都误会你，我找过他了，他会来向你道歉。"

听到后半句，陈诉有些紧张。

乔韶望向他，问道："我想问问你的想法，关于这件事，你想怎么办？"

他握着贺深的手机，无须说太明白，陈诉也能了解。

见他在思考，乔韶又认真地说："不管你决定怎样，我都支持你。"

陈诉看到了他的目光，阵阵热流裹挟着勇气充满了他的心脏："我……"

他话没说完，传来了敲门声。

坐在楼骁床上的贺深起身道："我去开门。"

门外是赵昊远，冷不丁看到贺深，他赶紧低下头。

贺深声音淡淡的："进来。"

赵昊远走进寝室，一眼就看到了陈诉。

他想了两节课，郁闷了两节课，此时再看到陈诉，心里仍旧是五味杂陈。

这事他有错，他承认。

这半年他看到陈诉的遭遇，心里也很愧疚，可是……

"你不用道歉。"陈诉先开口了。

这个向来安静得毫无存在感的男生，用沉静的声音说道："我想把监控视频放到东高校园墙上。"

大家都看向他，赵昊远更是呆了。

陈诉看向赵昊远道："我想让大家都知道真相。"

赵昊远急了："可是你去垃圾桶捡东西的事就……"

"没关系，"陈诉没有看乔韶，却仿佛是在对他说的，"我家里条件不好，我很穷，可这又怎样？我没有偷没有抢，只是去捡了别人不要的，我没有违法。"

乔韶坐在床上，他看向陈诉的视线里全是喜悦。

陈诉顿了一下，继续说道："别人知道了也无所谓，穷也好，寒酸也罢。我自己在意，别人才会更在意！"

乔韶"噌"地站起来，激动道："对，是这样的！我们最需要的是自己放下！"

陈诉看向他，目露感激。

乔韶还想说话，贺深瞥了他一眼，吐出两个字："跛脚。"

乔韶激动的心情一下子灭了，倒吸口气坐回床上。

陈诉也留意到了："别乱动了，小心伤势加重。"

乔韶点点头。

后来赵昊远还是向陈诉道了歉。

至于公开视频的事，视频里面虽然有他，可他却是最没发言权的。

因为陈诉会有这样糟糕的半年，全是拜他所赐。

午饭他们是在宿舍吃的，吃饱后贺深也不想走了。

他可以睡楼骁的床，等自习课再带乔韶去医院拍片。

让人意外的是，从来不回寝室的楼骁，竟然和蓝毛一起回来了。

516室这个四人寝室，平日里都是三缺一，今天竟然满满装了五个人。

楼骁："你睡吧，我走了。"

贺深："别，你好不容易回来一次。"

楼骁看他："那你要回家？"

贺深："下午有事，我不回去。"

楼骁："不回去你睡哪儿？"

屋里就四个床，五个大男人……

贺深看向乔韶道："我和他挤一挤。"

23. 不会比现在更糟了

乔韶不懂，他仰头看贺深："你要和谁挤一挤？"

贺深坐到他旁边："你。"

乔韶要不是腿脚不方便，一准把他踹下去："我不！"

他这辈子就没和谁同床睡过！

贺深认真分析道："你们516室四个人，你觉得除了你的床，谁的还能有空隙？"

即便是豪华寝室，单人床也大不到哪里去，尤其高中男生，基本都长个儿了，像贺深、楼骁这种，更是一双长腿无处安放。

蓝毛和陈诉也都比乔韶高，尤其蓝毛那边，床上放了笔记本电脑、平板电脑、手办，还有个玩具吉他……

别说再多个人了，蓝毛折腾得连自己都快没地儿睡了。

陈诉那里倒是干净整齐，很宽敞，可是……

贺深问乔韶："陈诉睡在上铺，我要是和他睡，床塌了你怎么办？"

乔韶想象了一下，怎么想怎么可怕。

况且……

陈诉那么内向，哪里受得了这家伙。

贺深看着他，没再出声，但眼神里分明写满了：我为你鞍前马后，你不会连半张床都不舍得分我吧？

乔韶想想贺深帮他的忙，深刻体会到了什么叫吃人的嘴短拿人的手软。

"算了，"贺深欲擒故纵，"我现在下了五楼出校门徒步半小时，回家也许还能睡几分钟，然后再走回来，上五楼接你……"

这话说得！

乔韶打断他道："睡觉！"

下午贺深还要带他去医院，怎么想自己也不该这么小气。

贺深"从善如流"，睡到了床里面。

乔韶犹豫半天。

躺下的贺深问他："你想睡里面？"

乔韶嘴角抽搐："我睡外面就行。"

就寝铃响起，大家都上了床，陈诉有些担忧地看了看乔韶。

乔韶留意到了，说道："没事，我俩还真睡得开。"很咬牙切齿了。

贺深拍拍自己身侧道："快躺下。"

乔韶瞪他。

贺深打了个哈欠，很有挨床即睡的架势。

乔韶等所有人都躺下才磨蹭着躺平。

就这样吧,反正他也不是很困,中午就这样挺尸到起床铃响。

楼骁回来,蓝毛就老实得像个鹌鹑,大气都不敢出一声。

陈诉向来是最安静的,哪怕不睡觉也绝不会吵到别人。

楼骁虽然常年不回寝,但回来了就是真的想午休,所以没多久就睡着了。

至于寝室的第五人,他睡得更快,好像在乔韶躺下前他就睡着了。

"满满当当"的516寝室就乔韶睁着眼睛,盯着床板看。

睡觉是睡不着的,这样安静,又不好戴耳机,别说睡觉了,他……

"嗯……"

一个仿佛从喉咙发出的闷哼在他身侧响起。

乔韶感觉到身旁的人动了下,温热的呼吸声拂到了他耳畔。

乔韶不太自在,他略微动了一下,发现本来平躺着的贺深侧了身,面对着他了。

眼前的人睡得很沉,黑发散在额间,狭长的眸子紧闭着,高高的鼻梁下是线条极好的薄唇。

这是一张足以入画的侧脸,很英俊,又有着一股难以形容的倦怠。

好像真的累极了——不只是身体的累,更是内心深处对很多无形的东西的厌倦。

没有星期五。

乔韶兀地想起贺深的这个微信名。

空无一人的孤岛,连野人都没有。

本以为说什么也睡不着的乔韶,竟然在这轻缓的呼吸声中陷入了梦乡。

没有耳机中的音乐,没有吵闹与喧嚣,乔韶仅仅是因为另一个人均匀的呼吸,睡着了。

因为这呼吸声很近,近到仿佛填满了密闭的空间。

楼骁起床上厕所,刚坐起来就看到了对面床上的两个人。

他起身,把自己的薄被扔到对面床上。

这时起床铃声响了,被兜头盖了一脸的两人也醒了。

贺深抓了一下头发，抬起眼看楼骁："干吗？"

睡眠不足的人，起床气是真的很重。

楼骁趿拉着拖鞋去洗手间，扔他们俩字："你猜。"

刚醒过来脑袋里还一片糨糊的乔韶一脸茫然："他说什么？"

贺深神色复杂："睁眼瞎的世界你不懂。"

乔韶的确不懂，他小声道："他是想让我们帮他叠被子吧。"

不良少年不都这样嘛，使唤人什么的。

"嗯，我给他叠。"

贺深说得可好了，然后把被子揉成一团，扔了回去。

被子还有一截挂在床边，摇摇欲坠的模样真是大写的——我给你叠个鬼。

乔韶睁大眼："你……"

贺深长腿一伸，越过乔韶下了床："睡得好吗？"

乔韶被岔开了话题，不再纠结楼骁的被子，回他："以后别睡我的床铺。"

贺深扶他起来，弯腰去叠被子："怎么，睡得不好？"

其实睡得很香，但太挤了，他全程身体僵直，一动都没敢动，后果就是……

"太累了，浑身都疼，简直要散架了。"

关于公布视频的事，乔韶又找陈诉确认了一下。

陈诉很坦然："不会比现在更糟了。"

有些事一旦想开了，就会越想越开。

他自卑于自己的贫穷，一心想要掩饰，可实际上这没什么。

有人看不起他，却也有人不在乎这些。

他何必去迎合前者，而放弃了更加可贵的后者。

"不要怕，"乔韶向陈诉承诺，"不管怎样，都有我陪你！"

陈诉弯唇笑了，向来阴郁的面庞因为笑容而有了前所未有的光泽："嗯！"

视频存在贺深的手机里，贺深向他确认了一下："可以的话，我发到校园墙了。"

这是非官方的，由学生建的 QQ 墙。

不是所有学生都看得到，但只要一部分看到，也就足够了。

乔韶却道："我来发。"

不能什么事都让贺深来做，这次他已经帮大忙了。

贺深："你还没加 QQ 墙吧？"

乔韶："很快就能加上，我来发就行，不能总麻烦你。"

贺深拍拍他脑袋道："行了，这点小事不用太在意。"

乔韶虽然被他的歪理绕得脑壳痛，但心里却是热腾腾的。

贺深这一通插科打诨，无非是让他不用想太多。

朋友之间，的确是没必要说什么麻烦不麻烦的。

乔韶觉得自己透过表象看到了本质！

听说乔韶要去拍片，老唐给假给得很爽利，还嘱咐他们不用着急，晚自习回不来也没事。

贺深是肯定不急的，但乔韶急，他还有试卷没做完，所以说道："应该没什么事，会尽快回来。"

老唐笑呵呵的："行，去看看吧，没事最好。"

两人拿着假条，轻松出了校门。

他们走到学校后墙时，"砰"的一声……

乔韶抬头，看到了从那么高的墙上一跃而下的男生。

飞檐走壁啊！这么牛的吗？！

乔韶震惊了。

下来的男生不是别人，正是楼骁同学。

楼骁面不改色心不跳，显然把翻墙当家常便饭了。

乔韶和他也有点熟了，不禁赞叹："厉害，这么轻松就出来了。"

他是打死都做不到的。

楼骁看到了眼前熟悉的两个人影，说："比不上老贺，多困难也能轻松翻墙。"

乔韶没听明白，贺深却是懂的，他说："我们是从正门走出来的。"

乔韶也懂了，他道："对，我们没翻墙。"

楼骁道："不用解释，解释就是掩饰，掩饰的就是事实。"

贺深轻笑了一声。

乔韶这次反应可快了，他拿出请假条道："你看！"

有证据的好吗？！

然而……

楼骁居高临下瞥了一眼，回道："看不清。"

24．不了解学渣们的世界

看不清？

他还真看不清！

乔韶僵了僵，又道："我读给你听。"

他拿起请假条，认真读道："请假条，高一1班乔韶、贺深同学，于……"

乔韶还真仔仔细细念完了。

话音全落，他眼巴巴地看向楼骁："明白了吗？"

看不见总听得见吧，乔韶念得字正腔圆，只要听力没问题，绝对听得懂！

谁知……

楼骁极其"稳重"，只听他道："耳听为虚，眼见为实。"

言下之意就是，我看不到就都是假的，管你说什么。

乔韶顿时无语。

贺深毫不客气地笑出声。

乔韶转头看他——你还笑得出来！

贺深忍着道："好了，我带你翻墙也问题不大。"

这是解释不了直接放弃了？

能不能有点骨气！

楼骁翻墙出来可不是和他们闲聊的，他摆摆手道："你们继续，我走了。"

说完也不等乔韶再说什么,他长腿一迈,眨眼间走出去五六米。

乔韶张张嘴,也只能放弃了……

贺深拍拍小矮子,哄道:"别气了,你叫不醒一个装睡的人。"

其实乔韶也回过神来了,楼骁是在逗他玩,他就不该当真。

"楼骁近视这么严重,为什么不戴眼镜?!"乔韶没好气道,"就算不戴有框的,不还有隐形眼镜吗?"

非要当个睁眼瞎!

贺深解释:"他眼睛很敏感,戴隐形眼镜容易发炎。"

"这样啊……"乔韶明白了,他又道,"镜框有那么丑吗,为了酷炫,他宁愿当个睁眼瞎?"

乔韶是真的理解不了。

贺深顿了一下,说道:"他只是用不到。"

乔韶仰头看他:"嗯?"

贺深道:"因为没什么想看的。"

乔韶愣了愣。

贺深扶着他道:"走了,再晚点医生要下班了。"

"嗯……"乔韶没再多问,跟着贺深一起向中心医院走去。

楼骁没什么想看的吗?

总觉得不只是学习的事。

中心医院离学校是真的近,拐过一个弯,前头就是医院后门。

他们从后门进去,穿过了几栋楼才到门诊处。

这个时间医院人少了很多,可挂号处还是要排队。

贺深对乔韶说:"在这儿等着。"

乔韶点点头,有些好奇地东看西看。

他从没来过公立医院。

从小到大他没病没灾的,有点小感冒也有家庭医生负责,至于体检什么的，都去专门的机构定期检查。

他这模样全落在贺深眼里。

贺深挂好号后对他说:"走吧，刚好没人，可以直接进去看医生。"

乔韶懵懂点头。

贺深忍不住问他:"没来过医院？"

乔韶诚实道:"没……"

贺深安慰他:"没来过也好，说明身体健康。"

乔韶也这么觉得:"对，这可不是欢迎光临的好地方。"

医生检查的结果是没什么大碍，但是建议拍个片看看具体情况。

拍片是需要缴费的，贺深从收费处回来，乔韶问他:"多少钱？"

贺深道:"十六。"其实是一百六十元。

乔韶明显松了口气:"我一会儿还你。"

见他这模样，贺深更心疼了，这小孩是真的没来过医院，连基本行情都不知道。

外科在二楼，楼梯口斜对面就是儿童诊区，哪怕是快要下班的时间点，那儿也挤满了人。

有温声哄着孩子的母亲、焦急陪着的父亲，甚至还有爷爷奶奶姥姥姥爷……

一个孩子生病了，牵动的是一家上下几口人的心。

可同样是孩子，同样是感冒发烧这种小病，却还有从未来过三甲医院的。

比如乔韶。

贺深陪着他拍完片，医生对他们说:"一个小时后来拿结果。"

乔韶一脸惊讶:"还要等一个小时？"

贺深道:"我们去吃了晚饭，时间刚好。"

乔韶皱了下眉:"我想回食堂吃的。"

要是让吴姨知道他在外头不知名的饭店吃饭，她能念叨到他耳朵生茧……

贺深道:"我带你去蹭饭。"

乔韶不懂。

贺深一边拿出手机一边道："老楼不差钱，吃他的。"

"啊？"乔韶道，"可是……"

贺深在微信上戳了几个字后对他说："你要是觉得过意不去，可以帮他写作业。"

这、这样的吗？！

乔韶真心不了解学渣们的世界！

不过他也不讨厌楼骁，一起吃饭挺好，现在他没法还他情，但总有还上的时候。

楼骁回贺深的是语音："在三湘。"

贺深又打了一行字："没外人吧，别吓着我家小孩。"

楼骁也给他打字："就我自己。"

贺深："行，下次我请客。"

楼骁回他："你还是省着点吧。"

贺深："杯水车薪，意义不大。"

三湘是东高校外著名饭馆之一，因为离得近，做的菜口味又不错，很受广大学生喜爱。

寻常套餐可以在一楼吃，单点就去二楼。

楼骁当然是在二楼。

贺深和乔韶到时，他已经点好了菜，桌子上摆了六道菜两个汤。

乔韶开口就是："这我们吃得完吗？"

楼骁靠在椅背上道："你们不来，我更吃不完。"

乔韶腹诽：那干吗点这么多？！

不过，乔韶想起自家姥爷一个人的"满汉全席"……

罢了，吃饭嘛，各有各的喜好。

贺深对他说："不用愁，吃不完的话可以打包带走。"

打包？

乔韶眼睛一亮，想到了陈诉。

陈诉应该不会嫌弃的，挑一些没动过的菜带回去，他肯定很开心。

再怎么普通的饭馆，菜也比食堂三块钱一份的好太多。

"剩下的可以打包吗？"乔韶询问楼骁。

楼骁无所谓道："随便。"

晚饭乔韶吃得好，虽然他脑子里总忍不住回荡吴姨的"少爷，吃外面的脏东西是会拉肚子的啊"这类话，但他心情好，胃口就好，吃什么都觉得香。

食物的味道，有多久没有真正体会过了。

吃饱喝足，乔韶美滋滋地张罗着打包。

贺深压低声音和楼骁说："他是不是太单纯了些？"

楼骁心想：你是不是也太奇怪了点？

乔韶和贺深回到医院，片子还没出来。

乔韶没带手机，他对贺深说："手机能借我用用吗？"

贺深从口袋里掏出来递给他："密码是0101。"

乔韶无语了："……你这密码还能更简单点吗？"

贺深反问他："不都用生日当密码？"

可问题是你的生日太简陋啦！

好吧，0202的乔韶也没太大资格说他。

乔韶惦记着之前发出去的视频，想看看大家的反应，所以开了手机登录了校园墙。

他满心期待地看过去，看到的却和想象的截然不同。

视频下刷了几十条留言，起初几条还挺正常的，都说是冤枉了陈诉……

可到了后头，话锋一转，居然在议论陈诉捡垃圾这件事。

有一条留言尤其扎心——"陈诉这么穷还上什么学啊，早点回家捡垃圾吧！"

乔韶盯着屏幕，气得手发抖。

贺深："怎么？"

他拿过手机，一眼就扫完了所有评论。

乔韶咬着下唇道："……太过分了！"

贺深没说什么，只低头在手机上点了几下。

同一时间，高一年级的群里炸了：

"天哪！你们看校园墙没有？！"

"贺神说话了啊，是贺神的 QQ 号没错！"

"他说什么了？"

有手机的纷纷点开校园墙，看到了那条视频下的留言。

井盖没了："陈诉这么穷还念什么书啊，早点回家捡垃圾吧！"

贺深回复井盖没了："滚。"

25．我把你当兄弟

只是这么一个字，整个动态下的留言风向骤变。

本来闲言碎语地讽刺陈诉的，全都偃旗息鼓，甚至还有人蹦出来说："这事陈诉很无辜，被冤枉半年很可怜了。"

"是啊，平白无故被人误会偷东西，还当着那么多人的面，想想都可怕。"

"好在真相大白了。"

"这丢书包的人也太过分了吧，明明知道实情还不说出来。"

下面是一堆讨伐赵昊远的。

贺深把手机给了乔韶："没事了。"

乔韶正在心急火燎，他一想到陈诉看到这些留言的滋味，就像自己被捅了一刀。

为什么要这样欺负陈诉，为什么要把这样让人作呕的恶意倾倒在一个完全无辜的同学身上。

他做错了什么？他明明什么错都没有！

乔韶又气又恨，心里像被塞了一块冰，冷得直打战。

乔韶根本没听清贺深说了什么，直到他再度看到那条视频下的留言，看到了贺深那言简意赅的一个字……

刹那间，阵阵春风携着融融暖意涌上了胸腔。

冰雪融化，渗出来的水直往上漫延。

乔韶眨眨眼，好半天都说不出话。

"等会我让'墙主'删一下评论。"贺深对乔韶说。

乔韶回过神了，他道："不能这么算了！"

他登录了自己的QQ号，把昵称换成"高一1班乔韶"后，挨个儿回复那些恶意满满的评论。

棒棒糖不好吃："去垃圾桶捡垃圾，恶不恶心啊。"

高一1班乔韶回复棒棒糖不好吃："说这话的你更恶心。"

暧昧不动情："我看那陈诉就是不正常，又阴暗又古怪，居然还去捡垃圾。"

高一1班乔韶回复暧昧不动情："他比你这个大号垃圾正常多了！"

悦悦欧巴："这视频能说明什么，这个书包的确不是他偷的，可谁知道他有没有偷别的，毕竟他是真的穷……"

高一1班乔韶回复悦悦欧巴："有证据上证据，没证据就闭嘴！空口诬陷很好玩吗？我告诉你这是犯罪！"

……

在贺深回复过的那一条后面，乔韶也回复了，内容和贺深一样，就是多了三个感叹号——"滚！！！"

他这一通操作，贺深全看在眼里，他眼中笑意渐浓，最后实在没忍住，在小矮子脑袋上拍了下道："好了，指头戳得不痛？"

乔韶转头看他："我说一大堆也不如你一个字管用。"

这是实情，如果不是贺深的一个"滚"字，现在乔韶可能会被一堆人围攻，甚至沦为第二个陈诉。

那些人惹不起贺深，却可以肆意欺负普通学生。

欺软怕硬，哪里都一样。

"可如果不是你，"贺深轻声道，"我也不会注意到陈诉。"

乔韶一怔。

贺深从他手中抽走手机道:"走了,去看看你有没有希望当个跛脚少侠。"

乔韶站起身,闷声叫他:"贺深。"

贺深:"嗯?"

乔韶:"谢谢。"

贺深薄唇微扬,平日里冷淡倦怠的眸子里有了明显的温度,他道:"我说过,不是你,我什么都不会做,所以不用道谢。"

如果不是乔韶留意到陈诉,不是乔韶执意要找出真相,不是乔韶对朋友的热切维护,他根本留意不到这些。

——漠视也是一种冷暴力。

片子拿到了,给医生看过后,医生表示:"小伙子没事,回去好好休息,别再伤着就行。"

贺深问道:"还需要再开点药吗?"

医生道:"要是之前没有,就开点喷雾和药膏。"

乔韶连忙道:"有的,还没用完。"

医生道:"那没事了,回去好好用药。"

贺深又说了那几个药名,甚至还详细说出了品牌与厂家。

乔韶听得一愣一愣的,他也见过那几种药,还用过好多次,但他连药名都记得模模糊糊,这家伙……

贺深又问医生:"用这几种药可以吗?如果医院有更合适的,可以换一下。"

医生笑道:"行的,抽空敷一敷,别再伤到就没事,年轻人自愈能力很强的。"

贺深应了下来。

他们出了门,乔韶惊讶道:"你记得可真清楚。"

贺深看他一眼。

乔韶帮他把话说出来:"行行行,您过目不忘!"

谁知贺深却说:"难道你不该认为,是我关心你,所以把你的事记得这么清楚?"

乔韶默了默，问他："所以你到底过目忘不忘？"

贺深道："我很关心你。"

乔韶："忘不忘？"

贺深："关心你。"

乔韶先破功了，他笑弯了眼睛："行，你关心我，我知道啦，没事，就算你过目即忘我也不嫌弃。"

吹，继续吹，现在牛皮破了吧！

乔韶压根儿没信过他过目不忘，所以对于他把喷雾和膏药等信息记得一清二楚的事是很感动的。

贺深是真的关心他，要不哪能记住？

贺深嘴角也弯起来："当然要关心你，毕竟你值得。"

乔韶："什么？"

贺深道："回去给你抹药。"

乔韶毛了："我把你当好兄弟，你却想……"

贺深打断他："想什么？"

乔韶道："想当我爸？！"

"哦，"贺深淡定道，"我还以为你要说什么呢。"

乔韶一脸无语。

"咳……"贺深清清嗓子道，"谁让你说得这么有歧义。"

乔韶震惊道："你脑子里到底装了些什么？"

"装了什么？大概是……"贺深沉吟道，"星辰大海。"

乔韶："……"

输了，是他输了，他感觉自己这辈子都别想在聊天这事上赢过这"鬼才"了！

回到学校，乔韶又要来手机，忍不住又翻了下那条视频。

下面的评论已经被清理了大半，只剩下些比较客观正常的。

乔韶松了口气，把手机还给贺深时说："为什么大家对陈诉会有这么深的恶意？"

整件事真的很让人心凉，虽说有阴差阳错的成分，但同学们对陈诉的偏见也太重了。

穷学生不是没有，可为什么就这样针对陈诉？

甚至在曝光了视频后，还无视真相，拿捡垃圾来侮辱他。

贺深道："孤僻不合群，偏偏又成绩好，本身就比较让人在意吧。"

高中生又如何？哪怕幼儿园都是一个小社会。

陈诉不善交际，又躲躲闪闪，大家靠近不了也就了解不了。

再加上他成绩好，各科优秀，老师又时常夸奖，很多同学心中都会酸他。

他要是没有缺点那还好，只是心里酸一酸。

巧的是又在大庭广众之下暴露了他是个"小偷"……

妒忌、看笑话、讥讽等心情交杂在一起，助长了欺辱的烈焰。

人是很容易被煽动的，起初只需要几个人，后来就成了很多人。

不是所有人都妒忌陈诉，而是大多数人被裹挟进来，把他当成了人品糟糕的坏人。

乔韶心情很复杂："陈诉只是年级前三就这样了，那全校第一岂不是更惨？"

贺深顿了一下："这个嘛，其实还好。"

乔韶至今不知道全校第一是谁，不过他也懒得去问，一来是有陈诉这个学霸就够他做目标了，二来是这人估计不和自己一个班，知道了也没什么意义。

"怎么？"其实乔韶挺喜欢听贺深说正经话的。

可惜这个男人正经不过三秒钟："神和人是不一样的，人只会嫉妒人，却不会嫉妒神，因为差距太大。"

乔韶："什么？"

贺深又解释道："当然我不觉得自己是神，但他们可能这样认为。"

乔韶："……"

行吧，全校第一的牛皮又吹起来了！

他们进教室时，第一节晚自习已经开始了。

乔韶路过陈诉时悄悄看他一眼。

陈诉正在做一张卷子，坐得后背笔直，他察觉到乔韶的视线，略微转头。

而这时乔韶已经回到了自己的座位上。

晚自习还是要上课的，没一会儿老师就来了，乔韶也不再胡思乱想，认真听起课。

下课后，贺深放下手里的笔，对乔韶说："少侠，该上药……"

他话没说完，就看到陈诉过来了。

陈诉在前几排，几乎从未走到过教室后方。

而现在他走到乔韶面前，用力鞠了个躬道："谢谢！"

乔韶睁大了眼。

陈诉又对贺深道："谢谢。"

他声音不大，这两声"谢谢"却重如千斤，装了满腹感激和深沉的承诺。

乔韶连忙道："没什么的，你不用这样……"

这时前桌的宋一栩支支吾吾地开口："陈诉，一直以来，对不起了。"

他是坐着说的，头低着，手抓着椅背，很不自在。

陈诉愣住了。

西边最后座的解凯也走过来道："对不起啊，陈诉。"

他说得更加别扭，可是却认认真真说了。

乔韶激动地随便攥紧了手头的东西。

宋一栩和解凯都向陈诉道歉了！

昨天大扫除的时候，这俩还背地里说陈诉坏话，还在欺负他。

而现在……

他们都看了视频，知道了事情原委！

解凯的视线躲躲闪闪的，挺壮实一哥们儿，现在心虚得很，他道："你怎么都不解释？捡的东西哪能怪你，而且穷算什么，你学习这么好，以后肯定前程似锦。"

这一句话几乎逼出了陈诉的眼泪。

长达半年的误会与排挤都没能让他流一滴泪。

可是这一刻,当他主动迈出一步,而他的同学竟真正试着接纳他的这一刻,所有被压到深渊去的苦涩与酸楚全部涌了上来。

宋一栩也道:"家庭情况不好没什么的,你这么努力,成绩又好,以后肯定很有出息的。"

陈诉的泪水彻底绷不住了。

乔韶向后让了让,挨在了贺深旁边。

看着哭得稀里哗啦的陈诉,他知道,陈诉真正释怀了。

26．贺深的学习情况

等心情平复下来，陈诉去洗手间洗脸，乔韶才发现自己一直掐着贺深的胳膊。

贺深慢悠悠道："指甲该剪了。"

乔韶一看，他小臂上有明显的指甲印。

"抱歉，"乔韶不好意思道，"没注意。"

他逮着个东西就抓，根本没留意是什么。

他当时那心情就好像在大街上看到了喜欢的明星，激动得不行。

他一边道歉，一边伸手给他揉揉："你怎么不叫我一声？这都要掐出血了。"

指印陷得很深，隐隐有点红。

贺深看看他的手，冒出一句："都怪你……"

乔韶理亏，接话道："是怪我，怪我不小心……"

"怪你手太小。"贺深把话给说完。

乔韶看看两人的手，默了默："我觉得你在笑话我手小。"

贺深："但是你没有证据。"

乔韶气笑了，一把拍开他道："活该！"

这时上课铃响了，老师踩着点进来讲题。

最后一节晚自习课，走读生都回家了，贺深一走，乔韶就想挪到陈诉那儿去，因为陈诉同桌也是走读生。

陈诉拿了书本和卷子道："别乱动了，我去你那儿。"

乔韶赶紧应道："好！"

他在最后一排最舒服，因为脚可以架着。

陈诉坐过来后，宋一栩还向他打了个招呼，虽然有点生疏，但已经是极好的开头。

陈诉问乔韶："有什么不会的吗？我们可以一起研究。"

"有！"乔韶不会的可多了，"这个这个和那个！"

陈诉温声道："这道题上次月考考过，可以从这个角度去证明……"

乔韶问的是之前贺深给过他答案的那道几何题。

当时贺深为了让他吃饭，直接给他说了答案。

乔韶没当回事，想着找陈诉问问解题过程。

陈诉一步一步地帮他列出运算过程，最后他说："答案就是 $a/4$。"

乔韶眨了眨眼。

陈诉问他："还有哪里不懂？"

懂是都懂了，就是这答案怎么和贺深给的一模一样？

难道那家伙真的会这题？

难道睡神其实学习挺好？

乔韶心中生出疑窦，问陈诉："有件事想问你一下。"

陈诉立刻道："你说，只要我知道的全告诉你。"

乔韶摆手道："不是什么大事。"

陈诉也很认真："总之我什么都不会瞒着你。"

乔韶笑了，先安慰他道："别这么紧张，我只是想知道贺深的学习情况。"

陈诉这架势，好像连银行卡密码都要告诉他似的。

陈诉听他一问，瞬间明白了，他迟疑了一下，委婉地道："他和我们不一样。"

乔韶竖起耳朵，认真听："怎么？"

陈诉很理解此时乔韶的心情，当初他也被深深打击过。

全校第一是全校最不认真学习的人，任哪个努力学习的学生都会心理不平衡。

凭什么我们认真听课，他睡觉就全会？

凭什么我们熬夜刷题，他随便想想就能解开艰深的奥数题？

凭什么我们绞尽脑汁，他打着哈欠就能提前交个满分试卷？

这真的很打击人，起初陈诉也是心灰意冷，觉得人和人实在差距太大，是勤奋与努力都无法逾越的。

不过后来他想开了，干吗要和这种非人类比？

努力做好自己就是了。

所以此时，他要宽慰一下乔韶。

"不要学贺深那样，我们还是要好好努力，认真听课，学好自己的肯定会出好成绩。"

乔韶松了口气，听这语气，是不要让他跟着"差生"学坏的意思了。

——贺深你果然是个资深学渣！

陈诉又道："我不是说贺深不好，他人很好，但是他这种我们真的不要学，懂吗？"

乔韶连连点头："懂！我不会像他那样整天上课睡觉的，我肯定要好好学习。"

陈诉见他明白了，便道："放平心态就行，人和人生来就不一样，没必要和其他人比，和自己比就行。"

"对，"乔韶道，"每一天都比昨天的自己更好，就足够了。"

谁能想到呢，乔韶和真相只有一根头发丝的距离，他还是平滑地与之擦肩而过。

下了晚自习，乔韶和陈诉回宿舍吃夜宵。

他打包很多夜宵回来，连明天的早餐都够吃了。

他俩边吃边聊，气氛融洽。

临近睡觉铃响，蓝毛回来了。

他手里拎了两个便利袋，走进来正要说什么，看到正吃着的两个人，愣了一下。

乔韶对他没什么成见，还招呼道："卫嘉宇，你要不要吃夜宵？"

蓝毛"嗤"了一声："我不想拉肚子。"

陈诉没说什么。

蓝毛看了看他们，竟又转身出去了，还嘟囔了一句："满屋子菜味。"

陈诉道："我吃好了。"

乔韶说："我们收拾下吧。"

住宿生在寝室吃东西是再正常不过的，不过毕竟是公共领域，还是要彼此将就下。

两人收拾桌子时，陈诉怕乔韶难过，安慰他："卫嘉宇对穷人有偏见，总之不去招惹他就好。"

乔韶好奇道："为什么？"

陈诉顿了下道："大概是家境太好了吧……他爸很有钱，听说家里的公司市值过亿。"

乔韶："过……过亿？"

陈诉道："很厉害是吧，他大学就直接出国了，所以高中只是玩玩。"

不是啊……过亿有什么好厉害的……还是公司市值……

乔韶惊讶的点显然和陈诉不大一样。

不过陈诉说厉害，那就厉害吧，乔韶跟着惊讶一下。

"所以他瞧不上我们吧，"陈诉挺平静地说，"我们还在为学费犯愁，他一个月的零花钱都有一两万块钱。"

乔韶点点头，很乖巧。

陈诉转头又宽慰他："没事，这些都不重要，好好学习，我们也能改变自己的人生。"

这话是乔韶最爱听的，他应道："嗯，能改变自己的只有我们自己！"

过了一会儿，卫嘉宇又回来了，他把手里的便利袋放到了桌面上。

陈诉和乔韶都看向他。

卫嘉宇别过头，道："外头垃圾桶满了，扔不下。"

乔韶不乐意了："扔不下你就扔我们这儿？"

"爱吃不吃。"卫嘉宇扔下这句话去了洗手间。

乔韶不明白卫嘉宇是什么意思。

他和陈诉面面相觑，打开便利袋一看……

整整齐齐的两份鳗鱼饭。

不是吃剩下打包的那种，而是根本没人碰过。

乔韶看向陈诉："他给我们买的？"

陈诉也不知道……

卫嘉宇洗完澡出来，看到打开的袋子，道："我给骁哥和深哥带的，他俩不在就便宜你们了。"

乔韶和陈诉："……"

卫嘉宇又强调了一句："不吃就扔了，反正不是给你们买的。"

这欲盖弥彰的味道，要不要这么明显！

乔韶心里好笑，面上也不嫌弃他了："谢了。"

陈诉也道了谢。

卫嘉宇当没听见，上床裹紧被子玩游戏去了。

乔韶对陈诉眨眨眼，做口型道：他是给我们买的！

陈诉被他逗笑了，点头：嗯。

乔韶：他害羞了！

陈诉憋着笑道：对。

乔韶：他……

裹在被子里的卫嘉宇忽然探出一头蓝毛："你俩怎么还不关灯？！"

乔韶不说唇语了，他笑眯眯地说："马上。"

这一宿乔韶睡得特别好。

耳机里那特别为他定做的音乐，头一次让他体会到不一样的感觉。

不是往日那种驱散阴霾的白茫茫一片，而是有了色泽的斑斓光线。

很美，也很柔软。

周四下午有社团活动。

这四个字说出来好像有点搞笑,但是……东高是真的有社团!

而且种类繁多,宣传委员于源溪过来向乔韶推荐时,把他吓了一跳。

"我们有棋艺社、音乐社、话剧社、美术社、摄影社、动漫社,还有体育类的篮球社、足球社……"

乔韶听蒙了:"这么多吗?"

前头的宋一栩泼冷水道:"多是多,然而一周只有一节课的时间属于社团活动。"

就是周四最后一节自习课,这么短的时间能做什么?!

乔韶踌躇道:"我可以不参加吗?"

一节课呢,他能做一张卷子了。

宋一栩道:"不行,咱们东高提倡素质教育,高一、高二每人至少报两个社团。"

乔韶问宋一栩:"你报了什么?"

宋一栩说:"篮球和足球。"这就是去操场上放飞自我!

宋一栩没有参考性,乔韶又问睡神。

睡神在补眠,宋一栩代答:"深哥应该是话剧社和篮球社吧?"

这个乔韶也不感兴趣,他问:"还有什么别的社团吗?"

于源溪道:"已经把最有趣的都告诉你啦。"

乔韶犹豫着……

于源溪干脆找来名单给他:"就这些了,剩下的都是数学社、化学社、物理社这种正常人都不会考虑的……"

乔韶眼睛一亮,说道:"数学社?"

于源溪和宋一栩:"……"

乔韶立马低头看起来:"……还有生物社、英语社、写作社。"

宋一栩谨慎道:"这几个社团去了就是换个地方做题。"

乔韶面露为难之色,宋一栩松了口气,以为自己劝住了他。

谁知下一句,乔韶就问:"只能报名两个社团吗?我对数学社、化学社、物理社、生物社、写作社都很感兴趣。"他这几门都比较弱，能找机会补补课真是太好了。

宋一栩："……"

少爷敢情您是在为难这个啊！

27．贺深：你过来点

于源溪"噗"的一声笑出来。

她忍住了没说，但心里已经疯狂刷起弹幕——乔同学你太可爱了吧！

"只能选两个，"于源溪给乔韶解释，"况且一周只有一节课的活动时间，你报太多社团也没时间参加。"

宋一栩疯了："兄弟，你醒醒，平日里做题还没做够吗？！"

别管乔韶成绩怎样，这一颗心是很学霸了："学无止境嘛。"

宋一栩服了，他抱拳道："是我输了。"

乔韶挺配合："承让。"

于源溪拿笔戳着社团名单道："那就来选两个学习社团吧。"

乔韶毫不犹豫地说："数学和物理。"

这俩最难了，尤其是数学，难到他简直想跪下喊爸爸。

"换一个。"满是睡意的声音从旁边响起。

睡着的贺深翻个身，眯着眼睛看他们。

乔韶看他："嗯？"

贺深哑着嗓子道："把物理改成话剧。"

乔韶一脸问号："为什么？"

贺深："劳逸结合。"

乔韶："我不累。"

贺深："我累。"

乔韶一脸迷惑。

贺深坐起来一些，脑袋似乎清醒多了："话剧社只是个空壳，你报名了也是在教室自习。"

这话打动了乔韶："这样吗？"

于源溪接话道："对，话剧社从年初就说写剧本，到现在还一个字没写，所以一直没组织活动。"

乔韶接受了，应道："那就话剧社和数学社吧！"

"好的！"于源溪给他记下来，同时给了他两个 QQ 号。

"一个是话剧社社长的，另一个是数学社社长的。"于源溪继续道，"我晚点会给他们发信息，你直接加就行。"

乔韶点头道："到时候有活动会在 QQ 提醒吗？"

于源溪道："嗯，都会提前一天通知。"

于源溪完成任务离开，乔韶凑近贺深问："你累什么？"

他的社团，他报名，贺深累什么？

乔韶无语道："你又发什么神经？！"

他这同桌真是每天都要抽几次风，没个正常时候。

贺深极其自然地岔开了话题："物理社很无聊，懒得见他们。"去了就要被围着问东问西，太烦。

乔韶道："你又不用去。"

贺深说得理所当然："你去了我怎么能不去？"

乔韶纳闷了："我去你为什么就要去？"

贺深托腮看他："我们是不是好朋友？"

"嗯……"乔韶道，"是。"

贺深帮他这么多，再不是好朋友就太过分了。

贺深懒洋洋笑道："好朋友难道不该形影不离？"

乔韶："……"

这字字句句都很有道理，可总觉得哪里不太对。

贺深总结道："反正话剧社没活动，你安心上自习就行。"

社团的事就这么定了，乔韶过了一阵子才明白为什么贺深不阻止他加入数学社。

因为数学社团……

太神奇了！

加了社长QQ后，社长把他拉到一个群里。

群公告如此牛——

欢迎来到数学社，本社全部活动线上进行，群内每周发布习题，完成请自主提交。

社团周末将根据刷题数量与质量统计排名，第一名为社长，第二名为副社长。

不能提交习题的社员将被挂名，两次以上不提交将被除名。

一路看下来，可把乔韶给激动坏了。他跟贺深说："数学社好厉害！"

贺深歪头看他。

乔韶一边看手机一边和他说："真的超酷，好像一个神秘组织，大家都匿名交流，说的全是我不懂的数学题！"

贺深应道："嗯。"

乔韶下载好试题后说："我们社长可厉害了，连续八周蝉联第一，刷题的质量和数量都无人能及。"

"社长说话了！"乔韶有点紧张地盯着手机看。

贺深还在看着他："说什么了？"

乔韶总觉得社长的画风怪怪的："嗯，社长说——昨晚尝试做了学神上次的奥赛题，做到一半就跪下了。"

乔韶继续读："社长又说——学神段位太高，吾等凡人无法触及。"

"社长还说——不过我觉得自己最近大有进步，自从每日三拜学神的满分试卷后，我刷题准确率提高了至少五个百分点。"

贺深低笑："神经病。"

刚沦为数学社社长"铁粉"的乔韶不高兴了："说什么呢，我们社长很厉害的！"就是好像有点做题做傻了。

群里不少人在说话，讨论试题之余，偶尔会冒出对这位学神的崇拜与仰慕之情。

乔韶好奇极了，这学神到底是谁？

能让这么多大牛佩服，肯定是个非比寻常的人物。

可惜他身为一个一套题都没做完的新人，没有任何发言权。

乔韶放下手机对贺深道："前路漫漫，学习好的都这么努力了，我也要加油才行。"

"对了……"贺深顿了下，问乔韶，"你以前考过最好的成绩是多少？"

乔韶不想说话，当没听见了。

贺深道："说来听听，反正过不了多久就月考了。"

乔韶虽然成绩不咋地，但重要的是，他之前学校的计分规则和现在学校的计分规则不同，所以是真的不好说。

不过……

他自信道："肯定比你考得好。"

"哦，"贺深道，"不如我们打个赌？"

乔韶看向他："怎么？"

贺深道："就赌这次月考。"

乔韶才不怵他："行啊，看谁考得更好。"

"不用，你只要成绩比我低 30 分以内，我……"

"贺同学，"乔韶有点生气，"你瞧不起谁呢？！"

贺深一怔，笑着改口："那行，如果你成绩比我好，我负责你一个月的午餐。"

"这么大方，那我……"

不等乔韶说完，贺深就道："如果我成绩比你好，你叫我一声'哥'。"

乔韶觉得贺深在让他，叫声"哥"算什么赌注，他道："这不公平，我也可以请你一个月的午餐。"

贺深拉仇恨的本事一顶一的强："我又不差钱。"

乔韶在心里道：贺深同学，你对"不差钱"这三个字可能有什么误解。

当然他不会说出来，陈诉状态正好，不能打击他。

乔韶道："这样的赌注我胜之不武，摆明了是占你便宜。"

他稳赢，岂不是要白吃贺深一个月。

贺深想了一下道："那这样，如果我赢了，你欠我一个承诺，我什么时候想要就什么时候要。"

乔家小少爷的一个承诺，四舍五入都值一个亿了。

乔韶觉得没问题，应道："行，就这么说定了。"

眨眼工夫到了周末。

东高对高一学生挺宽容，每周日都休息一天。

住校生周六下了自习回家，周日晚自习前返校，虽然只能回家睡一晚，但也很棒了，毕竟高三的学长们一个月才能回家一次。

周六这天，大家都喜气洋洋的，对回家这事翘首以盼。

唯独乔韶，怎么都笑不出。

他腿还没好，不想回家。

可不回家他又能去哪儿？

陈诉和卫嘉宇都回家，整个516室就留他自己……

乔韶会死的，是真正意义上的死。

贺深今天精神不错，竟然没睡觉。

他留意到了魂不守舍的小矮子，一算日子，明白了："不想回家？"

听到"回家"二字，乔韶一激灵。

贺深眼眸微深："不想回就别回了，一个人在宿舍无聊的话……"他顿了一下，道，"去我家吧。"

28．您也不希望他浑噩一生

"去你家？"乔韶从未想过这种可能，他道，"不行不行，这太尴尬了。"

虽然他和贺深已经很熟，但见家长就太奇怪了。

贺深一句话就解了他的困扰："我一个人住。"

乔韶小心脏晃了一下，有点心动。

乔韶问："你怎么一个人住？"

贺深道："不想住校，所以在周围租房。"

乔韶疑惑道："你家人都不陪着？"

贺深觉得乔韶这话有点奇怪，正常情况下不该用"爸妈"这种称呼吗？

但乔韶用的却是"家人"。

他道："工作很忙，住这边很不方便。"

"这样啊，"乔韶道，"你也真厉害，竟然一个人住。"

他想的是，贺深的家人可真够心大的，居然放一个高中生在外头租房住。

乔韶转念又想：大概就是没人管着，所以这家伙才放飞自我，晚上熬夜打游戏到第二天才睡觉？

哎……还是个可怜人。

乔韶有点心疼学渣同桌了。

贺深见他久久不出声，便又加了一码："五楼都是四人寝，到周末可是一整层都没有人。"

国际班的不是周末都要偷跑出去玩，更何况休息日。

乔韶心里一惊。

贺深又道："陈诉也要回家吧？"

乔韶早就问过了："对……他也要回。"

贺深用很温柔的腔调说："其实你也不会太无聊，关了灯没准全是鬼呢。"

乔韶更害怕了。

贺深微笑："怎样，是留下陪鬼玩，还是和我……"

乔韶立刻道："求收留！"

贺深心满意足，矜持道："行吧。"

中午乔韶给乔宗民打电话："爸，我周末不回去了。"

乔宗民还在倒时差，听到儿子这话，瞬间精神了："怎么回事？不是放假吗？"

乔韶哪敢说自己崴了脚,他怕回去了就回不来了,只得找理由道:"就休息一个晚上,来回太折腾。"

乔宗民道:"你姥爷昨天还念叨你,等着你回来给你做好吃的。"

乔韶更不敢回去了,让姥爷知道他跑步崴了脚,估计东高以后就没有跑操这回事了!

"我刚来新环境,想和同学们多待会儿。"乔韶一提"新环境"三个字,就特别管用。

乔宗民犹豫了一下:"你自己留寝室能行?"

乔韶也没想瞒他,挺期待地说:"不是,我打算去同学家。"

乔宗民明显愣住了:"同学家?"

乔韶语调轻松道:"对,我同桌,一个除了学习不太认真,再没什么缺点的男生。"

哦,可能还爱和人打架,但这个就不告诉他爸大乔了,省得大乔把贺深查个底朝天。

乔宗民又问:"你去他家合适吗?"

乔韶又道:"没什么不合适的,他一个人住。"

乔宗民心思一动:"倒是挺独立的。"

乔韶说:"所以我想去看看,看他一个人过得怎么样。"

乔宗民没再反对,他问道:"要不要带点什么东西?爸爸给你准备。"

比如全套家装或者干脆换个家什么的。

乔韶哪敢让老爸出手,他道:"不用,同学间不讲究这些,我会想办法帮他补习。"

就像帮楼骁写作业还饭钱一样。

乔宗民笑道:"看来这一周学得不错?"

"那必须,"乔韶得意道,"我不仅学得好,还经历了不少事呢,对了……"他把陈诉的事,以及自己不得不暂时装贫困生的事和大乔说了一下。

乔宗民听得嘴角微扬,道:"挺好的。"

乔韶嘱咐他:"所以你一定要帮我保密。"

乔宗民道:"明白。"

乔韶还是信得过老爸的,他道:"差不多就这样了,你不用担心,也让爷爷和姥爷别担心,我一切都好,有空会给他们发微信。"

乔宗民又说了句:"有什么不舒服的给我打电话。"

乔韶看看自己的脚,略心虚地道:"没事啦,我室友回来了,我先挂了。"

挂了电话,乔韶去和陈诉讨论上午的那道物理题了。

电话另一边,乔宗民盯着手机看了一会儿后,拨了另一个号码。

"张博士,"乔宗民声音低沉内敛,"小韶在学校过得挺好,他这周不打算回家了……"

一个舒缓得像叮咚泉水般的声音从话筒里传出:"能靠自己的力量走出来是最好的,乔总,您需要的是放手。"

乔宗民声音里有着难掩的悲痛:"我怎么放得开,他的母亲……"

张冠廷温声道:"孩子总得成长,您也不希望他浑浑噩噩一生。"

放学后,乔韶往书包里塞了一堆试卷。

贺深拎了一下他的书包道:"你做得完?"

乔韶道:"当然!"

虽然不能保证正确率。

贺深想说做题不在多,贵在精,但想了一下又没说什么。

他在乔韶这儿已经信誉破产,说与学习有关的事,这小孩全不信。

贺深的家离学校果然近,就隔了一条街。

乔韶问他:"住几楼?"

贺深道:"放心,有电梯。"

乔韶松了口气:"那太好了。"

瘸着腿能不爬楼真是太幸福了。

贺深住在十三楼,是个挺寻常的公寓楼,乔韶从没来过这种地方,挺好奇地打量着。

小区竟然没有门禁,电梯居然毫无防备,可以按任意楼层,而且……

这电梯也太小了吧！还张贴广告！

乔少爷真心长见识了。

贺深带他进了屋，进来后乔韶挺意外的。

目测是两居室，收拾得干干净净，东西也放得规规矩矩，一点儿不乱。

"这么好……"乔韶不禁赞叹。

独住的男生能保持这种整洁度，很不容易了。

反正乔韶不行，他要是离了清洁阿姨，就是条垃圾堆里畅游的咸鱼。

贺深笑了下："这算什么？又旧又破的小公寓。"

小矮子是多没见过世面，才会说好。

乔韶知道他误会了，不过刚好，他贫穷人设不崩。

晚饭让乔韶十分意外："你居然会做饭？"

贺深道："别太期待，只会点家常菜，味道一般。"

乔韶很捧场了："这也很厉害了。"

他连盐和味精都分不明白。

贺深心情大好，决定不额外点外卖了，给小矮子多做点好吃的："等着，做好叫你。"

"嗯。"乔韶应下来后，四下打量了一下贺深的"家"。

客厅是沙发和茶几，黑白色的冷色调，两间卧室，一间成了书房，另一间里摆了一张双人床。

乔韶去书房看了看，挺诧异的。

朝北有一排书架，上面摆满了书，很多硬壳书都是纯英文的。

乔韶英语不错，却有些看不明白。

这些英文书，贺学渣看得懂？

也许是原房东的？乔韶只能这样想了。

书架前是一台带曲面显示器的电脑，虽然乔韶不太懂，可看这模样都觉得配置不错，是台高端机。

"嗯……"乔韶自言自语，"估计这就是夜夜缠着贺深不放的小妖精了。"

他溜达一圈，又去厨房探头探脑。

贺深没回头都知道他来了："电脑密码也是0101，去玩吧。"

乔韶撇嘴："我才不玩游戏，我去做题了。"

贺深弯唇："也行，去餐桌上写吧。"

乔韶试卷写了一半，贺深的饭菜上桌了。

的确很家常，看起来也不是很可口，但一想到这是个十七岁少年做的……

乔韶毫不客气地夸赞："兄弟，你可以的！"

贺深瞥他一眼："什么兄弟，叫哥。"

乔韶吃人的嘴短，老实地来了一句："深哥真棒！"

贺深本来是开玩笑逗他，没想到他真叫了，一时……

他喉结滚动了下，坐下道："吃饭。"

耳朵有点痒。

其实乔韶对食物一点不挑，虽然乔家人费尽心思想让他多吃点，但实际上他只要能尝到食物的味道，就会吃得很开心。

也许真的是新环境给了他好心情，总之自从来到东高，他每顿饭都吃得挺好。

这样坚持下去，没准自己真能长高！

吃过饭，乔韶也没法去帮忙洗碗，因为自己是个半瘸。

都收拾好后，乔韶又开始做题，贺深去"玩游戏"了。

屋里很安静，可因为书房门开着，隐隐有键盘声传来，让乔韶很安心，做题效率也提高不少。

晚上十点半左右，该睡觉了。

乔韶很为难，晚上睡觉不比午休，午休只有那么短时间，他凑合也就过去了。

晚上的话……

他不戴耳机是不行的。

可睡觉还戴耳机太奇怪了，贺深会问，而他无法回答。

贺深留意到了，但他并没问什么："好了，去睡吧，我还要玩游戏。"

乔韶一愣："你不睡觉？"

贺深看他:"我过的是美国时间,现在正是工作的好时候。"

乔韶无奈道:"又要通宵玩游戏?"

"嗯,"贺深去了书房,"早点睡。"

乔韶虽然不认同他这昼夜颠倒的行为,但也没法多说。

他睡到贺深床上,发现还挺舒服。

干干净净的床铺,有阳光的味道。

虽说同桌是个学渣,但自立能力真强,小日子看来过得还不错。

乔韶戴上耳机,没多会儿就睡着了。

凌晨两点,起身休息下的贺深回卧室看了眼乔韶。

小矮子侧躺着,睡得很乖,手放在枕头下,五官在淡淡的月光下更显精致。

"睡着了都不忘摘耳机。"

他走过去,轻手轻脚地给乔韶摘掉了耳机。

贺深打了个哈欠,准备回去继续干活儿……

"噌"的一声。

贺深回头,发现睡熟的少年坐了起来。

冷冷的月光下,他睁着眼却根本没聚焦,苍白的唇轻颤着,像被梦魇攫住了心神。

"做噩梦了?"贺深走过去轻声唤他。

随着他的靠近,乔韶眼中有了神采,他转头看向贺深,似乎在努力分辨什么。

"怎么了?"贺深问他。

乔韶终于能开口了:"没……没什么。"

贺深又问:"是我吵醒你了?"

"不是,"乔韶摇了摇头,干咽了一下道,"……梦到了不太好的东西。"

"没事的,"贺深温声哄他,"快睡吧。"

"嗯……"乔韶一边应着,一边四处看看,"我的……"

他没说出"耳机"二字,贺深便道:"我把你耳机收起来了,睡觉戴着不好。"

乔韶面色顿时又白了几分。

贺深以为他是怕鬼，心软道："白天是逗你玩的，哪有那些怪力乱神的东西，别乱想。"

贺深坐在床边闭目养神。

乔韶闷声道："睡觉！"

他没戴耳机，没听音乐，又一次在另一个人均匀的呼吸声中，陷入梦乡。

察觉到乔韶睡着了，贺深不舍地起身。

睡是没得睡的，那单子不快点赶出来，尾款就不好收了。

贺深按了下太阳穴，小心地去书房赶工作。

29．那小孩这么野的吗？

贺深这次在书房也睡着了。

连续近一个月，一天只睡三四个小时，精神又不断高强度集中着，谁都会累。

他平日里全靠强大的毅力支撑，这会儿却因为莫名的心事，偷懒了。

一觉睡到天色大亮。

贺深先醒来，他眯着眼睛看看手机。

08：08。

数字不错，可惜他即将损失几万块钱。

距离约定的交单时间只剩几个小时，虽然框架早搭好了，但还有很多细节需要校验，再加上试运行和修复漏洞，这点时间……

贺深揉了下太阳穴，走出书房。

他去阳台打了个电话。

电话那头是被吵醒的烦躁声："大清早的发什么神经？"

贺深看看忙碌的街道："太阳都晒屁股了。"

"哼，"楼骁想提刀来砍他，"你忙完了就滚去睡觉！"

"我忙完了还用找你?"贺深道,"起床吧,到我这儿来一趟。"

楼骁这会儿想睡也睡不着了,他低气压地问:"什么事?你的活儿我可干不了。"

贺深坦白道:"我昨晚不小心睡了,现在压了一堆事,上午得干完。"

楼骁道:"那就滚去工作。"

贺深道:"所以想请你来帮个忙。"

楼骁一脸死气:"什么?"

贺深说得理所当然:"来陪我家小孩,我要赚钱。"

楼骁默了半响:"什么?!"

堂堂楼骁,东高最霸气的男人,全市高中都有名号的骁哥,一大早被人叫醒,任务是陪小孩?!

这要是有第三个人,一准得吓尿裤子。

"你这家伙……"楼骁骂了半句,忽地清醒了些,"那小孩这么野的吗?"

"是啊。"贺深勾唇。

楼骁:"……"

贺深不敢耽误时间了,嘱咐他道:"给他带些早饭,我就不吃了。"

楼骁坐在床上怀疑人生:"嗯。"

贺深又道:"书房门我会反锁,别让他进来。"

楼骁:"嗯。"

虽然他没问,但贺深还是解释了一下:"他进来的话我会分心,这单子尾款还有几万块钱,扔了可惜。"

"对了,他要是问的话,你就说我在玩游戏,省得他担心。"

楼骁面无表情:"嗯。"

乔韶起床时,已经八点半了。

怎么会睡这么久?

乔韶有些蒙,他隐约记得昨晚贺深进来摘了他的耳机,然后……就记不太清楚了。

乔韶知道自己的毛病，有点担心会吓到贺深。

他下床穿鞋，出门后竟看到了楼骁。

楼骁刚进门，看到睡眼蒙眬的小矮子，满脑子都是——都怪他，让老贺没完成工作。

乔韶愣了一下："楼骁？你来找贺深吗，他……"

"他让我给你买的早餐。"楼骁把东西放到了餐桌上。

乔韶眨了眨眼睛。

楼骁别开视线道："他游戏里有个活动，上午你就别去打扰他了。"

什么省得他担心，是怕说了实情让乔韶内疚吧。

毕竟几万块钱，贺深这一睡有点贵。

乔韶目瞪口呆："他又玩游戏去了？"

楼骁心想这是有点不对，刚醒就去玩游戏，学渣本渣了。

但这和他无关，他照本宣科："周末的活动比较重要吧。"

乔韶看了眼紧闭的书房门，无语了："……行吧。"

乔韶问楼骁："你吃过了吗？"

楼骁道："吃过了。"

乔韶"哦"了一声，又看了眼书房。

楼骁便道："老贺说他不吃了，活动时间有限。"

乔韶没说什么了，他打开便利袋，看到一碗红糖小米粥，一碗红枣百合粥，一杯五谷豆浆……

怎么全是流食？

可楼骁都亲自来送早餐了，乔韶还是不挑剔了。

他道："谢了。"

楼骁应了声："你吃吧，我出去一下。"

吃过早饭，乔韶简单收拾了一下，戴上一只耳机开始做题。

毕竟楼骁还在，两只耳朵都挂着耳机不太礼貌。

楼骁见他这么乖，道："估计老贺中午就完事了，我先回去了。"

乔韶点点头："好。"

楼骁临走前给贺深发了条信息：我先走了。

过了几个小时，"认真打游戏"的贺深也没出来。

乔韶不仅做完了各科作业，还刷了几道数学社的题。

就是难度有点高……他做得很吃力。

丁零零，闹钟响了下。

乔韶深知劳逸结合，他按照课时给自己定了闹钟，"每节课"结束都要起来活动十分钟。

他一看表，原来都十一点多了。

该休息下了。

乔韶放下笔，拿起手机准备给姥爷和爷爷发个信息。

爷爷应该是在国外，他用一条信息简短说了下自己的情况。

谁知爷爷还是秒回："嗯。"

乔韶只好再说一句："爷爷早点休息，晚安！"

爷爷言简意赅，但回得快："安。"

乔韶没再回，怕吵到他休息。

姥爷这边就没时差了，杨孝龙一个劲儿想跟外孙打视频电话。

乔韶打字道："我室友在睡觉，会吵到他。"

杨孝龙只能作罢。

爷孙俩聊了一会儿，杨孝龙得知乔韶有了好朋友，很是欣慰："你这同学缺什么不，我给他准备个小礼物吧？"

乔韶心"咯噔"了一下。

杨孝龙道："我看老陈那孙子昨天开的跑车不错，还是电动的，环保。"

乔韶："……"

"哦，你同学可能还没驾照，"杨孝龙道，"不过也没事，先送了，等之后……"

乔韶赶紧打断："不用！"

杨孝龙道："那怎么行，朋友之间……"

乔韶深知如何搞定姥爷:"我已经送过了!"

杨孝龙惋惜道:"好吧……不过等有机会把好朋友带回来给我们看看,我再送他份见面礼。"

乔韶敷衍道:"好,等有机会的……"

书房里,快要忙完的贺深打了个喷嚏。

为几万块钱忙碌一上午的贺神,丝毫不知道自己错过了什么……

十二点,两人才吃上午饭。

乔韶讽刺他:"辛苦了。"

真挺辛苦的贺深道:"还行。"

昨晚睡了一觉,上午效率不错。

乔韶送他个白眼:"作业不用写了?"

贺深道:"把你的给我看看。"

乔韶一副我就知道的表情:"作业很多,我怕你抄都抄不完。"

贺深也不去解释了,说:"没事,看看就行。"

检查下小矮子错多少。

乔韶想想眼前这位是被老师放弃到不用交作业的,很是无奈:"就这么讨厌学习?"

都是好朋友了,还是要关心下正事的。

贺深道:"没讨厌。"

乔韶语重心长道:"我们的本职就是学习,游戏什么的不是不能玩,但不要耽误了课业。"

贺深夹菜吃:"嗯,你说得对。"

乔韶觉得他在敷衍自己,但还是想劝他:"我没记错的话,下周五就是月考,你这样的学习态度,不是稳输吗?"

贺深抬眸看他:"那可不一定。"

"不一定个鬼,你是在瞧不起我?"乔韶道,"我整天辛苦做题,还会输给你这样天天不写作业、上课就睡觉的?"

贺深："……"真不忍心打击小矮子。

乔韶以为他在反省，语气放软了些："从今天开始，我们一起好好学习，行吗？"

单子赶完了，暂时没有其他工作。

贺深这阵子的确是不用熬夜了。

不过努力学习这件事——他不打算高一就考大学的话，真不用怎么努力。

乔老师很生气："我很认真地和你打赌，你就这样敷衍我？"

贺深哄他："嗯嗯嗯，我会认真对待。"

乔韶："那就从现在开始好好学习！"

贺深："好。"

乔韶道："吃完饭我陪你写作业。"

贺深："……"

乔韶盯他。

贺深无奈道："你不是都写完了？"

乔韶道："我还有数学社的题要刷。"

贺深："……行吧。"

他们下午哪儿都没去，乔韶和数学题死磕，笔头都快咬掉了。

贺深也心不在焉的，时不时地看看他，脑子里总想着——这小孩怎么这么小，什么时候才能长大点？

乔韶察觉到他的视线，瞪他："好好写你自己的！"

贺深："哦……"

乔韶继续咬笔头……

等到了住校生返校的时间，乔韶做了三道题，贺深目测他错了两道半。

至于贺深嘛……

乔韶叹口气道："行，能写就是进步。"好歹写了半张语文卷子。

贺深安慰他："我晚上有时间，会再写点。"

乔韶看着他的卷子道："你字写得这么好看，别浪费了自己的天赋。"

这字写得真好看，明明是廉价的圆珠笔写的，可愣是因为着笔有度，写出了帅气的笔锋。

贺深看了看他的卷子，道："你写得也好看。"

圆圆的一团，真可爱。

乔韶瞥他："别以为我听不出你话里的嘲笑。"

贺深诚恳道："我实话实说。"

乔韶对比下两人的字……

实话实说个鬼！

任谁看到都会说一个是大学生一个是小学生吧！

乔韶收起自己的卷子道："我回校了！"

等到周一交作业，语文课代表看到贺深的作业，她嘴巴张大，手都哆嗦了。

乔韶见贺深真的写完了一整张，挺欣慰道："不错。"

贺深对他笑笑。

语文课代表作业都不想收了，回到座位拿出手机发了一堆消息：

"天哪！贺神写作业了！"

"妹妹，你醒醒，我们学神需要写作业吗？"

"真的！货真价实的一张语文试卷！字迹帅气得可以去装裱起来！"

"什么？"

"难道这次月考的语文要超超超超超（此处乘以 n 次）纲？"

"同志们，备战语文吧！周五是场恶战！"

"有个鬼用啊？连我们贺神都认真了，这次月考得是何等的地狱修罗场？！"

30．无糖无奶双倍黑咖啡

起初是高一 1 班的小群里在哀号，后来就有人传到了其他班，最后是整个高一年级都沸腾了：

"这次月考语文组要放大招了！"

"内部消息,语文要出高三的题,提前让我们体验下高考的'魅力'!"

"哥们儿,你表姐是不是在高三啊,赶紧去借张卷子看看啊!"

外头已然腥风血雨,谣言发源地却一片安详。

乔韶盛赞贺深:"值得表扬,大半天都没睡觉。"

贺深撑着下巴看他:"乔老师不该给点奖励?"

乔韶瞪他:"我给你什么奖励?学习是你自己的事,不是为我学的。"

这语气还真像老师了。

贺深倒在桌子上:"那我就奖励自己睡一觉了。"

"哎……"乔韶拿笔头敲他,"刚夸完你就嘚瑟了?"

贺深打了个哈欠。

乔韶想到下节是很难的物理课,不想他睡过去:"行行行,你要什么奖励?"

贺深用余光瞥了眼乔韶,慢腾腾道:"给我……"

乔韶:"嗯?"

贺深转过头,闷声道:"把你的水给我喝一口。"

乔韶:"哈?"

这算什么奖励!

算了,这家伙就爱搞事情。

"早让你自己准备个水杯……"乔韶说着把自己的杯子递给他,"喝吧,正好提提神。"

贺深接过他的杯子,打开盖子后喝了一口。

"咳!"贺神差点喷出来。

"这什么?"贺深坐直了身体,眉峰紧皱着。

乔韶乐开了花:"爽吗?"

贺深:"……"

乔韶抢过自己的水杯,自个儿也喝了一口:"无糖无奶双倍黑咖啡,绝对提神。"

贺深忍不住问:"不苦吗?"

乔韶语重心长道:"吃得苦中苦,方为人上人,你当我怎么撑住上课不犯困的?"

他容易吗?!

晚上十一点睡,早上五点醒,一整天都是催人欲睡的艰涩课程,他全靠黑咖啡提神醒脑好吗!

贺深顿了顿:"困的话就睡会儿。"

喝这鬼东西跟灌毒有什么区别?

乔韶瞪他:"我来学校是好好学习、天天向上的,睡觉的话我回家不好吗?!"

他千辛万苦来到东高,不拿出点成绩,怎么对得起为他顶住姥爷责骂、爷爷暴揍的大乔?

贺深面色复杂,一时间都不知道该怎么心疼这小孩了。

他语气深沉道:"你辛苦了。"

关键是这么辛苦了,也考不了年级第一。

更心疼了。

乔韶摆摆手道:"有付出才会有收获,我不觉得苦。"

其实还挺开心的,来到东高将近十天,他过得比之前每一天都快活。

贺深又拿过他的黑咖啡,勉强喝了一口……

他倒吸口气!

乔韶笑道:"行啦,渴的话自己去买水喝。"

朝夕相处这么多天,乔韶早发现了,贺深挺嗜甜的,豆浆要放双倍糖,酥饼喜欢甜口的,中午在食堂吃饭的话,只要有糖醋排骨,那就肯定会点。

想到这儿……

乔韶从桌肚里掏了半天:"这个给你。"

是之前英语课代表林苏给他的棒棒糖,乔韶对甜食没兴趣,就随便扔到桌肚里了。

贺深微怔。

乔韶剥开糖纸道:"吃了糖就要乖,明天也要好好表现,不许睡觉。"

这哄小孩的语气。

贺深忽地凑近，低头咬住了他手上的糖。

乔韶被他吓了一跳。

贺深离他很近，他眼皮微抬，从下往上看的眼神里有着强烈的侵略性，他的语调却轻缓散漫："那乔老师可要多准备点糖。"

乔韶说道："好好学习，考好了给你买个糖厂。"

贺深问："怎么买？"

用钱买呗，一个、两个、三个、四个糖厂的……

哦，乔少爷想起了自己的贫穷人设，他道："学习就是最大的生产力，等以后我出人头地了，还能买不起个糖厂？"

贺深笑道："我拭目以待。"

他叼着棒棒糖的样子，让乔韶脑袋里兀地蹦出两个字——

痞帅。

嗯，果然是不良学渣，精髓全在！

周二下午大扫除，乔韶的脚已经好了七七八八。

虽说伤筋动骨一百天，但乔韶的脚远没那么严重，再加上及时喷药和热敷，好得更快。

不过卫生委员还是没给他安排工作，在乔韶的主动要求下，只争取到了一点擦桌子的轻松活儿。

打扫了半年厕所的陈诉终于摆脱了这个苦差事。

解凯他们大约是对他抱有浓浓的歉意，顺道把他的活儿也干了。

陈诉没什么事就来帮乔韶擦桌子。

至于贺深……早不知道溜哪儿去了。

整天和不良少年混一起的不良少年，谁敢惹？

——乔韶是这么想的。

陈诉一边帮乔韶擦桌子，一边和他说："听说这次月考语文题很难，你记得重点复习下。"

这是乔韶转学过来后的第一次考试，陈诉知道这对他很重要。

乔韶没加学校的任何群，所以还是头一回知道："语文？"

平日里最喜欢出超纲题目的不是数学吗，怎么温文尔雅的语文公子也来凑热闹了？

陈诉道："据说是内部消息，年级里都传开了。"

乔韶诧异道："哪来儿的内部消息？"

陈诉说："我也不清楚，但几个班的语文课代表都这么说，全都紧张兮兮的。"

虽说源头来自高一1班，且眼前这个就是始作俑者，但谣言这玩意儿，一传十，十传百后，早就不是最初的样子了。

乔韶谨慎道："多谢提醒。"

陈诉笑道："也不用太紧张，语文再怎么提难度也不会考我们没背过的东西，更有可能是考以前的东西。"

至于阅读理解和作文，全靠知识积累和天赋了，不是一天两天能够补上的。

"我会重点看看的。"

他上学期的课基本等于没上，看来需要抓紧时间补一补。

第二天，乔韶逮着贺深就开始给他科普："这次月考语文很难，感觉要考上学期的东西，你跟我一起背古文吧！"

贺深别说古文了，高中语文必修一整本书他都记得清清楚楚，哦，必修二也翻过，所以都在脑子里了。

"背哪篇？"虽然贺深都记住了，但小孩这么好学，他不想打击他。

乔韶道："先这个吧……"说完贺深已经背了起来："六王毕，四海一，蜀山兀，阿房出。覆压三百余里，隔离天日……"

课间被宋一栩请来分析作文题目的语文课代表再度惊呆。

《阿房宫赋》！

贺神在背《阿房宫赋》！

莫笑笑顾不上宋一栩了，她赶紧给姐妹们发消息："不得了了！原来这次月考重点考上学期的东西！"

"怎么说？"

"男神在背《阿房宫赋》！"

"天哪，老秦阴险啊！"

秦忠先是高一年级语文组组长，也是他们的语文老师。

"我觉得没这么简单。"2班的语文课代表深沉道，"只是背诵会难倒我们男神？我怀疑老秦要让我们倒背如流。"

"嗯……"

"我觉得有点扯……"

"我觉得不可能……"

2班课代表恼羞成怒："怎么就不可能了！贺神都开始背书了，还有什么是不可能的！兄弟姐妹们，这可是天降异象啊，不要大意！"

等传到乔韶耳朵里，他连忙对贺深说："怎么办？秦老师这是要弄死我们啊，听说他要倒着出题，让我们把文言文全部倒背如流。"

贺深："……"

他倒背倒是没什么问题，可这不是要难死小孩？

为了一篇《阿房宫赋》，小矮子已经揪掉好几根头发了。

"别听他们瞎扯，"贺深安慰他，"不会的。"

乔韶道："我也觉得不会，这样考试还有什么意义。"

贺深感觉到他的紧张，继续宽慰他："放心，正常复习就好。"

"嗯……"乔韶应下来，却还是紧张兮兮的，他道，"作业写完了没？"

他这几天每天都给贺深检查作业，很操心了。

贺深把昨晚的数学卷子拿出来给他。

乔韶看了看……

全做了，但是后面几道大题只写了答案，别说演算，连过程都没有！

乔韶心想：抄都不能抄多点！

显然这卷子不是自己做的，要么是一路瞎蒙，要么是找到了参考答案往上抄。

正常写卷子，谁没个涂涂改改？

贺深这卷子干净得仿佛是十分钟就做完的。

不过……

先这样吧，不能逼得太紧，能主动做作业已经是向前迈进一大步了。

乔韶勉为其难道："挺好，继续努力。"

贺深垂眸看他。

乔韶从口袋里摸出一块糖。

贺深不满道："这么小一块。"

乔韶解开糖纸，正想递给他，贺深就拿走了。

"你，"乔韶无奈，"你下次认真写，再给你大个的。"

就这么敷衍的作业，给你糖吃就不错了！

这卷子百分之百满分，要是还不算认真的话，那小乔同学对认真的要求有点高。

不过也无所谓，贺深笑了下，说："真甜。"

这时上课铃响了，乔韶正襟危坐看向黑板，就是耳朵极轻极轻地颤了颤。

眨眼工夫就周四了。

月考定在周五，是要换教室考试的。

老唐把考场和座位号安排下去，又语重心长地给同学们做了一通思想工作："这是高一最后一次月考了，下一次就是期末考试了，我希望同学们能认真对待，把握住每一场考试，把每分每秒都当成最后的冲刺，这样才不会辜负你们的青春年少！"

老唐激情昂扬地讲了一通，把乔韶听得热血澎湃，顺便也有点紧张。

他许久没考过试了，自从……

嗯，就再没进过考场。

这第一次考试，他想证明自己，想拿出一个好成绩！

"我们在前后桌。"贺深的声音打断了他的思绪。

乔韶转头看到贺深的考场座次——十六考场 01 号。

而乔韶自己的是——十六考场 02 号。

乔韶紧张的心一下子松了许多："缘分啊。"

贺深勾唇："是很有缘。"

其实考场座次都是根据上次月考成绩排的。

上次贺深没参加，是全班倒一；乔韶是转校生，没有成绩。

所以两人都在最后一个考场。

不过能前后桌就是缘分了。

要知道最后一个考场的同学们，成绩都是不相上下地差。

等到周五，乔韶进了考场才发现熟人很多。

陈诉是肯定不可能在的，年级第三在遥远的第一考场，也就是他们 1 班教室。

而这十六考场嘛……

不良少年楼骁、蓝毛卫嘉宇、前桌宋一栩，还有同桌贺深。

乔韶看到这一个个熟面孔，有点慌——

坏了，物以类聚，人以群分，他认识的学渣是不是有点多？！

31．和老贺比成绩？

他们几个人的座位也挺有意思。

贺深和乔韶靠着窗边，是前后桌；楼骁在贺深右侧，和他同属第一排；蓝毛在楼骁后面，和乔韶并列；宋一栩在楼骁右侧，也是第一排。

总的来说还是宋一栩最惨，第一排也就算了，还是中心位，他一进教室就开始哭："我不想'c 位出道'啊！"

可怜"席位"已定，他不出也得出！

乔韶觉得这座位安排得挺"魔性"的。

很明显，不老实分子都在前头，相对安分的才有资格坐后面。

虽然最后一个教室里都是学渣，但学渣也分"道系"和"佛系"。

前头的道系学渣以骁哥为首，这位"睁眼瞎"充分诠释了什么叫——

爱谁谁,一边去,别烦我!

至于后排的佛系学渣就温和多了,一脸生无可恋,就差把"怎么考都行,不及格也可以,倒数第一也没关系"写脑门上了。

哦,道系学渣里多了个宋一栩。

小宋同学大概是长了一副"我会作弊"的模样,所以被拎到了监考老师眼皮子底下。

乔韶后知后觉地发现……

在第二排的自己也是不老实分子?

不不不!

乔韶安慰自己,他这是没成绩才沦落到最后一个考场的,老师把他安排在第二排,肯定是想"保护"他!

是这样,没错的!

乔韶轻呼口气,看到他的同桌姗姗来迟。

今天全天考试,不用出操,所以老师不强求穿校服。

住校生还好,没什么可换的,走读生就随心所欲了。

贺深也没穿校服,他穿了件简单的白T恤和牛仔裤。

很随意的打扮,可是因为手长腿长身材好,愣是把这身普通衣服穿出足以刊登时尚杂志的高级感。

他好像又熬夜了,神态倦怠,黑眸随意一扫,找到人了。

虽然是最后一个考场,但也男女比例均衡。

不少女生倒吸口气,眼睛都快忘了怎么眨了。

其实不只女生,男生们也都看着他。

得亏乔韶在第二排,看不到后头的光景,要不他准以为这进来的不是贺深,而是一块唐僧肉,各路妖精都想啃一口。

贺深把早餐放到了乔韶桌上,打了个哈欠。

乔韶一边打开便利袋,一边道:"昨晚又没睡?"

这一周明明都表现很好了,怎么临近月考又熬夜了!

贺深忙着赚钱,不能把送上门的活儿给推了,他反坐着面向乔韶,下巴抵在椅背上，懒洋洋地吐出个单音节："嗯。"

乔韶没好气道："今天考试，你昨晚不睡觉？"

贺深眼皮直打架："不要紧。"

乔韶看他这样又气又急，但事已至此也不好再多说什么，万一再影响他发挥，贺深岂不是这一周都白学了？

"张嘴！"乔韶从桌肚掏出自己的杯子，把吸管插了进去。

贺深困得很："嗯？"

乔韶把吸管塞到他嘴里。

贺深以为是豆浆，顺势喝了一口，然后……被苦了个透心凉！

乔韶忍着笑道："精神了？"

贺深眉峰紧皱着："怎么还带着这玩意？"

乔韶道："这不派上用场了？专门给你带的！"

本来苦到心窝窝了，这会儿却又涌上来一股莫名的甜意，贺深笑了下："那我拿走了。"

他把乔韶的杯子放到了自己桌子上，不想让小孩找苦吃。

乔韶连忙道："等等！"

贺深扬眉："说好是给我带的。"

乔韶精神好得很，并不需要黑咖啡，他关注的是："我的吸管。"

贺深怔了一下。

宋一栩就不提了，就差用眼睛写一本《作弊大全》了，其他同学倒挺热切的，纷纷向这边投来胆怯又期待的目光。

这挺好理解的，仿佛看到了一个装满财富的山洞，明知里面有宝藏，可外头有两头恶龙在镇守，勇士们心痒又不敢靠近。

乔韶怪不好意思的。

他虽然觉得自己这半个月学习挺认真的，但感觉也考不了太好。

被大家这么期待，真的汗颜。

尤其蓝毛卫嘉宇，晃晃悠悠的，就差开口了！

乔韶十分心虚，他目不斜视地盯着演算纸，压根不敢抬头，也就不会知道这些目光的真正落脚点其实是他前座……

终于开始考试了。

月考也是模拟了正式考试的模式。

只不过不会分成几天，而是一天搞定。

上午是语文和数学，下午是英语和理综。

考完语文和数学，乔韶整个人都虚脱了。

他倒在课桌上，一动不动。

贺深睡得正香，结束的铃声都没叫醒他。

同学们陆陆续续地走出考场，吵闹声让乔韶缓过来一些。

他趁人不注意用纸巾擦了下额头的汗，再抬头时已经恢复如常。

乔韶看到前座睡得昏天暗地的一大坨，不爽地戳他："放学了！"

这一声不仅叫醒了贺深，还叫醒了隔壁的楼骁。

两人睡眼惺忪的模样真像亲兄弟！

乔韶心里虽然还有些慌，但见贺深这样，火气压过了慌，他道："你不会交白卷了吧？你这样我胜之不武啊！"

贺深哑着嗓子道："乖，让我再睡会儿。"

乔韶困惑不已。

这是睡糊涂了吧！

考场里没多少人了，也就楼骁听到了乔韶的话。

他问道："你……和老贺比成绩？"

乔韶已经不太把他当外人了："嗯，他输了请我吃一个月午餐，我输了就答应他一件事。"

自己的赌注好像有点差，乔韶补充道："就是他想怎样就怎样，我都依着他。"

32．第一名，贺深，总分：725

考场里没人了，乔韶对贺深说："午饭也不吃了？"

贺深好歹惦记着小同桌得长身体，幽幽转醒："吃。"

乔韶道："赶紧的。"

"嗯。"贺深起身朝门外走去。

中午贺深去516室补了一觉。

陈诉小声问乔韶："上午的考试感觉如何？"

他一问，乔韶身体僵了僵。

陈诉察觉到了，说："没事，已经结束了，别影响下午的英语考试。"

"嗯，"乔韶含糊道，"挺好的，都是平常的题型。"

这个中午，乔韶在床上躺了一个半小时。

他耳朵里不断传出熟悉的音乐，可是却无法让精神彻底放松。

就在大家都睡熟的时候，乔韶碰了下自己的耳机……

他犹豫了整整一分钟，最后也没能把它摘下来。

乔韶轻嘘一口气，闭上了眼。

下午考英语，是乔韶最擅长的科目，哪怕落下半年的课程，也没什么影响。

放听力时，他轻松填上答案，而且有十足的把握不会出错。

因为有余力，他趁着听力还在播放，赶紧去做了后面的几道题。

等听力结束，一切归于平静，乔韶就只能努力握紧笔，让自己的手别抖了。

理综安排在晚上。

全部考完也就放假了，周六、周日可以回家痛快玩一玩。

第十六考场的考生们悠闲得很，反正十道题里有九道半都不会，不如提前想下周末怎么疯玩。

监考一整天的老师也有些累了，稍微走神的工夫，考场里就响起了窃窃私语声。

老师大怒,站起来厉声镇压。

考生们消停了会儿,但很快又发出了窸窸窣窣的声音。

老师眼看着压不住这些归家心切的学生了,索性走下讲台来回踱步。

"老实点!"时不时地,她还会在考生的桌子上敲一敲。

这下学生们都安静了,整个考场里只剩下鞋跟落地的嗒嗒声。

监考老师没有穿高跟鞋,只是皮鞋的跟有点尖,教室的地面又比较脆,碰在一起发出的声音尤其明显。

这对考生们来说是巨大的威慑,让他们不敢胡作非为。

可对乔韶来说,却犹如救命的稻草。

原先一片空白的大脑终于有了东西。

他抓紧时间,放弃了偏弱的物理,把生物和化学几道眼熟的题目快速填完……

铃声响起时,溜达得腿都酸了的监考老师道:"好了好了,时间到了,赶紧交卷,会做早就做完了,不会也不用勉强了,回去好好听讲,期末考试再努力吧。"

试卷交上去了,乔韶心里空荡荡的。

贺深转过头看他:"考完就别想了。"

乔韶回神,瞪他一眼:"没你心大。"

贺深察觉到他情绪有些低落,故意逗他:"我这是自信。"

乔韶眼中果然带了点笑意,"怼"他:"我看是自大吧。"

"嗯,都差不多,"贺深见他恢复如初,又问他,"周末回家?"

乔韶不想回家,可再不回家他怕老爸杀过来把他拎回去。

到时候日子过起来就太不美了。

"不然呢,"乔韶道,"还去你那蹭吃蹭睡?"

"不是蹭睡,"贺深纠正他,"是哄睡。"

乔韶想起他的摇篮曲,鸡皮疙瘩直蹦跶:"别了,要做噩梦。"

贺深又问了句:"真的不来?"

乔韶坚定道："不！"

贺深也没再勉强他："嗯，周一见。"

乔韶出了考场，吹了冷风后才平静下来。

什么鬼！

乔韶在心口处按了按，有种心快跳出来的错觉。

咚……

他手机振动了一下。

乔韶拿出来一看，是条微信。

没有星期五："到家了告诉我一声。"

附带表示无奈的颜文字。

乔韶："……"

乔韶走出去老远，才打了辆车回家。

一到家，看到灯火通明的屋子，他嘴角止不住上扬。

吴姨迎出来，拉着他的手道："小韶啊，这半个月辛苦了吧？！是不是饿瘦了？有没有累坏了？哎，去那学校能有什么好吃的……"

乔韶心里暖暖的，说道："都挺好的，我感觉我还胖了点。"

"怎么可能！"吴姨太了解他的情况了，"快先进屋，我熬了一天的高汤，先喝一碗……"

乔韶一边笑一边说："我吃过晚饭了……"

进到屋里，杨孝龙、乔如安、乔宗明都在。

乔韶哭笑不得地问好："姥爷，爷爷，爸……"

这么齐整，不知道的还以为他出去了二十年，好不容易回来，所以一家人都在等他。

杨孝龙拉着他的手道："可算回来了，学校条件怎样？有没有受委屈？"

姥爷问了一堆，乔韶只能一个劲儿地说好。

乔如安不出声，但身旁已经堆满了礼盒，这位时尚圈教父最爱用实际行动来表达自己的爱。

足足用了半个小时,乔韶才把爷爷和姥爷给稳住。

乔宗民道:"我就说你们不用过来,这么大个人了,出去两周能怎样。"

他一开口,就是被炮轰的命。

当然乔韶很感激老爸,大乔同志这是在用生命帮他分担火力呢!

后来乔韶去量了量体重,重了足足 1.1 斤,这个好消息彻底安抚了两位老人。

送走姥爷和爷爷,父子俩坐下聊了会儿。

乔宗民试探地问道:"明天张博士有空,要不要去见一面?"

乔韶道:"不用了吧,我最近挺好的。"

乔宗民打量着他的神情,道:"你觉得不用就算了。"

乔韶明显松了口气道:"嗯。"

乔宗民又问:"我听说今天月考?"

乔韶抬头看他,可怜兮兮地说:"我要是考不好,你会不会不让我继续在东高念书了?"

乔宗民一怔。

乔韶眼巴巴地看着他:"爸,稍微再给次机会嘛,我初来乍到的还不太适应,考不好也是情有可原对不对……"

乔宗民笑了,他拍拍儿子脑袋说:"只要是你想做的事,老爸什么都依你。"

乔韶提醒他:"考很差也没事?"

乔宗民道:"倒数第一也不要紧。"

乔韶蔫了:"我觉得你在诅咒我……"

偏偏这咒语十有八九要生效。

乔宗民更关注的是:"考了一整天?"

乔韶有气无力地点点头。

乔宗民:"一整天都坚持下来了?"

"嗯……"乔韶道,"最后一门还是晚上考的。"

乔宗民喜上眉梢:"可以,这就很棒了!"

乔韶可笑不出来,他趴在沙发上,觉得自家老爸的要求未免也太低了点。

周末一晃而过。

住校生是要提前返校的。

乔韶周日晚上就收拾利索,准备回校。

乔宗民还试图送他,乔韶说自己现在假装是穷苦人家的孩子,除非他开辆电动车,否则就歇歇吧。

乔宗民立刻道:"电动车我也有啊。"

乔韶翻个白眼:"Tesla(美国电动车品牌)?"鹰翼门一开,同学们都得投来好奇的目光。

乔宗民委屈道:"Model S很不起眼。"

哦,就是那辆姥爷要送给贺深当见面礼的一百多万元的电动跑车。

乔韶语重心长道:"我说的电动车是两轮的,市价……"乔少爷不大懂,反正就死命往低说,"一两万块钱那种。"

这个乔宗民是真没有。

就算买来了也不能开,还不如打车舒服呢。

乔韶回到学校就感觉到了不一样的氛围。

两天时间过去,月考成绩肯定出来了,估计不少人都知道自己的分数了。

乔韶心情平静地上五楼,见着陈诉时问了声好。

陈诉目露担忧地看他:"乔韶……"

乔韶心里有数,陈诉是学委,十有八九来批过试卷。

"成绩出来了吗?"乔韶故作轻松地问道。

陈诉点点头。

乔韶没问自己的,先问了陈诉的:"怎样,你是咱班第一不?"

应该没悬念吧,陈诉又聪明又勤奋的!

陈诉摇头道:"贺深不缺考的话,我不可能是第一。"

乔韶一愣。

"我觉得你的成绩……"陈诉更担心乔韶,委婉道,"可能有点问题,你别急,等看看试卷……"

乔韶打断他道:"你考不考第一和贺深有什么关系,他还能抢了你的第一不成?"

就他那在考场上睡个昏天黑地的同桌,能影响到第一考场的陈诉?

这下轮到陈诉愣怔了:"你没看成绩单?"

乔韶一脸茫然:"从哪儿看?"

陈诉拿出手机道:"你家长没加班级群吗?"

乔韶:"……"

加是加了,但用的是他给老爸随便买的手机号……

那手机都不知道扔到哪儿去了,乔韶根本没想到要看看。

陈诉点开了一张图片,放大后递给乔韶。

乔韶定睛一看,以为自己眼瞎了。

陈诉道:"贺深的数学和理综又是满分,语文好像漏了一道题没做,所以扣了5分,英语不知道是什么问题,只得了130分,不过即便这样,他也比我高了整整23分。"

第一名,贺深,总分:725。

第二名,陈诉,总分:702。

乔韶指着那熟悉又无比陌生的名字,结结巴巴地问道:"贺、贺、贺深?是我们班那个贺深?"

陈诉意识到他可能有什么误会:"嗯,他的成绩一直都很好,中考是以全市第一的成绩升入东高的。"

乔少爷石化了。

另一边,从老师那里要到乔韶卷子的贺深眉头紧锁。

老唐叹气道:"感觉这孩子学得挺认真的,怎么一考试……"

贺深一张一张试卷地看过去,从语文到数学再到英语和理综。

圆润得略有些稚气的字体,是乔韶没错。

卷面干净,写得认真。

可是这成绩……

33．他是东高的传说

乔韶好半晌才找到自己的声音："全市第一？贺深？"

他语调中的问号都要化作实体飞出来了！

陈诉愣了下："你不知道吗？"

乔韶一脸蒙："我怎么能知道？！"

陈诉疑惑道："你之前不是还问过我？"

他还怕乔韶受打击，好好安慰了他一番。

乔韶也记得一清二楚："可当时你说让我不要向他学……"

陈诉意识到歧义所在了："我的意思是，你不要和他比，不是谁都能上课睡觉还考满分的。"

乔韶："……"

是这样吗！气得都说不出话了怎么办！

陈诉知道两人之前的对话是不在一个频道上了，他赶紧解释道："贺深和我们不一样，他过目不忘，看东西只需要翻一遍，你别看他上课睡觉，其实他接受的知识可能早就超出了高中生需要接受的，刚开学的时候，还有大学邀请他……"

乔韶这模样，仿佛在听什么天方夜谭。

这字字句句都懂，怎么凑一起就这么不可思议！

他的同桌，他的不良学渣同桌，竟然是个亿里挑一的天才？

"按理说他可以一路跳级的，不知道为什么一直没有。"

陈诉又给了乔韶会心一击。

乔韶半晌才找回自己的声音："我……真没看出来。"

陈诉也想明白了，他惭愧道："是我的错，是我没和你说清楚。"

设身处地地一想，乔韶会误会也实属正常。

高一刚开学那会儿，谁也不相信贺深就是那位以全市第一的可怕成绩入学的学神。

毕竟他每天的日常活动,除了睡觉就是睡觉。

偶尔睡醒了,也是和国际班的不良少年搅在一起,听说还和校外的社会人干过架……

再后来有女生被他的脸迷惑,向他告白,贺深比现在的楼骁还冷酷无情,一句毫无温度的"没兴趣"把那女孩尴尬得想遁地!

他最风云的一件事是——

高三美术班有一位学姐,家境好,长得美,性格也大胆。

当时贺深的"不近人情"已经传开了,但挡不住他长得太帅。

都说男生不坏女生不爱,学姐非要去挑战这个"刺头"。

哪知她缠了他两次后,贺深就送她一个字:"滚。"

那不耐烦的语气让学姐恼羞成怒,也激怒了早就看贺深他们不顺眼的一位学长,这学长也曾是学校里的风云人物。

学长冲冠一怒为红颜,非要收拾下这个给脸不要脸的学弟。

后来……

一挑五还发型不乱的楼骁成了当之无愧的如今的"风云人物"。

至于贺深,他没动手,就站在一边打了个哈欠。

也是从那开始,贺楼大旗高举,屹立不倒。

陈诉说话的语速不快,但逻辑分明、层层递进的讲法把乔韶听得一愣一愣的。

"他、他这哪像个学习好的?"乔韶扼腕。

这分明比不良少年还不良少年!

陈诉继续道:"我们原先也觉得全市第一那事是个误会,不只学生,连老师都觉得哪里出了问题。"

画风如此魔性,正常点的人都会有所怀疑。

乔韶隐约猜到了后续:"然后就考试了?"

一切猜测都比不上考场上走一遭。

陈诉摇头道:"不……"

乔韶好奇问:"怎么?"

陈诉道:"他去为校争光了,当年的青少年数学竞赛,他拿了全国第一。"

乔韶:"……"

"之后就是月考、物理竞赛、化学竞赛、期中考试……然后是期末考试……"陈诉叹口气道,"只要他参加,那就是第一。"

乔韶嘴角抽了抽。

陈诉道:"从那之后,他就成了东高的传说。"

人还在呢,就成了传说,这得是多逆天!

乔韶自言自语:"他还真是字字句句都是实话。"

什么全市第一,什么全校第一,什么过目不忘,什么稳赢……

这哪是吹牛?

分明是很谦虚了!

乔韶越想脸越疼。

对方这吹上天的牛皮不仅没破,还成了闪亮亮的巴掌。

他脸能不疼吗!

紧接着,乔韶又想起他俩的赌约。

啊……

他死了,怎么救都救不活那种!

陈诉还在安慰他:"也是我太大意了,我们都习惯了贺深,忘了你不适应。"

被"打脸"的东高师生们,早就把贺深归为非常人。

贺深就是贺神,和神计较什么?

神仙干啥都是对的!

可惜乔韶初来乍到,哪知道还有这么脱离现实、小说里写了都要被骂不切实际的人!

经过陈诉这一番科普,乔韶再看贺深的成绩已经能够正常喘气了。

725算什么?

陈诉说这变态还拿过750分!

啊,真的是个变态!

陈诉笑了下，温声道："没事的，误会了也没什么，我看你们这阵子相处得挺好，感觉他也不是那么不近人情的人。"

尤其陈诉之前的事，要不是贺深，真的很难澄清。

乔韶点点头，有点磕巴地说道："嗯，他人挺好的。"

就是就是……

啊，乔韶还没活，他还在死亡中！

这事真是太尴尬了！

最要命的是，贺深从头到尾也没瞒过他，次次都说得很明白，半点没藏着掖着。

但是……乔韶自个儿不信啊！

他想想自己说过的话，再想想事实，贺深肯定心里憋笑憋死了吧！

死了死了，没法活了。

乔少爷这辈子都没这么丢脸过！

整天对着一个学神叫学渣，还要带他学习，还检查他的作业，还批评他不认真，还……

这半个月乔韶百分之九十九的时间都和贺深搅在一起。

细节太多，一一数来……

对不起，乔少爷需要个棺材，加盖密封那种！

其实陈诉更关心乔韶的成绩，不过看他精神不错，他心里放松了些。

"我把成绩单发给你吧。"陈诉将图片发到了乔韶的微信上。

乔韶一点都不想接收——

班级第一是贺深。

倒数第一是乔韶。

他俩真不愧是同桌。

都和第一很有缘。

陈诉打量着他的神色道："我觉得你这成绩……"

相比较来说，乔韶反而很坦然："没事啦，我心里有数。"

陈诉顿了一下道："不应该的，我看你平时做题……"

虽然正确率一般，但乔韶很认真，属于勤奋刻苦型，只要把答错的题重新做几遍，之后就不会再错。

这次的月考并没有太超纲的题，按理说乔韶不该是这样的成绩。

乔韶早就做好了心理建设，他道："其实我高中没上过几天，冷不丁进入了学年的下学期，课程落下挺多，慢慢来吧，这才半个月。"

陈诉愣了一下："你上学期……"

乔韶也不算是扯谎了："我身体不太好，休学了一阵子。"

"这样啊，"陈诉看看他瘦削的小身板，半点都不怀疑，"那你现在没事了吗？"

乔韶笑道："早就没事啦！只不过课程落下的有点多，得好好补一补。"

陈诉自告奋勇："我可以帮你！"

乔韶道："好啊，我还想找你借一下上学期的课本和笔记呢。"

陈诉立刻道："没问题，我回头整理了给你。"

他们说笑间到了饭点。

乔韶也懒得收拾了，两人一起先去食堂找饭吃。

路上他们又聊了会儿，陈诉一直留心着乔韶的神态，见他的确没有为成绩烦扰，心里踏实了些，对乔韶也更加佩服了。

乔韶和他真的不一样。

别看他瘦瘦小小，可其实内心无比强大。

能够无畏贫穷，无畏落差，他这种对待生活的积极态度，实在让人叹服。

陈诉觉得自己真幸运，能交到这样一个充满正能量的朋友！

食堂里人不多，毕竟刚返校，哪怕是住校生也大多带了好吃的。

也就陈诉和乔韶，一个是没东西带，一个是没经验，所以老老实实来食堂吃饭。

没怎么排队就打好了饭，乔韶刚准备吃，手机就"嗡"了一声。

他放下筷子，拿出手机看了眼。

没有星期五："在宿舍？"

乔韶"啪"的一声，把手机倒扣在桌面上。

短时间内，他没脸见贺深！

陈诉看了他一眼，乔韶道："我爸问我到了没。"

陈诉点点头，没多问。

从教学楼出来，贺深眉心轻皱着。

他收到成绩单的时候，还在忙工作。

本来他对这种东西是毫无兴趣的，毕竟没有悬念。

可这次他故意开了微信群的消息提醒，就等着看成绩。

看的当然不是自己的，而是小同桌的。

贺深点开成绩单，从上往下看，看到二三十名时他就有些意外。

按理说小矮子最差也能考到这个名次的。

直到他在最后一名看到了乔韶。

贺深站起来，电脑里的东西还没保存就去了学校。

他冷不丁过来，老唐又惊又喜，连忙问什么事。

贺深要了乔韶的卷子，从头到尾看了一遍。

没有批错，分数也没问题，可是这成绩实在不应该。

其他科目不提，英语是乔韶的强项，可除了听力题和前面的选择题全对，其他的简直惨不忍睹。

怎么会这样？

贺深心里转了不少念头，他出了教学楼，给乔韶发了个消息。

等了五六分钟，乔韶也没回他。

贺深直接去了516室。

敲了门没人应，他有钥匙，索性开门进去，屋里空无一人。

贺深拿出手机看了眼，乔韶还是没回他。

难道还没返校？

不对……

贺深看到了乔韶放在床上的书包。

已经回校了，看来是去食堂了。

贺深下楼。

巧的是，他刚去食堂，乔韶和陈诉已经慢悠悠地往宿舍溜达了。

于是贺深再度扑了个空。

"怎么这个点来了？"楼骁看到他挺诧异地问，"是不是有新活儿了？"

楼骁和狐朋狗友吃喝了一天，有点腻，想来食堂吃点清淡的，没想到竟看到了贺深。

贺深没回应，他四下看着，努力从人群中找小矮子。

楼骁一眼看穿："我刚看到乔韶了。"

话刚落地，贺深问道："他在哪儿？"

楼骁挑眉："你们吵架了？"

瞧贺深这紧张模样……

哦，楼骁想起来了，好像是出成绩了吧。

贺深道："我给他发微信，他没回我，去宿舍也没找到。"

楼骁道："刚看他和陈诉在吃饭，这会儿应该回去了。"

贺深这就要走。

楼骁给他一句："你这会儿还是别凑上去了吧。"

贺深停下脚步，看他："怎么了？"

楼骁道："他肯定看到成绩了，输得这么惨，他会不生气？"

虽然楼骁不知道乔韶的分数，但放眼东高，好吧，放眼所有高中生，能和贺深比成绩的实在不多。

贺深："……"

楼骁又道："给他点时间缓缓，别把人逼急了。"

贺深想了想乔韶的成绩，的确是急不得。

他没再追去宿舍，留了下来道："点菜了？"

楼骁应了一声："一起吃。"

贺深心情不悦时就会迸单音节词："嗯。"

这副生人勿进的模样，要是乔韶见到了，就会明白陈诉讲的"传说"是一个字都不假了。

34．他哭了告诉我

一顿饭贺深吃得心不在焉。

同样没什么胃口的楼骁丢给他一根棒棒糖。

贺深瞥了眼，没动："我先回去了。"

楼骁："嗯。"

楼骁出了食堂，还记着"失魂落魄"的贺深。

嗯……

虽然看不惯他，但毕竟是哥们儿，该帮得帮。

"喂。"他掏出手机给卫嘉宇打电话。

蓝毛正在打游戏呢，本想摁"拒绝"，一看"骁哥"二字，只好坑队友了："骁哥？"

楼骁道："你回宿舍没？"

蓝毛一脸迷茫："我回宿舍干吗？"

周日晚上他从不回宿舍的好吗，能疯玩的时间干吗不疯玩？

楼骁："哦，那你现在回去吧。"

蓝毛："什么？"

楼骁分配任务道："帮我盯着乔韶，就我对床的小不点。"

卫嘉宇当然知道乔韶是谁，他比较迷的是，那穷鬼竟然敢招惹骁哥？

头这么铁的吗？！

"怎么？"卫嘉宇正色道，"他来了就告诉你吗？"

"不，"楼骁语重心长道，"他哭了再告诉我。"

卫嘉宇："……"

总觉得有什么地方不太对！

楼骁已经挂了电话。

卫嘉宇手机中传来队友的辱骂声："天哪，鲁班你居然掉线了？"

卫嘉宇赶紧把这盘游戏搞定，收拾利索后让司机送他去学校。

乔韶吃过饭就和陈诉研究起上学期的笔记。

陈诉道:"有一部分我拿回家了,等下次放假我再给你带来。"

乔韶看着这整齐得犹如打印体的笔记,赞叹道:"不急,这些就够了,你笔记做得可真好。"

陈诉笑笑:"看得明白就行。"

何止是看得明白,简直是一目了然!

卫嘉宇进来时听到了陈诉对乔韶说:"你也不用着急,这次只是月考,好好准备,期末考试肯定能拿到好成绩。"

乔韶了解自己的情况,对下次考试也没太大自信,只能低应一声:"嗯。"

卫嘉宇恍然大悟。

是了……

之前的月考,现在出成绩了。

看来乔韶考得很不好?

这一晚上,乔韶都觉得卫嘉宇神经兮兮的。

虽然这蓝毛平日里也挺神经的,但也没这样。

乔韶忍不住问他:"有什么事?"

卫嘉宇:"……"

乔韶一脸疑惑:"有话就说。"

卫嘉宇当没听见,转身上床,还把自己裹进了被子里。

乔韶无语,懒得理他了。

就寝时,乔韶又掏出手机,他打开微信,看了一下和贺深的对话框。

没有星期五:"在宿舍?"

乔韶盯着看了好一会儿,最后还是放下了。

没脸回啊!

一想起自己说的那些话……

乔韶把头埋进被子里,呜咽了一声。

脸都丢尽了啊!

自己还嫌他天天玩游戏,玩游戏又怎样?人家照样考第一!

本来裹在被子里的卫嘉宇忽地探出头，叫了一声："穷……喂，乔韶！"

乔韶被他吓了一跳，抬头看他。

卫嘉宇盯着他看了会儿。

乔韶茫然道："怎么？"

卫嘉宇看了好几遍，确认他没哭后，又缩回了被子里。

乔韶："……"

神经病啊！

果然第二天，乔韶默默地给贺深转账一毛钱，然后说："早饭我自己吃。"

贺深很快回他："等我一起。"

乔韶还没勇气面对他，于是回了一句："不用，我去跑操了，手机放宿舍了。"

贺深熬了一夜，再看到这一条信息，真想去学校把人给拎出来。

贺深放下手机，向后靠在椅背，轻呼一口气。

不能急。

乔韶的脚基本恢复了，不过老唐还是不让他跑操，只让他在一旁活动活动。

乔韶也就没再坚持，其实他挺想跑操的。

多运动多吃饭，才能长身体！

他不仅要考好试，还要努力长个儿呢。

早饭乔韶和陈诉一起吃，之后乔韶又借故回宿舍拿东西，等到了教室老师已经要开始上课了。

贺深等了他二十分钟。

乔韶一看到他就心虚，直接躲开了他的视线。

贺深开口："乔……"

铃声响了。

乔韶坐得笔直道："上课了。"

贺深眉心蹙了蹙，只能把话咽了回去。

乔韶在躲着他。

强撑了一上午没睡觉的贺深就得了这么个信息。

上课时间他怕打扰乔韶，不好和他说话。

一下课乔韶就和其他同学聊了起来。

前座的宋一栩视乔韶为再生父母。

"韶哥啊！"宋一栩狗腿道，"万万没想到你能给我兜底！"

是的，之前的倒数第一是宋一栩，而这次乔韶"勇夺"第一，救他于水深火热之中。

乔韶想抽他："我只是太紧张了，一时失误。"

宋一栩敢这样开玩笑，也是看出乔韶对成绩不太在乎，他道："没事没事，我懂，我也紧张，次次都紧张得要尿裤子。"

乔韶："……"

这么有味道的谈话他不想继续了！

可为了躲开贺深，他只能和宋一栩瞎扯。

贺深完全没机会和乔韶说话，到了下午他实在没撑住，回去睡觉了。

乔韶见他不在，大大地松了口气。

太尴尬了，真的太尴尬了，他一见到贺深就想起自己说过的蠢话！

周二，乔韶继续躲着贺深。

他俩是同桌，想彻底不说话也是不可能的，但乔韶躲得太直白了，完全不给贺深和他独处的机会。

贺深忍到了第七节课。

全班去上体育课，悠悠转醒的贺神不忍了！

乔韶腿脚灵便了，当然不会错过体育课。

操场上有两个高一的班级在上体育课，宋一栩和解凯他们闹着要和6班的来场篮球友谊赛。

宋一栩和乔韶亲近，问他："来不？我们刚好缺个后卫。"

就乔韶这身高，宋一栩还约他也是很讲义气了。

乔韶会骑马、会击剑、会高尔夫，还会射击，但抱歉……他不太会打篮球！

"嗯……我……"

乔韶在想该怎么推了宋一栩的好意。

解凯也凑过来说："来活动下，很好玩的。"

宋一栩也催促他："打篮球很锻炼身体，蹦蹦跳跳就……"

"长个了"三个字他没说出来就卡壳了。

不只他，1班的队伍都安静了那么三秒钟。

解凯小声叨叨："天哪，贺神怎么下楼了！"

宋一栩胆大包天："贺神！来打篮球吧！我们一起打爆6班！"

乔韶："……"

刚才还邀请我，这么快就换人了吗？！

贺深谁都没看，径直向着乔韶走来。

乔韶心虚得不行，头都不敢抬。

贺深对他说道："跟我来。"

声音很低，带着凉意。

乔韶也不好再躲，只能跟着他走。

1班的同学们分成两部分，一小撮女生倒吸口气，大多数男生面面相觑，还有宋一栩这脑子不大好的："什么情况？"

贺深带着乔韶来到操场角落里。

这边在太阳下，没个遮挡，几乎没人会来。

贺深盯着乔韶，慢慢开口："你……"

他只说了一个字。

靠在墙边，低垂着眉眼，紧绷着身体的乔韶鼓足勇气，抢先开口："对不起！"

贺深怔住了。

35. 他是个……怪物

乔韶把这话说出来，倒是轻松些了。

这两天他拼命躲着贺深，一来是尴尬得要死，二来也觉得对不住他。

贺深说了那么多大实话，他还说贺深吹牛皮，如今被"打脸"，道歉是应该的。

只是这一道歉……

就得承认自己很蠢。

乔韶他不要脸啦！

却说贺深完全没想到会听到这三个字。

为什么？

乔韶为什么要向他道歉？

贺深把这话问出来了："为什么要说'对不起'？"

乔韶嗫嚅着："一直没好好听你说话，还一直不信任你，当然要道歉。"

死了死了，这公开处刑的滋味，乔韶这辈子都忘不了！

贺深眼眸转深，盯着乔韶的视线有着胜于夕阳的热度。

"你是因为这个而躲着我？"

乔韶惭愧道："哪还有脸见你……"

贺深不出声了。

他很小就记事了，儿时到现在的记忆都清晰得犹如存在硬盘里的数据。

可放眼这十多年，他从未有哪天像现在这样被一口热气堵着喉咙，无法组织出完整的语言。

乔韶躲着他，他想了很多原因——

成绩下来了，乔韶觉得自己受到了欺瞒，不想理他了。

或者是乔韶成绩太差，两人差距太大，乔韶不想再靠近他了。

又或者……

乔韶也像很多人一样，觉得他是个……怪物。

如今，真正的原因摆在眼前，是贺深没有想到的，却是最可爱的。

他心头的阴霾一扫而空，沉郁的脸上终于带了笑意。

"乔韶，"他轻声唤他，"你真……"

"好"字没有说出来，乔韶自暴自弃地吐槽道："行啦，我知道，我真蠢！"

蠢死了蠢死了蠢死了，想想这半个月，乔韶觉得自己额头上贴了个大大的"蠢"字。

贺深却说："不，你很聪明。"

乔韶终于抬头看他了，眼中全是狐疑："我觉得你在笑话我。"

此时此刻，此时此地，验明正身的学神说他聪明……

嗯……乔韶觉得这是反话！

贺深没忍住："我是认可你。"

乔韶心情轻快了，也没那么不自在了，他道："拜托你件事。"

现在的贺深，给他摘星星摘月亮都不会皱眉："你说。"

乔韶认真道："恳请你把这半个月给忘了！"

全是不堪回首的历史，乔韶一回首就想掐死自己！

月亮星星都能摘，这个就……贺深毫不犹豫道："不行。"

乔韶："为什么？"

"太难了，"贺深哪里舍得忘，他道，"我过目不忘。"

乔韶："……"

是哦，您过目不忘，这要求还真是为难您了呢！

贺深心中一片明媚，对乔韶说："不用道歉，这半个月是我不对。"

乔韶记忆力没那么好，但他该记住的事一件没忘。

贺深无微不至地照顾着瘸腿的他，帮他买药帮他抹药，还帮他找了个舒服的座位。

更不要提还有陈诉那事，以及自己的吃吃喝喝，甚至周末还收留了他一晚……

不回忆还好，一回忆……

贺深真是太仗义了！

乔韶道:"你有什么不对的?"已经全是对的了好嘛。

贺深道:"我一直没说明白。"

乔韶默了默:"你还要说得多明白……"

全市第一、全校第一、全班第一,贺深都说过。

贺深低笑出声,温声道:"如果我真想让你知道我的成绩,就该把奖杯、证书都拿给你看。"

乔韶:"……"

"所以别道歉。"贺深凑近他道。

乔韶睁大眼,后背紧紧贴在了粗糙的墙壁上。

贺深起身,嘴角笑意不减:"走吧,回去了。"

乔韶回神,他三步并作两步地跟上去:"你……你……"

他还是被这家伙给耍了?

啊,好气,打又打不过,想咬一口解解气!

回到班级队伍那边,宋一栩、解凯他们已经和6班的人对喊起来。

6班的体育委员道:"老宋你们行不行啊,一个班二三十个男生,凑不出五个人打篮球?"

宋一栩恨恨道:"不用五个人,我们四个就能打爆你们。"

6班体育委员道:"那不行,四打五我们赢了也是胜之不武。"

他旁边的6班男生笑道:"对,我们不欺负弱小。"

宋一栩转头看看自己班男生……

一大半都去踢足球了!

剩下的在打羽毛球、乒乓球,还有的在背单词,反正就是不来篮球场!

从操场角落走回来的乔韶、贺深已经恢复如初。

贺深问乔韶:"想打篮球?"

乔韶问:"长个吗?"

贺深笑了:"有希望。"

乔韶立刻道:"打!"

贺深看了眼他的脚:"不要紧了?"

乔韶立马道:"本来也没多大事。"

原本七八天就好的伤愣是喷了十多天的药,再不好他真该去好好检查一下了。

"那行,"贺深道,"带你玩玩。"

他们走到篮球场边上时,宋一栩还在输人不输阵地喊:"等着,等我再找个人来,保准让你们跪下来喊爸爸。"

6班体委和他都是篮球社的,平日里关系很好,打趣他:"找啊,你要是能把深哥找来,我当场喊……"

他话没说完,看到了贺深。

宋一栩道:"不用深哥出马,我……"

"缺人?"贺深的声音在他背后响起。

宋一栩飞快转头,看到他时的表情仿佛要跪下喊爸爸:"是啊,6班挑衅我们,深哥来不?"

贺深看向6班体育委员:"我来了,你当场要干什么?"

6班体育委员毫无原则,立马道:"爸爸您好,爸爸求您不要过来!"

篮球场一众选手:"……"

有点尊严行吗!

乔韶见这场面,看向贺深:"你篮球很强?"

贺深道:"我全能。"

乔韶的心情很复杂,比以前还复杂,以前还能吐槽他臭不要脸,现在……咱不敢说也不敢问啊!

篮球是5对5的运动,6班5个人确定了,1班这边却是6个人。

当然此时的宋一栩眼里根本没有乔韶。

直到贺深道:"我可以打一场,不过得带上乔韶。"

宋一栩沉吟:"那得换下来一个人,换谁呢……"

话音刚落,所有人的视线都转向他。

宋一栩:"不是吧?"

贺深道:"行,宋一栩候补。"

"哎……"宋一栩伸出手,"这……这……"和他想象的不大一样啊!

开始前贺深问乔韶:"规则懂吗?"

乔韶一知半解:"差不多。"

"没事,"贺深道,"看着我就好。"

乔韶眨眨眼:"什么?"他不该去盯对手吗?

贺深补充道:"看着我,就能赢。"

乔韶:"……"

行吧,您是大佬您说的都对!

这篮球赛打得毫无悬念,根本就是一场个人秀。

不用贺深说,乔韶也只能看到他了。

不只是他,周围的女生越聚越多,眼里心里估计也全是他!

6班体育委员那一声"爸爸"已经叫没了气势,上场后虽然全方位地盯着贺深,可惜根本盯不住。

实力相差太大,就像成年人戏弄三岁小孩一样,毫无还手之力。

乔韶跟着来回跑,还挺开心的,直到篮球飞到他手里。

乔韶蒙了。

离他几步远的贺深说:"试试。"

球是贺深传来的,想让他投篮。

乔韶停顿了半秒钟后跃起。

虽然没怎么打过篮球,不过……可以试试嘛!

乔韶的姿势还有那么点样子,不过这高度和弧度就……

6班体育委员立马叫道:"进不了!快去抢篮板!"

乔韶撇撇嘴,他也看出自己进不了了。

就在球被篮筐弹开的瞬间,贺深不知何时竟早就出现在篮板下,他一跃而起,碰到球的瞬间,"砰"的一声,完美灌篮。

看到这一幕的所有人都惊呆了。

篮球场安静得仿佛掉进了真空环境里。

然后下一秒。

剧烈的欢呼声响起,本来还十分矜持围观的女生们尖叫出声。

乔韶也看呆了。

篮球赛不是没看过,可这样近距离的直观,那惊人的气势犹如惊涛骇浪,震得人头皮发麻。

这时贺深转头,看向乔韶这边。

对视的瞬间,乔韶仿佛看到了灼灼烈日。

汗珠折射出晶莹的光线,少年勃发的英姿成了这个夏日最震撼人心的一幅画。

真的……帅啊。

乔韶半晌才回过神,脑子里迸出一句话——

长得高真的帅啊!

球赛毫无悬念,6班输得一塌糊涂。

宋一栩这个候补喊得嗓子都哑了!

6班体育委员累得气喘吁吁:"老宋,后会无期了!"

宋一栩美滋滋的:"你不是很嘚瑟吗?"

"我……我……"6班体委直接躺倒在篮球场上,"人和人这差距也太大了!"

乔韶走过来道:"厉害!"

贺深擦了下额头的汗问:"好玩吗?"

乔韶重重点头:"好玩!"

虽然他全程"划水"。

贺深笑道:"那下次再带你玩。"

乔韶更想贺深带他学习,不过……

劳逸结合,多运动下没准他也能长这么高,然后……也能这么帅!

长得高真好,乔小韶羡慕得眼都红了。

大热天打户外篮球,后果就是浑身都湿透了。

516室身为豪华寝是有淋浴的。

乔韶对贺深说:"要不要去冲凉?"

体育课还有十分钟下课，再加上课间休息，总共有二十分钟。

贺深道："走吧。"

他们回了寝室，乔韶进屋就开始脱衣服。

乔韶脑袋还在 T 恤里就说："时间不多，我们赶紧冲冲就完事了。"

回寝室用了五六分钟，去教室也得花这么个时间，他可不想耽误上课的时间。

36．是不是操心过头了？

乔韶急匆匆地赶去冲澡。

贺深慢慢道："不用急，最后一节是大扫除，去不去都无所谓。"

今天周二，第八节课是大扫除。

乔韶这才想起来："对哦，不用上课。"

贺深道："嗯，所以你先去洗，我等你好了再去。"

乔韶道："那我先去了，虽然不上课，但也得回去打扫卫生。"

他这次和陈诉一组，总不好让陈诉自己打扫，他得赶紧回去帮陈诉。

至于贺深，他是真的可以不用打扫，而且全班同学绝无异议！

乔韶去冲凉了，贺深坐倒在椅子上。

乔韶果然麻利，很快就搞定。他头发还湿漉漉的，水滴顺着脸颊滑下，直直坠到了白皙的脖颈上。

贺深垂眸道："我去冲凉。"

"嗯，"乔韶让开一些，"快去吧。"

贺深一进浴室就闻到了淡淡的香气。

应该是洗发水的，又或许是沐浴露，总之不会是乔韶的。

贺深猛地把水龙头转向冷水，冰凉的水兜头浇下……

原本乔韶是不想等贺深的，但他收拾齐整后想起来贺深不是 516 室的正式成员。

虽然楼骁那张床大半时间都是他用来午休的，但贺深毕竟不住在这里。

所以贺深没有各种日用品，也没有换洗衣服！

乔韶看看时间，觉得耽误五六分钟应该不打紧，于是找出自己的新毛巾给贺深，至于衣服……

他真没招，他的衣服给贺深……紧身衣都不配！

乔韶清了下嗓子，扬声道："那个，你先穿之前的衣服？"

贺深的声音从浴室里传出来："楼骁的衣柜里有我的衣服。"

乔韶道："哦，我去给你拿！"

贺深还真是516室的成员无误了，连衣服都有储备。

贺深穿戴整齐出门，看到乔韶掀起衣服下摆，露出了一截后腰。

贺深顿了一下。

听到动静的乔韶转身："好了？"他挺自然地放下衣服。

贺深没忍住，还是问了："你这是……在干什么？"

乔韶怪不好意思地说："看看自己有没有希望锻炼出腹肌。"

贺深这脑子又有些热。

乔韶视线下移，在他腹部晃悠："难怪你运动能力这么强，体格真好啊。"

贺深生硬转移话题："走吧，刚才上课铃已经响了。"

乔韶顾不上什么腹肌不腹肌了，赶紧道："走了！三分钟到教室！"

平常这种时候，贺深都早早回家了。

他也不是懒到不大扫除，而是自从他"为校争光"后，老唐就吩咐卫生委员，不用给他安排活干了。

贺深本身也是又忙又累，能有时间歇会儿，也乐得如此。

贺深起身，拿着手机出了教室。

乔韶卖力擦窗户，和陈诉就一道物理题讨论得热火朝天，根本没留意到贺深的心事重重。

贺深给楼骁打了个电话："在哪儿？"

楼骁："胜宇。"

胜宇是离东高不远的一家网咖（网络咖啡厅）。

现在的网咖和以前的普通网吧可不一样，这里装修高级，机器配置高，连椅子都是昂贵的人体工学椅。

而且有各种饮品甜品，国际班的几个公子哥经常来这消磨时间。

贺深挂了电话去找他。

楼骁换到无烟区，问他："怎么了？"

贺深道："卫嘉宇还听你话吗？"

楼骁道："嗯，很乖。"

贺深道："有件事你让他帮下忙。"

楼骁听完后死鱼眼上线："你是不是操心过头了？"

贺深叹口气道："你不懂。"

楼骁顿了一下道："400块。"

贺深瞥了他一眼。

楼骁："400块钱都舍不得？"

贺深："周末请你吃和记，叫上卫嘉宇。"

那是一家挺出名的料理店，人均1000块钱左右。

楼骁想了一下，觉得贺深虽然穷，但还真不差这点钱。

他点头应道："行吧。"

贺深走了，楼骁又给卫嘉宇打电话。

蓝毛看到"骁哥"二字总紧张，他接了电话："喂，骁哥……"

楼骁道："嗯，还要麻烦你件事。"

卫嘉宇心里"咯噔"一下，问道："怎么？"

楼骁道："不是什么大事，你想办法当516室的舍长，然后拟个规章制度。"

卫嘉宇听得一愣一愣的：什么玩意？

楼骁把贺深的话复述了一遍："规章制度最后一条就是不许舍友一起洗澡。"

卫嘉宇更蒙了："啥？"

方言都冒出来了。

楼骁强调道:"总之不准乔韶和其他人一起洗澡。"

卫嘉宇:"……"

楼骁又问他:"明白了吗?"

"明、明白了!"

卫嘉宇挂了电话,他觉得自己明白了!

37. 我要当516室的舍长

接下如此"重任"的卫嘉宇自然不能浪费时间。

他琢磨了一节自习课,又去校外买了一堆东西,静等着晚自习回去竞争舍长一职。

乔韶和陈诉回寝室时,看到蓝毛在,都挺惊讶。

要知道这家伙平日里不到就寝时间是绝对不会回来的。

乔韶礼貌性地向他打了个招呼。

蓝毛上下打量他一番,矜持地"哼"了一声。

看在骁哥的分上,勉强搭理你一下吧。

乔韶:"……"

"哼"个鬼啊,没礼貌的臭小子。

他不理蓝毛了,继续和陈诉说话。

卫嘉宇忍不住又咳了一声。

鉴于他平日都如同空气,乔韶和陈诉都当没听见了。

卫嘉宇只好又咳两声。

乔韶大人不记小人过,看向他:"感冒了?"

卫嘉宇:"……"

陈诉也开口了:"我这有药。"

感个鬼的冒啊,谁要吃穷鬼那苦得要死的药!

卫嘉宇不矜持了,开门见山道:"我要当516室的舍长。"

听他这一说,乔韶和陈诉面面相觑:这家伙又抽哪门子风?

卫嘉宇见他俩不出声，以为自己出师不利，立刻祭出"撒手锏"："身为舍长要履行应有的责任和义务，所以从今以后，舍长会负责提供洗手间的所有洗漱用品以及每晚的夜宵。"

说完他把桌底下的袋子拎起来，放到桌面上。

乔韶和陈诉眼里的困惑更深了。

卫嘉宇见这俩人还无动于衷，又道："舍长还要负责宿舍卫生，每周末我会让保姆来给我们全方位打扫。"

乔韶和陈诉内心感动不已。

卫嘉宇把所有筹码都押上了，自认问题不大，问他们："怎样，你们能提供这些条件吗？"

乔韶和陈诉提供个鬼啊！

虽然不知道这蓝毛发什么神经，但这样的神经他们不介意蓝毛多发点！

乔韶立刻道："你是舍长了。"

这都可以竞争全国模范舍长了，不要白不要。

陈诉如今开朗了许多，这会儿眼中都有笑意："我没意见。"

卫嘉宇日常抱胸冷哼："从今往后，我会履行身为舍长的责任和义务，那么也该行使舍长应有的权利。"

果然还是有坑吗？

乔韶并不意外，卫嘉宇这样补贴"家用"，是该有点特权。

卫嘉宇可算把重点说出来了："你们没意见的话，我宣布下宿舍的规章制度。"

陈诉愣了一下："规章制度？"

卫嘉宇瞄了乔韶一眼后，说："第一条，以后洗澡要关门。"

这个好像没什么问题，乔韶和陈诉没异议。

卫嘉宇继续道："第二条，不许和舍友一起洗澡。"

乔韶都想在心里翻白眼了——这不废话吗，谁要和你一起洗！

卫嘉宇见乔韶没有反对的意思，松了口气继续道："第三条，洗完澡要穿好衣服出来。"

又是一句废话……

不穿好衣服还能光着出来不成？

乔韶和陈诉已经听得很无语了，就等着他后头说点正经的。

谁知卫嘉宇就这么停下了。

不是在思索其他章程，而是就这么停下了！

乔韶眨眨眼："没了？"

卫嘉宇瞪他："没了！"

这三条都把他想破脑袋了，还要啥？这小子还要干什么惹骁哥生气的事！

乔韶看向陈诉，陈诉看向乔韶，两人从彼此眼中，不约而同地看到三个字——"神经病"。

付出那么大代价，搞到舍长的职位，就为了宣布这么几句废话？

之后乔韶给陈诉微信发私聊："你说卫嘉宇这是发什么神经？"

陈诉默了默后回道："有钱人的世界我们不懂。"

乔韶也沉默了，但只能在心里加一句："对不起，这黑锅有钱人不背。"

甭管卫嘉宇搞什么，反正事就这么定下了。

卫嘉宇把洗漱间"装潢"一新——崭新的洗发、沐浴用品和崭新的浴巾以及牙膏和洁面用品。

就冲卫嘉宇那前卫的蓝毛，也知道他是个追求精致的男孩。

第二天乔韶跟贺深吐槽卫嘉宇。

贺深听得笑眯眯的。

乔韶说："你说他是不是傻乎乎的？"

贺深卖队友卖得毫不客气："嗯。"

乔韶道："不过……他人其实也挺好的。"

虽然没礼貌、很傲慢，还别别扭扭的，但乔韶觉得卫嘉宇十有八九是想融入寝室，与他和陈诉搞好关系。

哎，这种用金钱收买的友谊，乔韶懂。

所以虽然怀疑他的智商，但乔韶也挺心疼他。

因为乔韶这句话，贺深觉得可以请卫嘉宇多吃两顿饭。

——只要他想吃。

经过这次月考,最大的赢家其实是他们的语文老师——老秦同志。

老秦历经风雨,哪次考完试讲卷子不是把学生喷个狗血淋头?

但这次他满面春风,一个劲儿地夸:"你们看,只要用心,没什么事是不可能的,大家这次表现很好,平均分比上次高了整整十分……"

老秦口若悬河,同学们是心里有苦道不出。

他们最后一周把全部精力压在语文一科上,能不出好成绩吗?

他们把这次语文考试都当成地狱修罗场了,能不谨慎对待吗?!

可事实呢?

事实呢!

这次的语文试卷毫无悬念,还超纲呢,连纲内的难点都没考,全是些基础知识点,不用复习都滚瓜烂熟那种。

他们付出那么大努力,看到这么一张试卷,不把它写到100分以上,对得起自己的汗水吗!

课间,宋一枡回头哀号道:"深哥啊,你不是说语文很难吗?"

他一开口,很多人都"唰"地转头,等他答复。

就连乔韶也转头,惊讶道:"语文很难是你说的?"

原来他听到的那些传言都是来自贺深?

如今他是能理解了,学神放出这样的口风,谁能不慌?

贺深昨晚只忙到凌晨一点,今天状态还行,他撑着下巴看乔韶:"没说过。"

乔韶看向宋一枡:"他没说过。"

宋一枡哀号:"他是没说,可是他上周交了语文作业啊!"

乔韶:"……"

贺深淡定道:"我只是交个作业,你们紧张什么?"

宋一枡道:"哪能不紧张?你竟然'临幸'了老秦,我们能不密切关注吗?!"

前头的语文课代表也凑过来,幽幽道:"您还背了《阿房宫赋》。"

这才是让谣言甚嚣尘上的最大原因。

旁听的乔韶幸亏坐在椅子上,要不这会儿一准摔跤!

贺深看他一眼,道:"我那是被……"

他话说到一半,乔韶立马捂住他的嘴,不让他说了。

贺深弯着眼睛看他。

乔韶帮他答了:"他……他就是背着玩玩的!"

别拆穿啊!

乔韶疯狂对他使眼色。

事到如今他全懂了,月考语文修罗场的传言原来是由他而起啊!

他催着贺深写作业,结果惊动了广大群众。

群众疯狂想象,最后还传回乔韶耳朵里。

当时乔韶还煞有介事地对贺深说:"这次语文很难,得复习下以前的。"

于是贺深背起了《阿房宫赋》。

啊……

乔韶又想给自己定棺材了!

"嗯,我只是随便背背,"贺深拿下乔韶的手,慢条斯理地说,"你们别迷信,我从不押题,没必要看我做什么就紧张。"

这话倒是点醒了一干群众。

是啊,学神从不押题。

他还用押题吗?

纲里纲外的,有什么是他不会的?

话题就这么过去了,乔韶松了口气,把手从贺深那儿抽回来。

中午的时候,乔韶赶着去吃饭,贺深道:"等下,一会带你出去吃。"

乔韶:"嗯?有什么事?"

"趁着没人,把……"贺深故意顿了一下道,"你的试卷给我看看。"

乔韶瓮声道:"不用看了,错题我都整理好了。"

"听话,"贺深哄他,"给我看看。"

乔韶:"不!"

贺深手伸到他桌肚那儿:"我看看。"

乔韶坚决说:"不要!"

后来乔韶当然还是把试卷都摊到贺深面前了。

其实贺深早就把这些卷子印在脑子里了,他之所以现在要看,主要是找机会和乔韶谈谈。

他看得出乔韶并没有为分数困扰,一直是很乐观向上的态度。

但是倒数第一实在不应该,乔韶不笨,而且努力,再怎样也不该是这样的成绩。

贺深认真看完,问他:"试卷很难?"

乔韶拿出了之前的借口道:"其实我上学期都没怎么学的,大概是课程落下太多,所以没考好。"

这话糊弄陈诉没问题,对贺深却意义不大。

他很清楚这套试卷的题型,的确会用到上学期的知识,但有好几道题都是最近才接触的,只要好好听课,不应该不会。

乔韶听课比谁都认真,平日里练习题做起来也没问题,怎么考试就乱写一通?

贺深没拆穿他,只问道:"上学期为什么没学?"

乔韶道:"出了点事,所以休学了。"

贺深一怔。

乔韶立刻道:"现在已经没事了,不用担心!"

这话是不想让贺深继续追问了。

贺深顿了顿道:"没事,只是功课落下的话,我帮你补。"

眼看话题岔开了,乔韶松了口气道:"陈诉已经答应帮我补习了。"

贺深忖度着之前的话:"他有我好?"

乔韶:"……"

贺深看他:"放着第一不用,非要选第二?"

乔韶哭笑不得道:"什么乱七八糟的,陈诉是正常人的正常学习方法。"

他看向贺深，笑问："跟你补习，你有笔记吗？"

乔韶还记得有次贺深错拿上学期的课本，那上面干净得仿佛没人碰过。

贺深还真没那玩意。

乔韶又道："好啦，有陈诉就足够了，你……"

"他那是死学习。"贺深一本正经道，"跟我补习，我会教你学习技巧。"

乔韶有点心动，问道："怎么说？什么技巧。"

贺深顿了顿。

乔韶还真好奇了："说来听听，你都用了什么学习技巧？"

能得学神真传，似乎也不错。

然后学神就给他会心一击："比如——过目不忘。"

乔韶："……"

拜拜了您，今天都别见面了！

下午的时候，全班都受到了惊吓。

因为除了考试几乎不动笔的贺神在奋笔疾书。

一节课、两节课……

宋一栩忍不住了，问贺深："深哥，你这是在写什么呢？"

贺深头也没抬道："情书。"

宋一栩倒吸口气。

一下午都没理他的乔韶耳朵动了下。

情书？

贺深看上哪个女孩了？

毫无征兆啊。

宋一栩嘴巴能装鸭蛋："天哪，是哪个小仙女下凡了？"

竟然能被贺神看上！

"远在天边，近在眼前，"贺深一边说着一边把厚厚的笔记本给了乔韶，"就这位。"

乔韶一脸蒙：什么跟什么？

他拿着笔记本看贺深。

贺深活动了下僵硬的手指道:"宝贝,不打开看看我的一片心意?"

宝你个大头鬼啊!

这家伙哪天能不满嘴跑火车?

乔韶瞪他一眼,手却老老实实地打开了笔记本。

一看之下……

他愣住了。

宋一栩凑上来道:"我看看,让我看看。"

这家伙激动得话都说不明白了。

"天哪,"宋一栩忍不住道,"深哥,你这是把上学期的知识要点给默写出来了?"

何止知识要点,这各门各科梳理得明明白白。

甚至还关联了这学期的知识点……

宋一栩目瞪口呆:"深哥,您可真是情深义重啊。"

就这笔记的分量,一百封情书也比不上啊!

38. 珍藏一辈子

乔韶还在呆滞中。

他机械性地翻着,完全震惊于其中的内容。

这样粗看,只觉得字迹遒劲有力。

笔记的字形不是工整的打印体,而是带着自己风格的张扬洒脱。

可即便如此,每个字都清晰明了,绝对与潦草无关。

更让人一目了然的是这种梳理方式,每个知识点都做了思维导图式延展,简直太好记了!

乔韶从头翻到尾,嘴巴里也能装个鸭蛋了。

贺深道:"时间不够,这只是一部分。"

其实高一的学习重点远没想象中那么多,不过只是梳理知识点还不够,要搭配例题以及易错点。

乔韶看向他，哽咽了一下道："给……给我的？"

有种梦幻的感觉，如果这是给他的，那这可能是他这辈子收到的最有分量的礼物。

贺深轻笑道："不然呢？"

"我我我！"宋一栩举手道，"能不能借我复印一份？"

咱不要原件，复印件也可以"得道升天"了啊！

别看小宋同学的成绩是倒数第二，但他也是个有梦想的倒数第二，他做梦都想考进班级前四十呢！

嗯，班里一共四十九个人。

乔韶居然有点舍不得，舍不得这笔记被其他任何人碰哪怕一下。

贺深一桶凉水倒宋一栩头上："没用的，这是给他量身定做的，你看了意义不大。"

宋一栩："什么？"

学神给学渣解释道："我了解乔韶的情况，是根据他的短板写了这份笔记，你嘛……"

学渣宋认真道："我短板很多的！"

随便补补也够了！

贺深毫不留情道："所以看了也没用。"

宋一栩不甘心道："不可能！"

贺深随口问道："向量的定义是什么？"

宋一栩："唉……"

贺深又看向乔韶，乔韶道："既有大小又有方向的量。"

贺深对宋一栩说："知道差距在哪儿了？"

宋一栩："我一时没反应过来，其实我知道的……"

贺深又问："那数量的定义？"

宋一栩："……"

"回去好好补补。"贺老师给了宋一栩最后审判。

蔫了一会儿的宋一栩还是不甘心，他越挫越勇道："深哥啊，要不您也给我量身定做份笔记?真的,您只要做了,从今往后您让我做什么都行,我什么都答应,给您做牛做马也在所不惜!"

贺深问他:"你叫什么?"

宋一栩蒙了:"宋一栩啊。"

贺深平静道:"哦,我只给叫乔韶的做。"

宋一栩:"……"

一旁的乔韶忍不住笑出声。

这要是游戏的话,宋一栩此时脑壳上一定会蹦出俩字母——"KO"。

宋一栩倒下,乔韶才有空当和贺深说话。

"你晚饭都没吃,就……"

贺深打断他的话道:"现在回答我,我和陈诉谁更好?"

乔韶愣了一下。

贺深看着他:"嗯?"

乔韶眼睛都笑成月牙了:"你就为了这个……"

贺深问他:"谁更好?"

乔韶哭笑不得道:"你好,你最好了!"

贺深薄唇微扬,没再说什么,但笑意都写在脸上了。

乔韶手指摩擦着笔记,忍不住道:"你至于吗,就为了这么句话忙活六七个小时。"

贺深沉稳道:"人活一口气。"

乔韶嘴角的笑根本压不住:"服了。"

他真是心服口服!

贺深的视线从他眼角挪开:"也有点后悔。"

乔韶的心莫名紧了紧。

贺深揉着自己的右手腕道:"回去用电脑整理的话,手就不会这么累了。"

乔韶又笑了:"谁让你偏要置这口气!"

贺深故意道:"手好累,左手也揉累了。"

乔韶连忙道:"好了好了,我帮你看看。"

贺深马上把手递了过去。

乔韶默默安慰了他一番。

最后一节晚自习课贺深没走。

乔韶在认真看他写的笔记，他时不时说几句，引导乔韶复习。

乔韶获益匪浅，整个脑袋都像被开光了一般，特别灵。

这份笔记实在太珍贵。

其中包含的不只是贺深写了六七个小时的东西，更多的是贺深对他的了解。

这份关心与爱护，实在让人感动。

乔韶暗自决定，必须好好吃透这些笔记，不能辜负了贺深的一片心意。

晚上回到寝室，乔韶忍不住把笔记拿给陈诉看。

陈诉略微一翻就怔住了："贺深写的？"

"对对对！"乔韶像圣诞节拿到心爱礼物的小孩，语气里满是开心，"他写了好久，而且写得特别清晰明了。"

陈诉是个定期温习学过的内容的学霸，所以他一看就明白了。

"贺深对你真好。"

乔韶也很感慨："是啊，他人真的很好。"

太仗义、太够哥们儿了，就这笔记，他要珍藏一辈子！

陈诉顿了一下。

他说的是贺深对乔韶好，可显然乔韶理解错了。

贺深到底如何，陈诉不好判断。

他虽然感激他，却不会盲目靠近他。

高一上学期，陈诉离群索居，贺深又何尝不是？

整个东高，几乎没人不知道这个天才，却极少有人能和他说上话。

唯一的例外是国际班的楼骁，那个谁都不敢惹的男生。

而楼骁，似乎是贺深的旧识，早在进入东高前两人就认识了。

陈诉忍不住呢喃："贺深为什么对你这么好？"

总觉得有些奇怪，又说不上哪里怪。

这时门开了，卫嘉宇拎着夜宵回来了。

他听到了陈诉的话。

乔韶正在回答陈诉："我也不知道，他真的很照顾我。"

"可能你们比较投缘吧。"陈诉也没再多想。

卫嘉宇哼了一声，打断他们的对话："你真不知道深哥为什么这么照顾你？"

他问的是乔韶。

乔韶疑惑地看他："你知道？"

卫嘉宇提醒他："深哥是骁哥的好哥们儿。"

乔韶更疑惑了："所以？"

卫嘉宇默了默，送乔韶一个字："蠢！"

卫嘉宇扔下手里的夜宵，去洗漱了。

乔韶如今脾气是真的好，面对这阴晴不定的小屁孩都能忍住火气。

陈诉安慰乔韶道："别理他。"

乔韶就是挺纳闷的："他说这话什么意思？"

贺深照顾他，跟楼骁有什么关系，他和楼骁又不熟。

陈诉也不懂，给不了他答案。

盥洗室里挤着牙膏的蓝毛嗤笑一声。

要不是看在骁哥的面子，深哥会理这小穷鬼？

还不是骁哥嘱咐过了，深哥才会这么照顾他！

真是够笨的！

也不知道骁哥怎么就对他那么好了。

嗯……

卫嘉宇把电动牙刷"怼"到嘴里后琢磨了一下。

"喀喀喀……"

蓝毛差点把自己呛死。

这天一大早，班长站到讲台上说："我们的新校服定版了，现在要征集下大家的尺码,大家往这张表上填就行。"

同学们立刻兴奋道:"新校服什么样啊?"

班长道:"我也不知道,听说很不错。"

有人道:"能好到哪儿去?还不是换个颜色的宽宽大大。"

马上就有同学跟着起哄:"可千万别像十八中那样,整个大红色……"

见识过十八中大红色校服的同学立马附和道:"我的妈呀,要真换成那样,我现在就跳窗!"

"哥们儿有骨气,三楼跳下去不死也半残。"

"我这是宁死不屈!"

班长压了压手道:"好了,赶紧写尺码,我听老师说是新式校服,没准很帅呢。"

宋一栩在后头哀号:"我不信,如果女生校服是裙子,我直播吃黑板!"

这个可真带劲,大家都兴致勃勃道:"老宋,你行啊!"

宋一栩"嗤"了一声:"裙子是不可能的,我们东高的女生这辈子都不可能穿裙子的!"

在乔韶以前的学校,女生还真都是穿裙子的,修身的小西装和格子裙,再加上镀金的校徽,挺好看。

乔韶打趣宋一栩:"万一真是裙子呢?"

宋一栩无所畏惧:"那以后请叫我宋一'傻'!"

全班哄堂大笑。

登记表刚好传到他们桌,贺深写完直接传到前面去了。

乔韶一愣,赶忙道:"我的尺码还没填。"

贺深道:"我已经帮你填了。"

乔韶:"你知道我穿多大的吗?"

贺深凑到他耳边说了个尺码。

乔韶:"……"

贺深勾唇:"没错吧?"

乔韶牙痛。

前头的宋一栩惊呼出声:"韶哥,你这算童装尺码吧?!"

乔韶默了默,诅咒他:"宋一栩,你等着改名吧!"

每周三乔韶都要给老爸打个电话。

平日里乔宗民是不敢给儿子打电话的,怕打扰他学习。

这会儿接通了少不了又是一通问这问那。

乔韶挺平静地和他说了成绩的事,大乔同志生怕吓着他:"没事没事,已经是巨大的进步了!"

乔韶翻个白眼,倒数第一还巨大进步,这让全校第一情何以堪!

"下次就是期末考试了,我会好好发挥的。"他说给爸爸,也是说给自己听。

乔宗民道:"不急,慢慢来,你现在已经很好了。"

和一年前相比,实在是好太多了。

当时那情况真的是噩梦,乔宗民一度以为自己连这个儿子也保不住了。

乔韶没出声。

乔宗民后悔自己差点提到这事,改口道:"对了,现在是不是都有家长群?"

他想加怎么也能加,只是不想越过乔韶,怕他知道了不高兴。

乔韶道:"有。"

他给乔宗民加了的,可惜那个手机……早不知道扔哪儿去了。

乔宗民道:"我让小苏买了个新号,你把我拉进去吧。"

乔韶谨慎道:"你可不准暴露自己。"

乔宗民道:"我保证谨言慎行,做个低调爸爸。"

乔韶要来了手机号,把他拉到群里。

这时陈诉回宿舍了,乔韶不便多说,又嘱咐了老爸几句后挂断了电话。

乔宗民这边刚好有个会要开,他已经耽搁一会儿了,这会儿一边往会议室走,一边把手机给助理道:"我加了个群,帮我打个招呼,记得低调点。"

陈灏是做惯这些的,应道:"好的,乔总。"

陈助理打开手机，看到了一个崭新的微信号，里面只加了一个群——高一1班家长群。

原来是少爷的家长群。

陈助理很明白乔总平常都是怎么打招呼的——

他谨慎地发了个8888元的红包，附言"大家好"。

不到一万块钱，十分低调了。

39. 抢了两千块钱

此时的乔韶完全不知道发生了什么，他正想趁着午休时间再温习一下上午学的知识。

温故而知新，孔夫子说得真对。

他正翻着书，陈诉的手机响了。

乔韶没当回事，继续琢磨着这道有点绕的物理题。

陈诉拿起手机去窗边接了："妈，我在……"

下一秒，陈诉的音调骤升："什么！"

乔韶抬头看过去，有点担忧：怎么了，陈诉家里不是出什么事了吧？

早早窝到床上玩游戏的卫嘉宇也吓了一跳，不满地看向陈诉："吵什么，老子的'三杀'没了！"

陈诉完全处于惊讶状态："不可能，怎么会……怎么会有家长发那么大的红包？"

听到这里，乔韶心一跳，隐隐有种不好的预感。

不能吧……

他才嘱咐了老爸要低调……

大乔同志不至于这么坑儿子吧！

陈诉挂了电话，看向手机后倒吸口气。

乔韶看不下去书了，问道："怎么了？"

陈诉呆了三秒钟后把手机给乔韶看："有人在家长群里发了个红包，

我妹拿着我妈的手机玩，不小心点开了，然后……"

乔韶看到了那个昵称——山中老人。

是他爸！

陈诉的话说完了："我妹抢到了两千块钱。"

乔韶差点背过气去。

这太魔幻了，连卫嘉宇都愣了下，他道："你们班还有这么土豪的啊。"

就连他们班的家长群，家长最多也就发个一两千块钱。

高一1班这是谁的家长，这么不把钱当钱。

乔韶满心都是完了完了完了，自己的东高生涯要"凉"了，陈诉要把他"拉黑"了。

直到陈诉来了句："……不知道是谁的家长，是不是不小心点错了？"

乔韶心一跳，仿佛是那抓住了浮木的溺水者，赶紧道："我、我去……"

他结巴了一下道："我去给我爸打个电话，让他别乱抢。"

他拿着手机夺门而出，飞速拨通了老爸的这个小号。

陈助理一看是小少爷，淡定地接了电话："韶韶，乔总在开会，刚才群里的是我……"

"陈叔？"乔韶一听就懂了一半！

陈灏道："乔总吩咐了让我在家长群里打声招呼，说是要低调点，所以我只发了一个小红包。"

乔韶这下全懂了。

才发了8888元，的确是够低调了，可问题是……

大乔同志，你忙就忙，能不能把事给安排明白啊！

以及……

陈诉妹妹手气真好啊，150多人的群，她一个人抢了红包金额的四分之一！

乔韶顾不上这么多了，连忙跟陈灏说："听我说陈叔，我挂了电话您立刻退群，谁加您都不要理！"

陈灏愣了下。

乔韶正色强调道："请务必照办，否则我就完蛋了！"

这话太严重了，陈灏到了这个位置最善察言观色，他听出乔韶的认真，立刻道："好，我这就退群。"

乔韶挂断电话后，发现群里已经没有"山中老人"了。

他天真地以为自己躲过了一劫。

乔韶再看时微信群里已经炸了。

其实这种家长群，家长们经常会发个小红包，比如十元八元的，大家一起抢着玩玩。

老师们是绝对不会抢的，但家长们都无所谓，闲着无聊你抢我发，也是联络感情。

虽然高一1班只有49个人，但家长群里有父母也有学生，再加上老师，人数有150多。

这会儿又是饭点，很多人都没事，看到微信群里有红包，就随便点了点。

然后……惊呆了！

群里已经热烈讨论开了。

"这是怎么回事？"

"哪个家长发的，这么阔绰的吗？"

"是不是家里小孩弄的？"

眨眼间红包已经被领了一大半，有人算了下金额道："这已经6000了吧，到底发了多少啊？"

也有人说："头一次见到这么大的红包……"

还有人问："微信红包不是上限200元吗？"

又有人科普："那是个人对个人的红包限制，微信群人数多，上限很高的，我老公的老总年底就在公司群里发过500元的红包。"

接着有家长唏嘘："那这家长肯定是不小心点错了。"

乔韶见没人看出是谁的家长，就松口气进了宿舍。

他一进屋就听到陈诉在打电话："妈，你去群里说一下，让班主任找下家长是谁，我们把钱给他退回去。"

乔韶一愣。

只听陈诉又道:"不管怎样,这么多钱我们不能收。"

乔韶心慌慌的,只想大喊一声:别找人了,这钱您就收下当封口费行吗?!

盘腿坐床上看热闹的卫嘉宇看了陈诉一眼——

陈诉穷归穷,还有点骨气。

陈诉挂了电话,乔韶看到群里陈诉妈妈已经发了要退回已抢红包的话。

她这么一说,挺多家长都附和道:"对,找下是哪个孩子的家长,我们把红包的钱退回去。"

然后又有人夸陈诉妈妈,说她这手气真是绝了。

群里这么热闹,乔韶后背全是冷汗。

怎么办怎么办,总觉得这事平息不了!

这时有人发现了:"奇怪了,那个'山中老人'退群了。"

"为什么退群?"

"不知道啊,发了这么大个红包又退群?"

这下更加悬疑了,群里一刷就是几百条留言,各有各的好奇,各有各的说法。

此时班主任老唐出现了。

他本来是没看群的,但有家长给他打了电话,他赶紧上来看看情况。

唐煜道:"大家安静下,请问是哪个孩子的家长发的红包?"

一般情况下,群里的家长都改了昵称,比如陈诉的妈妈,就叫陈诉妈妈。

但是这位发了巨额红包的家长却没有改昵称。

家长们七嘴八舌地给唐煜科普了一番。

"唐老师,那人昵称叫'山中老人',他好像退群了,您可以去好友栏里找下他。"

班主任一般是有所有家长的微信的。

唐煜这就开始翻起好友名单,可是从头翻到尾,他也没找到一个叫

"山中老人"的。

奇怪了，到底是谁的家长？他竟然没加好友？

唐煜又在群里说："等下午我去教室问下同学，让他们确认下是谁的家人。"

暗搓搓围观的乔韶心稍微稳了点，还好还好，大乔的这个小号没有上报组织。

也许没准能这么糊弄过去……

谁知群里冒出个明白人，只听他说："说起来，我好像看到了入群提示。"

"有吗？"

"对，就在发红包前。"

"看看是谁把山中老人邀请进来的。"

乔韶看到这一句话，如遭雷劈。

他竟然忘了这一茬……

这下彻底完了！

聊天记录虽然多，但挡不住大家耐心翻阅。

结果出来了——

"乔韶？是咱们班的转校生吧？"

40．一个人太无聊了

陈诉猛地转头看向乔韶。

乔韶手脚发软，快站不稳了。

这下怎么办？

他好不容易熟悉的高中生活，就这么没了吗……

他还没适应考场，没有考出好成绩，没能走出……

不，他自己还好，大不了再换一个学校，可是陈诉怎么办？

好不容易建立的自信，好不容易找到的朋友，就这样以欺骗而告终吗？

还有贺深……

乔韶浑身冰凉，体会到了那股难以摆脱的恐惧。

得到、失去。

信赖、背叛。

他始终无法走出的禁锢。

在上铺的卫嘉宇不是1班的，看不到群内容，他好奇问道："找出来没，是谁？"

陈诉面色复杂，低声问："乔韶……是你吗？"

乔韶浑身紧绷，一个字都说不出来。

听明白的卫嘉宇一怔，很诧异："啊？"

乔韶嘴唇翕动了下，手紧张得攥紧了床褥。

谁知卫嘉宇轻笑一声，又来了一句："我说穷鬼，你爸是怎么回事，是不是喝多了啊？"

乔韶一愣，他混乱的思绪意外被这并不友善的声音给稳住了。

卫嘉宇双手撑在膝盖，打量他："他是不是把你家所有钱都一口气发出来了？"

乔韶脑中灵光一闪。

蓝毛你可以的，是个人才！

陈诉本就这样怀疑，此刻看乔韶这天塌了一般的神态，心中更加确定了，他上前拍拍乔韶的肩膀道："没事的，我这就让我妈把钱转给你，其他人也会把钱退回来的，你别紧张。"

乔韶真是万万没想到！

还能这样！

真是柳暗花明又一村啊！

卫嘉宇瞧他那可怜样，道："你可别哭啊，群里都是你们班同学和家长，班主任一号召，肯定半分钱不能少你的。"

他已经给楼骁发信息了，就乔韶这可怜巴巴的模样，随时有哇哇大哭的可能。

卫嘉宇谨记楼骁教诲，小穷鬼一哭就要及时汇报。

乔韶哭个鬼，他都快笑出来了！

陈诉也认真安慰他："别急，没事的，幸好这是咱们的家长群……"

陈诉一字一句地给乔韶解释，让他放心，乔韶努力管理表情，让自己别太喜形于色。

显然，在卫嘉宇和陈诉的想象中，大乔同志已经沦落成一位酗酒后惹是生非的不靠谱老爸。

时间也是巧了，刚好是午饭之后，一点左右倒是可以喝个酩酊大醉了。

再加上乔韶的寒酸形象太深入人心，没人会发现他爸是富豪榜上的名人。

乔韶也不解释了，就这样吧！

都是老爸的锅，名声尽毁也是没法子的事！

群里安静了许多，因为老唐说会联系下乔韶的父亲。

这个乔韶不慌，他留给老唐的电话号码是不可能打通的。

连电话都打不通，大乔同志醉鬼身份就坐实了！

陈诉和乔韶说了半天话，乔韶这过山车般的心可算是彻底平稳了。

现在的他真的不想暴露家世，一来是他要独立面对一些事情，二来是怕伤害陈诉。

一旦暴露了，他来东高的意义就不复存在了。

他不能再逃避，不能再让疼爱他的人痛苦了，所以他必须靠自己的力量站起来！

卫嘉宇刚才"救"了他一命，这会又"捅"了他一刀："你爸这么发酒疯，你妈就不管管吗？"

一句话让平静的乔韶如坠冰窖。

他听不得那个字，尤其在这种心情起伏不定的时候，更是不能触动那死穴。

陈诉看了卫嘉宇一眼："别人家的事，外人懂什么？乔韶妈妈可能是去上班了，哪能……"

他也有个不靠谱的父亲,所以特别理解这种情况。

"乔韶,"陈诉发现了乔韶的异样,"你怎么了?"

乔韶呆坐在床上,面上毫无血色,连唇瓣都隐隐泛着让人心惊肉跳的灰白色。

他眼睛睁得很大,可是却完全没聚焦,空洞洞看着前方的模样像中邪了一般。

陈诉吓了一跳,还想再唤他一声,这时门开了,贺深大步走进来。

"贺深,"陈诉立刻道,"你快看看乔韶,他忽然就……"

"你们说什么了?"贺深厉声问道。

陈诉愣了下,急忙道:"只是提到了他的妈……"

"妈妈"二字都没说完,贺深便打断道:"行了,别再提这个。"

他坐到乔韶身边,声音低沉:"乔韶……"

他轻轻唤着他的名字,拍着他的后背,极温柔地哄着他:"别怕,没事了,别怕。"

——韶韶别怕。

——爸爸在这儿,别怕,别怕……

乔韶从黑暗中苏醒过来。

他浑身都是虚汗,整个人仿佛从水里捞出来一般。

贺深看到他的眼睛有了光泽,松了口气。

"不就是几千块吗,"贺深温声道,"至于把自己吓成这样?"

他给了乔韶一个台阶,掩住了他真正的伤口。

乔韶清醒过来了,他看到贺深,愣了下:"你不是回家了?"

他们是一起吃的午饭,贺深说下午有事,先回去了。

贺深的确是有事,不过他接到楼骁的电话后,立刻赶了过来。

家长群里的事他一眼扫完,再配合楼骁转过来的卫嘉宇的信息,他还有什么不明白的?

他匆忙赶到516室,看到了魔怔的乔韶。

这不是贺深第一次见到这样的乔韶,所以他比陈诉有经验得多。

贺深绝口不提乔韶刚才的失态，道："516 室是我第二个家。"

乔韶醒过来就完全记不得刚才的失神，他翻个白眼给贺深："贺同学请自重，这不是你的寝室。"

贺深道："楼骁是挂名，我才是实际入住人。"

乔韶瞪他："谁交的宿舍费？"

贺深想了下道："好像还真是我交的。"

乔韶："……"

你和楼骁到底是什么关系？！

他俩已经说笑起来，宿舍另外两人却是惊魂未定。

陈诉不用说了，完全被刚才的乔韶给吓到了。

卫嘉宇也忍不住多看了乔韶好几眼。

话说回来……卫嘉宇看看有说有笑的两个人，琢磨着，骁哥怎么不来？

是不方便，所以让深哥过来看看？

嗯……

怎么都觉得怪怪的。

贺深没走，等乔韶睡着后，他给卫嘉宇和陈诉发了条微信。

大体内容就是，乔韶母亲那边应该出什么事了，一提到他就会受刺激，所以尽量别提了。

即便他不嘱咐，陈诉和卫嘉宇也看明白了。

卫嘉宇心里唏嘘——这小穷鬼还真不是一般的惨。

陈诉躺在上床，看着天花板心想——

父亲是个酗酒的无赖，母亲又出事了，难怪乔韶这样瘦瘦小小的。

唉，乔韶真的是比自己坚强太多了，他好歹还有母亲和妹妹，乔韶这是……

乔韶哪知道，自己这一觉醒来，不仅贫穷"人设"更稳了，还多了个"小可怜"的群众印象……

他给乔宗民发了信息，把事情经过前前后后都说清楚了。

开完会的大乔同志一看……

"陈灏！"乔总把助理给吼进来。

陈助理低眉顺眼道："乔总，是我的错。"

其实这事还真不怪陈灏，他哪知道小少爷去了个普通高中，哪知道小少爷要装穷，哪知道乔总要的低调是要低到尘埃里。

乔宗民也没真生气，他把手机扔给陈灏，说道："无赖、酗酒、不靠谱、发酒疯，我的新'人设'，由你来演了。"

陈灏："哈？"

万万没想到，孤家寡人到四十三岁的陈先生有一天成了这样一个"父亲"！

唐煜约谈了乔韶的"父亲"。

看着眼前这位人模人样却摆脱不了一身酒气的男人，唐煜心里唏嘘：好好的娃，怎么摊上这么个父亲。

"陈演员"道了歉，收回发出去的8888元红包，并且保证以后绝对不在家长群里胡来。

唐煜语重心长道："乔先生啊，高中是孩子的转折点，希望您对他多上心些。"

陈助理来之前喝了半瓶茅台，满嘴酒气："我会的。"

唐煜都快被他熏醉了："总之，希望您还是少喝点酒……"

陈灏打了个酒嗝，淡定道："我不喝醉的。"

嗯，喝醉的人从不说自己醉，唐煜看他这大红脸，觉得说什么都没用了。

可怜的乔韶，他会好好看护的。

唐老师叹口气。

红包风波就这么有惊无险地过去了。

乔韶也成了东高的小名人，只是出名角度有点刁钻。

这一天校园墙和贴吧里，都在传——

"1班真是人才辈出，听说一个学生的爸爸喝多了把全部积蓄都发到家长群里了。"

"天哪，那得多少钱？"

"其实挺心酸，才几千块钱。"

"这有点惨啊……"

"是啊，摊上这么个爸爸，也难怪了。"

一阵唏嘘后，风向又忽然变了——

"同学们！1班有个'欧皇'传人！"

"怎么说？"

"就那个几千块钱的大红包，发在150多人的群里，有个家长竟然抢了两三千块钱！"

"天哪！活生生的'欧皇'啊！"

"敢问这学生是谁？我想高价请他帮我抽卡！"

"请个鬼啊，拜一拜吸'欧气'得了。"

"对对对，拜'欧皇'，得武则天。"

"拜'欧皇'，得SSR卡。"

"拜'欧皇'，闪耀卡全是我的。"

眼看后面全是"拜'欧皇'得××"后，贺深关了手机。

1班的同学们还是很安静的，没怎么讨论这件事。

毕竟之前有陈诉的事做先例，他们不想再给乔韶压力。

家庭情况好不好，真不是自己能决定的。

怜悯和同情也只会给他增加困扰，当作不知道去正常对待，才是最大的善意。

引导完舆论的贺深歪头看乔韶："我们的赌约是不是该履行了？"

乔韶正在准备下节课要用的课本，冷不丁听他一说："啊？"

贺深看他："忘了？"

乔韶哪里忘得了！

只是自己输得实在太惨，都不好意思提这事了。

"你想让我做什么？"乔韶瓮声瓮气地问他。

贺深沉吟了片刻。

乔韶强调："必须是我能力范围之内的！"

贺深道："周末去我那儿。"

乔韶："哈？"

贺深清清嗓子道："这个周末去我家住，就这么一个要求。"

乔韶听得懂，但不明白什么意思："这算什么要求？"

贺深趴在桌子上，懒洋洋道："我一个人太无聊了，你来陪我。"

乔韶不甘心道："你确定？这太简单了吧。"

"没那么简单，"贺深道，"去我那儿，你要听我的，我让你做什么你就做什么。"

乔韶谨慎问："你要干吗？"

贺深瞥他一眼，冷静道："放心，不为难你，最多就是做饭、扫地、洗厕所……"

乔韶："……"

41. 这题太简单了

"你直接把我当保姆了是吧！"乔韶没好气道。

可真是个好办法呢！

乔韶道："醒醒吧兄弟，天还亮着呢！"

贺深打了个哈欠："晚安。"

乔韶眼睁睁看他闭上眼睛，无可奈何。

这要是以前，看他在白天睡觉，还能训他一顿，让他老实听课。

现在……

人家睡不睡都是第一，他这个倒数第一哪有脸去说什么！

下午最后一节课是英语，因为讲了新的课文，有很多生单词，最后十分钟老师让同学们在课上背了起来。

也不知是声音太吵闹，还是睡够了，贺深醒了。

乔韶难得清闲，拿眼尾瞄他："Which musician do you like?（你喜欢哪

位音乐家?")

新的课文与音乐相关,乔韶随口问着玩。

贺深睡意未散,嗓音低哑:"Ludwig van Beethoven(路德维希·凡·贝多芬)。"

乔韶倒也不意外。

谁能不喜欢贝多芬呢。

不过他留意到贺深的发音不太对,想纠正下他,忽地又反应过来……

这个名字用德语的话,和英语的确是不大一样。

贺深说的是德语?

他以前有不少时间都跟着爷爷在欧洲,对法语和德语的熟练程度虽然不如英语,但也了解不少,可是贺深……

算了算了,这变态有什么是不会的!

乔韶正想就贝多芬的问题再和他聊聊,英语老师竟然走了过来。

乔韶立刻挺直后背,仔细背起生词。

英语老师是来找贺深的。

班里背诵声大,她说话的声音又轻,除了贺深和乔韶,估计没人听得到。

乔韶目不斜视地看着英语书,耳朵却竖了起来。

只听英语老师温声细语道:"上次月考是有什么特殊情况吗?"

贺深对老师也是那副无精打采的模样:"没有。"

英语老师一点都不生气,问得更加仔细:"怎么空了好几道题?丢了整整20分呢。"

听到这儿乔韶懂了!

贺深这次最大的失分点就是英语,他只考了130分……

啊,想到这儿乔韶就觉得难过,什么叫"只考了"!

普通人能考130分,睡觉都得乐醒吧!

但贺深显然和普通人不在一个水平线上。

瞧英语老师那样,他丢了20分显然对她打击很大。

这对师生聊到后头,乔韶听到英语老师说:"你要是对老师有什么建议，一定要说出来哦。"

乔韶："……"

好心疼英语老师，这语气都算得上战战兢兢了吧！

乔韶怀疑，是不是因为贺深考个130分，英语组组长就拎着他们班的英语老师训了一通……

不容易，都不容易啊！

贺深不经意地看了乔韶一眼，给了英语老师一粒定心丸："没什么，老师放心，下次我会好好发挥。"

"谨小慎微"的英语老师松了一大口气，说："有什么困扰一定要告诉老师，老师会全力帮你解决。"

贺深笑了下。

英语老师这才继续在教室里溜达，看同学们有没有浑水摸鱼。

乔韶看看贺深。

贺深："嗯？"

乔韶撑起书，凑过去问他："你月考时英语是什么情况？"他没看过贺深的试卷，所以也不知道他是怎么丢的分。

贺深的视线只在他眼睫毛上转啊转。

乔韶催促："问你呢。"

贺深轻咳一声，稍微离他远了一丢丢："犯困。"

乔韶眨眼："什么？"

贺深别开视线，盯着书本道："题太简单了，做到后面就睡着了。"所以丢了20分。

乔韶："……"

问这个问题的自己真蠢！

乔韶抽回书本，坐得笔直，不理他了。

过了好一会儿，贺深竟又开口："想听真话？"

乔韶斜睨他："所以刚才是扯来唬我的？"

"有点，"贺深顿了下又道，"当然你也可以把下面的话当成是哄你的。"

因为周围太吵闹,所以乔韶没听清"唬"和"哄"的区别。

他好奇地问:"说,到底怎么回事?"

贺深道:"我故意空了20分的题没做。"

乔韶追问:"为什么?"

贺深轻叹口气道:"我以为某人的英语至少能考到130分。"

乔韶一愣。

贺深看向他:"我看你平时的英语练习题,正确率很高。"

乔韶明白了,这个"某人"是指他啊!

"咳……"乔韶道,"我有点紧张,没发挥好。"

从130分跌到70分,好像有点紧张过头了。

贺深没拆穿他,只道:"是我失算了。"

乔韶又问他:"可即便我考了130分以上又怎样,我们其他科差那么多。"

他也赢不了贺深。

贺深惆怅道:"好歹能给你一点安慰。"

乔韶:"……"

总觉得手痒,乔韶一点都不感激他,甚至想打他一顿!

贺深说是讲真话,可其实也就说了一半。

他故意在英语方面丢了这么多分,是真的想输给乔韶。

只要乔韶正常发挥,超过他的话,他就可以说乔韶赢了。

毕竟当时赌约的内容是"成绩"。

——又没说是总成绩。

乔韶英语成绩赢了他,也算赢了。

而他其他科赢了乔韶,也是赢了。

所以到最后他俩都赢了。

那么乔韶要答应他一件事,他也要请乔韶吃一个月的午餐。

一箭双雕,多好。

可惜这一切被这个小笨蛋"紧张"没了。

这些乔韶是不会知道了,贺深也不敢让他知道太多。

周五一大早，班长跳到讲台上说："同学们！新校服到啦！"

吃完早饭昏昏欲睡的学生们稍微有了点精神。

"来吧，快给我下审判吧。"这是那位说若是红色校服就英勇跳窗的哥们儿。

"班长，你激动什么？换校服不就等于媳妇从东施换到钟无艳？"

也分不清谁更"美"了。

有人乐观道："万一是穿了'夏日皮肤'的钟无艳呢？"

某款游戏里有个角色叫钟无艳，穿上夏日比基尼后就是个性感御姐，美得不行！

"醒醒吧哥们儿，"一男生道，"太阳都晒屁股了！"

乔韶前座宋一栩同志毫无兴趣，甚至还继续放狠话："我宋一栩把话放这儿了，如果女生校服是裙子，我就……"

七八个男生跟着起哄："你就是宋一'傻'！"

宋一栩"嗤"了一声，无所畏惧。

班长笑得贼兮兮的："来几个人跟我去搬校服。"

解凯叫宋一栩："老宋走。"

班长却道："这几人够了，宋一栩不用来了。"

宋一栩还懒得动呢。

一边做题一边看热闹的乔韶看了看前座。

他总觉得宋同学要遭殃……

其实这校服换得挺莫名其妙的，哪有学校忽然半道想起换校服的？

乔韶很怕是自家那位对审美有极高要求的爷爷搞的……

毕竟当初他说要去东高念书，爷爷第一个反对理由就是："不行，校服太丑。"

乔韶默默为宋一栩祷告：但愿您别一语成谶。

十多分钟后，1班的男生兴高采烈地跑回来："宋一'傻'！宋一'傻'！"

这呼声都快传遍教学楼了。

宋一栩心一跳："上帝啊！"

解凯不愧是他的好哥们儿，当即展开一身女生校服，大叫道："裙子裙子！真的是裙子！"

班里全炸开了，女生们睁大眼道："这、这么好看的吗？！"

班长维持秩序道："别乱！一件一件，看准尺码，领了要签名。"

领到校服的同学惊呆了："厉害啊，春夏秋冬有三套校服？"

"这小马甲也太帅了吧！"

"还有领带？老子不会系啊！"

"哎呀，这衣服也太笔挺了吧。"

一片闹哄哄中，还有笑不出来的。

比如陈诉，比如乔韶。

陈诉看到这校服，脑子里先冒出的就是——多少钱？

一看就价格不菲！

乔韶抚额，不用想了，这百分之百是爷爷的手笔，他老人家估计顺便把东高的校徽都给重新设计了！

班里一片喜气洋洋，大家都对新校服满意得不行。

怎么能不开心呢？

见惯了宽宽大大，里面能塞一个行李箱的大校服，再看这笔挺的西装衬衣和娇俏的格子裙，反差太大了好嘛！

这身校服还真有点红色元素，但和全红的运动服截然不同。

红色点缀在西服的袖口上，只增添了七分雅致，时髦得不行。

石化的宋一栩，哦不，是宋一"傻"悲愤道："我不信，我不信，不可能是裙子，我们东高的女生这辈子都不可能穿裙子！"

他抢过前头于源溪的校服道："给我看看！"

于源溪和他熟，也不生气，只骂他："轻点，扯坏了我打死你。"

宋一栩拿过来仔细瞧瞧，心如死灰——

真是裙子，他不仅要改名，还要直播吃黑板吗？！

这时有女生救了他半条命："好贴心啊，是裤裙！"

很多女生也都拆开包装了。

"真的，裙子下面是短裤！"

"难怪长度在膝盖上。"

"里面的短裤质量好好啊，不紧也不飘。"

宋一栩活过来了："我就知道，我们东高的女生不会有裙子的！"

于源溪"怼"他一句："裤裙也是裙子。"

解凯哈哈大笑："这算一半裙子吧，宋一栩你不用直播吃黑板了，但名字得改，因为只中了一半，所以就叫……宋'半傻'吧。"

宋一栩："……"

这还不如宋一"傻"好听呢！！！

班里闹哄哄的，乔韶是真的笑不出来。

他只希望爷爷谨慎点，别像老爸一样把他给卖了。

贺深留意到他的神色，道："放心，应该不会太贵。"

学校不可能不顾及普通家庭的经济情况，校服太贵的话，家长会抗议的。

乔韶继续叹气。

贺深道："要是不喜欢，我和你去把校服退了。"

乔韶扭头看他："谢谢啊……"

退了？

然后爷爷也把他给强制退学了！

很快老唐就在一片喜气洋洋中走进教室："同学们都挺开心啊。"

大多数同学是开心的，他们"嗷"的一声道："开心！"

唐煜压压手，摁住这帮"饿狼"道："这下可以遵守校规，好好穿校服了吧？"

同学们齐声喊："放假了也会穿！"

唐煜笑道："这就不用了啊，要好好爱惜校服，留着上学再穿。"

老唐跟学生闹了几句后，说起正事："大家不用紧张，这次的校服是一位国内外知名的大设计师捐赠的。"

乔韶惊了！

心都提到嗓子眼了。

同学们也蒙了："啊？"

老唐继续道："设计师是匿名捐赠，只为改善下同学们的衣着面貌，提高审美意趣……"

听到"匿名"二字，乔韶的心才落回胸腔里。

同学们窃窃私语："这么棒的吗！"

捐赠不是没有，但捐得这么贴合学生心思的还真是从未有过！

老唐继续道："听说不只是我们东高，我们市的中学基本都得到了捐赠，而且是连续三年，每年三套，所以同学们，你们这届真是运气好啊！"

班里开心炸了。

乔韶："……"

没错了，是他爷爷没错了……

他今年高一，捐赠三年，刚好毕业。

爷爷这审美洁癖，是无药可医了。

不过爷爷行事比老爸靠谱多了，好歹没人怀疑到他头上。

乔韶松了口气。

他这松口气的模样，也可以理解为不用花钱的松口气。

上午刚发完，下午就得把新校服换上。

乔韶早习惯了这种校服，穿得整整齐齐。

一路去教室，见到的熟人都在互夸。

"帅啊！"

"我的妈，高级啊！"

"哎哟，时髦！"

互吹声不绝于耳，乔韶刚进教学楼就看到那儿堵了一堆人。

个子矮就是亏，看不大清楚。

陈诉倒是看到了："好像是贺深和楼骁。"

乔韶心一紧："他俩在干吗？"

即便知道贺深是学神，但"不良"这个标签也摘不掉。

陈诉顿了一下："好像没干什么……"

乔韶只听楼骁不耐烦地低喝一声:"让开。"

人群好歹不挤了,乔韶也看到了那两个人。

他瞬间明白是怎么回事了。

这两人……穿这身校服也太帅了吧!

一米八五以上的身高,模特一样的身材,平日里穿得毫无形状都把少女们迷得晕头转向。

如今这质地精良的衬衣西裤,配合那帅气的容貌和身材,帅得人合不拢嘴!

尤其两人的气质还截然不同。

一个是神态倦怠,看起来毫无斗志却全科满分的学神。

一个是戾气满满,目中无人,用霸气碾轧全校的不良少年。

嗯……

有点羡慕——乔韶羡慕身高。

无精打采的学神一眼看到了乔韶,他眼尾微扬,径直走过来。

乔韶心里很不甘:都是腿,为什么他的这么长!

贺深走近他,垂眸道:"你这领带系得真好。"

乔韶抬头看他。

贺深的领带松松垮垮的,领口也微敞着,不修边幅却意外地痞帅。

乔韶无语道:"唐老师说了,领带要系好。"

贺深道:"我弄不好。"

乔韶:"……"

贺深弯唇:"你帮我系。"

42.把他扯过来

众目睽睽之下,贺深让乔韶给他系领带?

乔如安、杨孝龙、乔宗民,这三个乔韶的血亲都没享受过这待遇好吗!

乔韶盯他:"你不是什么都会吗?"

"哪能，"贺深道，"我只是会考试、会竞赛、会打球、会书法、会钢琴、会小提琴……"

"行！"乔韶服了这家伙，"您厉害，我服了。"

说着乔韶凑近他，要给他打领带。

贺深至少一米八八，如今的乔韶也就一米六出头，这身高差让乔韶操作起来很费事。

倒不是够不着，只是系领带这事得看清位置，太紧会不舒服，太松会不讲究。

深受爷爷熏陶的乔韶对这事还挺吹毛求疵的。

贺深垂眸看他，嘴角直往上扬。

乔韶忍不住想踮脚，忽地对上他的视线……

乔少爷用力一拉，把他给扯过来。

——踮脚？

不可能！

贺深一怔，旋即嘴角笑意更深，他配合着身体前倾，离乔韶更近了些。

他俩旁若无人，周围已经静得落针可闻。

楼骁瞥了他俩一眼，插着裤兜走了。

看不下去了。

卫嘉宇在宿舍对着镜子收拾半小时，觉得自己已经帅得无敌后才去了教室。

他来得晚，自然错过了精彩时刻，不过路过女生堆时隐约听到了她们的"小秘密"。

乔韶给深哥系领带？

嗯，卫嘉宇思索着，还是得抽空提醒下乔韶，让他注意点，别太过了。

关于这些，乔韶自然是什么都不知道。

他和贺深一起回了教室，刚坐下，宋一栩就眼热道："你俩这领带系得真好啊！"

工整又不死板，端正又不紧凑，又时髦又舒适又雅致，简直绝了！

贺深淡定道："乔韶是挺会的。"

宋一栩立马懂了："哇！是韶哥给你系的？"

贺深就等着他问呢，他立刻回答："嗯，他给我系的。"

乔韶："……"

这有什么好炫耀的！

贺深刚炫了不到三秒钟，宋一栩就给他重重一击："也帮我系一下呗！"

乔韶瞪了贺深一眼：让你嘚瑟！就给我添麻烦。

贺深僵了半秒钟，很快他就扬眉道："我来帮你。"

宋一栩看向他："啊？深哥你不是不会系吗？"

贺深道："我自己不会，但可以试试给别人系。"

"这样啊！"宋一栩就这么信了，"行行行，谁都行，快帮我系一下，我快烦死了。"

乔韶在一旁看着，心里冷笑：这个大骗子，会给别人系的话，他怎么不摘下领带系好了再套脖子上？果然又在耍别人！

贺深对宋一栩说："过来。"

宋一栩美滋滋地凑过去，还说："别系得太紧，我怕……啊……"

还没说完，宋一栩就鬼叫出声。

贺深麻利地给他打了个死结，勒到了嗓子眼上。

宋一栩大叫着："深哥你干吗，谋杀亲同学吗？啊啊啊，我死了，我快喘不上气了。"

贺深拍拍手道："喘不上气就少说点话。"

宋一栩后知后觉地感觉到飕飕冷气，他虽然不知道自己哪里得罪了学神，但也不敢再放肆，连忙去找解凯。

解凯看他脖子上的死结，毫不留情地哈哈大笑："宋'半傻'，你这什么造型？改名后自暴自弃了吗？"

宋一栩好惨一男的："快帮我解开，我要窒息了！"

这边乔韶"扑哧"一声笑出声："你干吗，他哪里惹你了？"

贺深冷笑："连个领带都不会系，该吃点教训。"

乔韶哭笑不得："说得好像你会一样。"

"我是需要你帮忙，"他转头看他，"但我不会让你白费力。"

乔韶笑着看他："怎么？"

贺深道："我给你补习，你给我系领带，划算吗？"

乔韶纠正他："是你教我学习，我教你系领带。"

贺深道："我不学。"

乔老师语重心长："授人以鱼不如授人以渔。"

贺深道："你会就行。"

贺深说完趴在课桌上，乔韶道："怎么又要睡？午休干吗去了？"

这时老师进教室了，乔好学生立马闭嘴，打起精神好好听课。

学神可以任性但他不行，他不能落下老师说的每一个字！

这周是小假，周五不休息，周六下午才能回家。

乔韶早早给乔宗民打了电话："爸，我这周不回去了。"

乔宗民很心虚："怎么又不回来了呀？"

这小心翼翼的语气，生怕是儿子生他气不回来的。

乔韶心软道："周六回家，周日就得回校，太折腾，而且作业很多。"

乔宗民问道："又去同学家？"

"嗯，"乔韶道，"他自己挺无聊的，我刚好去陪陪他。"

儿子居然可以陪别人了，乔宗民有点感慨，说道："那好，别总顾着学习，多和朋友玩玩。"

这要是其他家长，说的一准是反过来的——别只顾着玩，好好学习！

乔韶应了下来，乔宗民将要挂电话时，又委婉问："那事你没生气了吧？都是你陈叔的错，我扣他工资！"乔总甩锅甩得这叫一个麻利。

乔韶无语道："你扣陈叔工资干吗？明明是你自己没安排好！"

乔宗民连忙又道："那我不扣了！"

乔韶也知道老爸就是在哄他开心，并不会真的胡来，他道："好啦，已经没事了。"

挂了电话，乔韶发了会儿呆。

以前乔宗民不是这样的，他奉行的是儿子要放养的原则，还总埋怨乔韶打扰了他们夫妻的甜蜜生活，早早就把乔韶扔出去"环游世界"。

现在……

看着这样杯弓蛇影的父亲，乔韶心里很不是滋味。

慢慢来吧。

乔韶握紧了手机，轻呼口气：会好的，会好起来的。

当天晚上，陈诉和乔韶正打算趁着睡觉前讨论下今天课上的难点……

卫嘉宇拎着一袋子吃的回来："开个会。"

陈诉和乔韶看看袋子里的牛奶、面包、自热小火锅……

嗯，这个会可以开！

乔韶很喜欢自热小火锅，他以前没吃过，头次见到，十分稀奇。

卫嘉宇当时嗤笑他："穷鬼。"

他哪想得到，太有钱了，也会没机会吃这种便利小火锅。

舍长这么大方，两位舍员放下手里的书，认真听他开会。

卫嘉宇坐他们对面，清清嗓子道："今天吧，我主要向你们介绍下骁哥……"

陈诉和乔韶一脸蒙，但看在零食的分上，就听蓝毛讲了。

"骁哥以前喜欢过高二的一位小姐姐，长得甜美可爱，是个真真正正的小美人。"他着重瞥了乔韶一眼。

乔韶挺诧异的：蓝毛你胆子不小啊，八卦楼骁的私生活，活着不好吗？

卫嘉宇见乔韶"紧张"了，越发挑重点："当时高二有个不长眼的调戏学姐，还在放假时堵她，非要带她出去玩，你们猜后来怎么着？"

陈学霸毫无兴趣："……"

乔韶还挺好奇："怎么？"

卫嘉宇瞪着他，夸张道："骁哥把那家伙教训了一顿！"

乔韶倒吸一口气——楼骁果然很凶！

卫嘉宇"哼"了一声："知道了吧？"

乔韶连连点头:"知道了,知道了……"

还是得和楼骁保持距离,省得被无辜伤及。

卫嘉宇见乔韶怕了,又着重嘱咐道:"相信你……嗯,我是说你们从这件事也能得出结论。"

"嗯嗯。"乔韶已经有了结论。

卫嘉宇满意道:"记住了,骁哥独占欲很强的。"

这个乔韶倒是不解。

这和独占欲有什么关系?难道不是"武力值"太高吗?

不过卫嘉宇已经开完会,爬上床去玩游戏了。

乔韶想了想,不浪费时间去问了。

还有十五分钟就响铃,他和陈诉还有时间复习下今天的知识难点。

周六放学,乔韶收拾了满满一书包东西,准备跟贺深回家。

贺深伸手道:"我来。"

乔韶正要把书包往自己肩膀上放:"不用,我自己可以。"

贺深直接拎过来,挂在自己左肩上。

乔韶道:"很重吧?"

贺深说:"不重。"

乔韶心里有数:"别勉强。"

贺深斜视他:"你信不信我右手还能把你拎起来?"

乔韶:"……"

惹不起惹不起,惹不起你们这些力气异于常人的!

乔韶这是第二次去贺深的出租屋,时隔两周再见这地方,他的心情却是截然不同了。

当时他看到书房里的外文书,满脑子都是——学渣用来装样子的!

现在……他抽出一本问:"这是本编程书?"

跟字典似的,好在乔韶英语好,勉强看得懂是什么书。

贺深递给他一杯热牛奶:"嗯。"

乔韶好奇地问："你看这个做什么，竞赛用的？"

贺深顿了一下说："是吃饭用的。"

乔韶端着牛奶杯仰头问他："吃饭？"

贺深揉揉自己软软的短发道："男人嘛，总得养家糊口。"

乔韶不懂。

这时贺深的手机响了，他接了电话道："上来吧，我回家了。"

他挂了电话对乔韶说："走，带你去吃好吃的。"

之前贺深找楼骁帮忙，答应周末请楼骁吃和记。

乔韶问道："出去吃饭吗，和谁？"

贺深说："你都认识，楼骁和卫嘉宇。"

乔韶应下来，他听贺深的话，好像楼骁和卫嘉宇都来了，也不想浪费时间。

他说："牛奶喝不完了。"

贺深道："没事，放那儿就行。"

乔韶点点头，他旁边就有个高茶几，随手就打算放过去，谁知……

"小心。"贺深一把将他拉开，避开了洒出来的牛奶。

"砰"的一声，牛奶洒了一地，牛奶杯也碎了。

乔韶一脸心疼！

是他太大意了，没注意这高茶几竟有个斜坡，难怪上面什么东西都没放！

"没烫着吧？"贺深看着乔韶的手问道。

乔韶摇头道："没。"

这时门开了，有钥匙的楼骁习惯了不请自入。

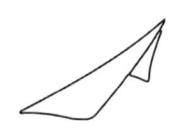

喬韶不需要安慰

43．小穷鬼

乔韬和贺深也看到了他们，贺深道："来了？等会儿。"

乔韬连忙道："是我不小心把牛奶给洒了，我这就打扫……"

要怎么打扫？用拖把还是抹布？

抹布在哪儿？拖把又在哪儿？乔韬此时一万分思念他吴姨。

卫嘉宇总算止住了不断向门外挪的小碎步。

楼骁道："车已经在楼下了。"

贺深拉住乔韬道："没事，不用管了。"

乔韬道："就这样放着？等回来……"岂不是都臭了！

楼骁皱眉道："别去碰了，我叫个人来打扫。"

贺深本来也不会自己打扫，家里估计连个拖把都没有。

贺深也拦着乔韬："小心别弄到身上。"

乔韬还在犹豫，他总觉得就这样扔下走了不妥当……

楼骁已经打通电话："……嗯，过来做下清洁，钥匙我放地垫下了。"

挂了电话他道："可以走了吧？"

贺深看向乔韬："放心了？"

乔韬："……"

行吧，反正他也不知道该用什么来搞定这摊牛奶。

门边的卫嘉宇默默看着，内心又是一阵狂风暴雨。

其实他和楼骁、贺深没那么熟。

这俩从来都是一副生人勿进的模样，卫嘉宇也是因为"被救过一命"，所以对楼骁特别崇拜，连带也敬服鼎鼎有名的学神。

可事实上，他这还是第一次来贺深家。

彼此没走么近的结果就是，卫嘉宇并不知道楼骁是怕贺深累死在出租屋，所以经常找人来给他打扫卫生。

一行人可算出门了，叫好的专车早就停在楼下。

卫嘉宇这会儿聪明了，他一个箭步冲到副驾驶座，连忙坐稳，系好安全带。

一共四个位置，他才不会去后面挤。

如此懂事的卫嘉宇收到来自楼骁的眉峰一扬。

卫嘉宇还以为楼骁在赞他机灵，心下一安，坐得更踏实了。

后座的矿泉水一拿，有了三个位置。

乔韶个子最小，毫无疑问地坐了中间，楼骁在他左侧，贺深在他右侧。

被挤在中间的乔韶瞪了卫嘉宇一眼——就你会抢座！

可惜自己慢了半拍，只能被俩大长腿夹中间了。

唉……没对比没伤害，一对比乔韶心里好苦。

一路上车里很安静。

贺深平日里和乔韶话很多，但私人空间里只要有旁人，他就没那么爱说话了。

他不说话，乔韶也不知说什么。

楼骁更是少言寡语型，不想多嘴。

前座的卫嘉宇恨不得跳车，更不会开口！

专车司机戴着蓝牙耳机，旁人连导航声都听不到，除了凉飕飕的冷气，就是车内各人的呼吸声了。

卫嘉宇感觉到了空气中凝固的尴尬，他先是安慰自己，幸亏坐到前头。

很快他又意识到一个严肃的问题：他错了！他大错特错了！

他不该坐副驾驶座啊，他应该把深哥请到副驾驶座！

此时再联想到楼骁那扬起的眉峰……

赞许个头啊，分明是杀气腾腾！

对不起，卫嘉宇想到了那句被"魔改"的歌词——他不该在车里，他应该在车底！

好在一路不堵车，餐厅也离得近，没多会儿就到了。

下车后大家都松了口气。

乔韶：可算不用比腿了！

卫嘉宇：可算是活下来了……

和记是家日料店，门面非常低调，进去后却是碧草郁郁，清爽宜人。

装修是清雅的和风，原木的配色温柔简约，服务人员没夸张到穿和服，简单的白衬衫反而更加相得益彰。

乔韶起初听名字没什么印象，一进来才发现自己好像来过……

他以前有个同学，似乎带他来过。

贺深订的是个榻榻米包厢，面对面四个位置。

卫嘉宇记得出租车的教训，这次老实靠后，让坐哪儿就坐哪儿。

楼骁先进去，挑了个最靠里面的角落坐下。

卫嘉宇看明白了，自己肯定不能挨着楼骁坐，所以应该去对面！

他刚要走过去，坐下的贺深就道："卫嘉宇你去楼骁那儿。"

说着拍拍自己身边的位置："乔韶过来。"

乔韶坐过去了。

卫嘉宇愣了一下。

这……不大对吧！

服务生已经过来询问点餐了，楼骁常来，菜单都没看，直接说了几道菜。

卫嘉宇还在为这微妙的座位犯愁。

楼骁瞥他一眼："要吃什么？"

卫嘉宇魂不守舍的："都行。"

楼骁烦躁道："没有'都行'这道菜。"

卫嘉宇被他这语气震得蓝毛都要竖起来："和你一样就行。"

服务生应下来，楼骁补充了一句："别给他上酒。"

原来楼骁还给自己点了酒。

对面贺深和气多了，他问乔韶："能吃海鲜吗？"

乔韶也很乖："可以。"

"生的也不怕吧？"

"不怕。"

"主食喝蟹粥可以吗？"

"好。"

贺深弯唇："再来杯清酒？"

乔韶看向他，一脸困惑。

未成年人不能饮酒了解下！

"逗你玩的，"贺深放下菜单道，"别紧张，这里也没旁人。"

乔韶没紧张，他这低眉顺眼的模样纯粹是怕碰见熟人！

虽说是包厢，但不是那种完全独立的，而且门还开着，他又在最外头坐着，鬼知道会不会有熟人眼尖看到他……

概率很小很小，但乔韶不想节外生枝。

"那个……"点完菜的乔韶小声问贺深，"我们能换下位置吗？"

贺深问他："怎么？"

乔韶硬着头皮说："我想坐里面。"

贺深道："行。"

他俩换了位置，乔韶改为和楼骁面对面。

卫嘉宇悄悄松了口气：小穷鬼，还算你懂事，没白给你开会！

一顿饭吃得还算平静。

贺深很照顾乔韶，时刻留意着他爱吃什么。

至于楼骁，坐在角落里百无聊赖地喝着酒，一点都不管对面的事。

卫嘉宇这个急啊，可他急有什么用，当事人已经自暴自弃地灌起酒了！

中途楼骁起身去洗手间。

卫嘉宇一边给他让地方，一边说："我也去……"

他俩刚出来,就听包厢里贺深说:"我给你夹,要轻点,海胆才不会碎……"这两人关系是真好啊。

44.我真的会还你的

卫嘉宇道:"深哥很会照顾人。"
楼骁冷笑:"贺深会照顾人?"
卫嘉宇:"……"
他对学神不太了解!
不过据传闻,学神是个六亲不认,比楼骁还冷酷无情的人物啊!
楼骁轻笑一声:"我认识他这么多年,还真没见他对人这么上心过。"
这话挺微妙的,楼骁用的不是"哪个人",而是一个宽泛的"人"。
包厢里。
贺深留意到乔韶一直很紧张:"不喜欢这里?"
早知道换个地方了,这里对小矮子来说还是太陌生了吗?
其实是因为太熟悉……
乔韶摇头道:"挺好的。"
贺深放下筷子道:"那你怎么一副想跑的模样?"
乔韶这纯属后遗症,其实他心里知道,碰到同学的概率小到可以忽略不计。
但他被爸爸给吓到了,生怕再出什么意外。
万一……万一真的……
乔韶一怔,知道自己为什么这么慌张了。
他不想被拆穿,不想转学,不想离开这些人。
一股无法形容的热流涌上心头,乔韶忽然明白了。
既然喜欢他们,就不该浪费和他们相处的时间。
每一分每一秒,都该加倍珍惜。
乔韶终于放松了,他问贺深:"这里很贵吧?"

贺深道："我……嗯，楼骁请客，他不差钱。"

乔韶道："不行，不能一直吃别人的。"

贺深道："那我去结账。"

乔韶："我也不能一直吃你的。"

贺深胸口涌上一丝无奈，像过往一样，只要他试图靠近别人就会升起屏障。

"你看这样好不好？"乔韶问。

贺深："怎么？"

乔韶有点不好意思道："你别觉得我厚颜无耻，我很认真的。"

贺深不知为何，心中竟又升起一丝期待："怎么？"

他又问了一次，乔韶清清嗓子道："就当我借你的好吗，也不用一天一毛了，等我有能力加倍还你。"

贺深怔住了。

乔韶抬头看他："我真的会还你的，没准哪天我就发家致富了！"

乔韶这话，真是没半点虚假。

当然贺深不在意，他更在乎的是："我可以理解为……"

"对！"乔韶望进他眼睛里道，"我想和你一起在食堂吃饭，也想和你一起在外面吃饭，但我也不想委屈你。"

贺深的嘴角压不住地上扬，他嗓子眼上像被人抹了一层蜜，声音又低又哑："我不计较这些的。"

从来也没计较过，不只是对乔韶，他没对任何人计较过。

乔韶凝重道："现在不计较，以后呢？"

贺深道："以后也……"

不等他说完，乔韶抢先道："不要留下任何隐患。"

贺深说不出话，因为他感觉到了乔韶对他的重视。

乔韶继续说："我知道朋友间不该计较这些，但我们的不同之处实在太多了，我不想和你有任何隔阂，所以……"

"乔韶。"贺深忽然唤他。

乔韶看他:"嗯?"

贺深夹起一块生鱼片放他碗里:"你真有趣。"

乔韶:"……"

他差点噎到!

吃过饭后,时间还早,贺深提议道:"去隔壁玩玩?"

隔壁是个大型商厦,顶楼有各种娱乐设施。

楼骁道:"玩什么?"

贺深问乔韶:"有没有什么想玩的?"

乔韶完全不知道隔壁有什么可玩的。

贺深忽地想起来,说道:"对了,想滑冰吗?"

之前乔韶脚受伤,他俩聊起过。

乔韶说:"我不会……"

贺深道:"我教你。"

楼骁没眼看,他问卫嘉宇:"你会滑冰吗?"

卫嘉宇诚实道:"会!"

当年有部花滑动漫热播,他那俩姐姐看得疯魔,扯着他一起去报了班。

后来嘛,姐姐们又爱上其他动画,就他老老实实把一年的课给上完了。

楼骁道:"哦,那你跟他们去吧。"

卫嘉宇听出了画外音:"骁哥,你不去?"

楼骁道:"小孩家家的玩意,我还不如去喝两杯。"

可是您也没成年!

贺深拆穿他:"他眼瞎,怕不小心把人给撞飞。"

乔韶和卫嘉宇:"……"

所以说楼骁你为什么不配副眼镜?!

听楼骁说不去,卫嘉宇道:"那我也不去了。"

楼骁瞥他一眼:"你要跟我去喝两杯?"

卫嘉宇他不敢!

楼骁又道："去吧，你不是会吗？"

听到这话，卫嘉宇顿悟。

是了，骁哥不会滑冰，去了也是丢人，但又不放心贺深和乔韶，所以安插他去当眼线！

卫嘉宇满脸都写着"我懂了"，他道："好，我去！"

十分英勇就义了！

楼骁又看了他一眼，心想：这孩子怎么一副不太聪明的样子？

于是楼骁走了，剩下三人去了冰场。

贺深挺嫌弃卫嘉宇，但也不好把人赶走。

乔韶倒是很开心，听说卫嘉宇还学过一年，更是问了一大堆问题。

这里的冰场很大，占了半层楼的面积。

他们来的时间刚好，浇冰车刚刚完成工作，冰场恢复了一片雪白，光滑好看。

贺深买完票，领了刀冰鞋就先去换鞋。

不过冰场刚整理完，还要再等一会儿才能进去。

拿鞋的空闲时间，乔韶又是一阵后悔。

早知道要暴露鞋子码数，他宁愿不滑冰了！

谁知工作人员又给他会心一击："这个尺码啊，稍等一下，我们去找找。"

乔韶："……"

贺深道："时间还早，你们在这等会儿，我去买点饮料。"

乔韶和卫嘉宇应了下来。

等鞋子怪无聊的，乔韶去打量了一下冰场。

在炎炎夏日里看到一片雪白色的冰，真的让人神清气爽。

因为才洒过水，冰上浮着一层淡淡的冰雾，远远看着，只觉得清爽宜人。

乔韶挺喜欢的，虽然他觉得自己可能会摔个四脚朝天。

"哟，这不是卫少爷吗？"

乔韶正看着冰场发呆，听到了身后的动静。

他转头,看到三个高个儿男人围住了卫嘉宇。

卫嘉宇面色一僵。

"大少爷又出来玩了?怎么没小跟班护着了。"

卫嘉宇像是想起什么,转头就走。

其中一个戴了耳环的男人一把拉住卫嘉宇道:"老朋友见面,急着走什么?"

卫嘉宇低喝一声:"放开。"

耳环男笑道:"放开是可以的,不过兄弟们最近手头有点紧,大少爷……"

"手头紧就去打工赚钱,找别人要什么?"乔韶径直走了过来。

三个男人转头,看到是个小孩,立马笑出声:"哪来的奶娃娃?"

卫嘉宇神色一变,居然看都不看乔韶一眼。

可是那耳环男还是留意到了,他松了卫嘉宇道:"我们卫少爷还真是不长记性,又玩起好朋友游戏了?"

他走向乔韶,卫嘉宇急道:"别碰他!"

可惜他这么一说,更是坐实了两人认识的事实,耳环男讽刺道:"既然卫少爷忘了自己以前是怎么被欺骗的,那我现在就让你长长记性。"

说着他一把拎起乔韶,盯着他道:"不想挨揍的话就告诉卫嘉宇,说你是为了他的钱才和他一起玩的。"

"放开他!"卫嘉宇想扑上来,却被另一个男人扯住了。

耳环男盯着乔韶道:"说吧,只要你承认自己是为了钱才和他玩,我就不揍你。"

乔韶被拎了起来,角度倒是刚刚好了,他对着耳环男,"呸"了一大声。

45.请别歧视"钞"能力

其实乔韶没呸出唾沫,只是用这脆脆的一声表明了自己的不屑。

耳环男没想到他会这么大胆,恼羞成怒道:"你这是找死!"

说着一拳冲着乔韶的脸揍过来。

卫嘉宇急了:"任阔,你别打他!我和他不熟,你……"

他还没说完,听到的却是任阔的惨叫声。

在场的好几个人都愣住了。

乔韶甩开耳环男的手,拉着卫嘉宇道:"傻站着干什么?快跑!"

卫嘉宇后知后觉地反应过来,惊讶道:"你……"

小穷鬼这么猛的吗?!

刚才所有人都以为被拎起来的小孩会挨揍,就耳环男那人高马大的一拳,真砸到小孩身上,肯定得肿起半边。

可谁都没想到的是,乔韶侧头躲过,同时双手用力,砸在了耳环男的手肘处。

这位置不受力,况且耳环男还攥着乔韶的衣领,被这么砸一下,立马没了劲。

乔韶动作更快,他猛地抬腿,一脚踢在了耳环男的裆部。

那角度、那力道,快准狠,看的人自己都觉得疼。

卫嘉宇蒙了,任阔的同伴也蒙了。

谁能想到这么个小不点,竟然下手这么狠!

乔韶其实放水了,他要真认真起来,任阔得断子绝孙。

从小在那样的家庭长大,没有基本的自保能力怎么行?

他这些年因为一些事情没有继续学习武术,也因为睡眠和饮食问题所以体力不行,可早年学的东西忘不了。

一打三可能干不过,但也不会被欺负!

任阔哪吃过这样的亏,他低吼道:"追上他,今天不教训教训那浑小子,我就不姓任了!"

他的同伴可算回过神来,冲着卫嘉宇和乔韶追过来。

因为是冰场换场的时间,所以人不多,工作人员都忙着去后头找鞋,没留意到这边的动静。

乔韶拉着卫嘉宇一路冲着门口跑去。

可惜他到底是腿短了点，倒腾得再快也抵不过后头的人一步顶三步。

眼看着要追上了，乔韶心一横，对卫嘉宇说："你去找保安，我拖住他们。"

卫嘉宇眼睁得贼大："我不能丢下你！"

这么惨兮兮的时候乔韶竟笑了："你当这是武侠片？快去找人！和他们干架不划算。"

卫嘉宇忍不住说道："你不怕吗？！"

还笑得出来。

乔韶道："怕个鬼啊，几个小混混而已。"

还在公众场所，有什么好怕的。

卫嘉宇震惊了！

他俩说话间，后头的人又近了。

乔韶推卫嘉宇："别废话了，快去喊人。"

卫嘉宇实在不能丢下他："你去喊人，我来拖……"

"你是去找揍！"

乔韶话音刚落，就撞到了一个结实的怀里。

他一抬头，看到了贺深。

贺深眉心微皱："怎么了？"

因为这一停顿，后头的人追了上来，其中一个壮一些的，一把拎住了乔韶的衣领，骂骂咧咧道："臭小子……"

他话没说完，就被兜头扔了一杯奶茶。

那人死命捂住双眼，狠狠骂了一句。

奶茶是带奶盖的那种，所以盖得不严实，这么一扔，洒了那人一头一脸。

另一个也追了上来，贺深又是一杯奶茶砸过去，简直像打靶一样，准确无误地击中脑袋。

准得让人想喊声——妙啊！

两个人都满脑袋奶茶，虽然不痛，却狼狈极了。

他俩更疯了，满嘴脏话地要揍贺深。

贺深把乔韶护在身后,长腿一踢,鞋底正中对方小腹,那人鬼叫一声,捂着小腹蹲下了。

这一脚看着轻描淡写,可显然力道极大。

另一个醒过神来,知道是碰上铁板了,没敢再上前。

贺深斜了他一眼,那人竟还后退了一步。

"怎么回事!公共场合禁止打架斗殴!"几个穿着保安衣服的人径直跑过来。

任阔的俩同伴一看这情况,知道讨不到便宜,转头就跑。

贺深一只手拎住一个,让他们动弹不得:"跑什么?"

方才凶神恶煞的两个人,这会儿各自顶着一头奶茶,狼狈不堪:"你……你想进局子?"

来人了还不跑,是想进去接受"再教育"吗?!

保安径直赶过来,厉声问道:"你们怎么回事?!"

贺深松手,看了俩混混一眼后道:"哦,他们走路不小心,撞翻了我的奶茶。"

他一开口,乔韶差点笑出来。

卫嘉宇:"……"

商场保安愣了一下。

贺深看向那两人扬眉道:"是不是啊?"

这边都有监控,一查就知道是谁先闹事,这些混混都有经验得很,他们只能忍气吞声道:"是、是……"

贺深又道:"那还等什么,道歉。"

两人抬头,凶神恶煞。

贺深对保安说:"您瞧,他俩撞翻了我的奶茶,还想揍我。"

保安:"……"

是这么回事吗?

谁知那两人还真低头了:"对不起。"

跑是跑不了了,又不想被送去挨训记过,只能认栽。

贺深又道:"行吧,把奶茶钱赔我,两杯92元。"

俩混混面面相觑。

乔韶死命握住卫嘉宇的胳膊,忍笑忍得很辛苦了。

贺深真是个神仙,他服了!

这气人的本事一旦对外,真是太好玩了。

后来这俩混混还真掏出来一百块钱,贺深找给他们八块钱。

两杯奶茶要92块钱吗?

不,只是这个数字吉利。

九十二——就是二。

俩混混回到家才反应过来……

至于"负伤"的耳环男任阔,早在保安来的时候就溜走了。

他们敢在这种地方闹,一方面是仗着卫嘉宇和乔韶好欺负,另一方面也是心里有数,小闹一下只要跑了就没什么大事。

可要是闹大了还跑不了,那就很麻烦了。

经过这么一番折腾,他们也没了滑冰的心思。

贺深带他们去了咖啡厅,找个角落坐下。

重新点了喝的,卫嘉宇道:"多谢。"

贺深没说什么,只在面前的焦糖卡布奇诺里放了一包糖。

乔韶看到了,心想着——这家伙是要甜死自己吗?!

乔韶对卫嘉宇说:"没什么啊,舍长有难,八方支援。"

贺深也是半个舍员呢。

卫嘉宇垂头丧气道:"我以前太蠢了,竟然招惹了这帮家伙。"

乔韶说:"这帮人是不怎样……"不过没事,以后肯定不会来找麻烦了。

"我已经和他们划清界限了,可他们还是……"卫嘉宇痛定思痛。

乔韶一边安慰他:"没事啦……"一边瞄贺深,等等,他怎么又拆了一包糖!

他顾不上卫嘉宇了,对贺深道:"你都放两包糖了,再放第三包是要甜死自己吗?"

焦糖卡布奇诺本来就很甜了，还放三包糖，这家伙……

贺深麻利地把糖倒进杯子："咖啡很苦的。"

乔韶道："那你干吗要点咖啡！"

贺深还挺无辜："这是咖啡店。"

乔韶道："谁告诉你咖啡店一定要喝咖啡？"

贺深："你们都点了咖啡。"

乔韶道："你也可以点杯甜牛奶。"

"不，"贺深道，"太丢人。"

乔韶无语了："你在一杯焦糖卡布奇诺里放三包糖难道不丢人吗？！"

"焦糖"二字必须重读！

一旁惊魂未定、正深刻反省自己的蓝毛心情很复杂：突然觉得自己好多余！

乔韶没收了剩下的糖包后，才顾上卫嘉宇："你别理那些人的话，再说了，用钱交朋友有什么错？"

卫嘉宇一愣。

乔韶又道："他们想这样交朋友还交不到呢。"

卫嘉宇怔了一会儿后，"扑哧"一声笑出来。

卫嘉宇好久没和人开过玩笑了，他问乔韶："你也是因为钱才选我当舍长的吧？"

乔韶理直气壮道："当然。"

又是夜宵又是洗漱用品又是打扫卫生，"钞"能力谁不喜欢。

乔韶要不是暂时封印了这能力，早让东高焕然一新了。

卫嘉宇笑得眼睛都成月牙了，他压在心口好久好久的石头竟一下子消失了。

任阔威胁乔韶时，乔韶送那人一个"呸"！

可现在乔韶却坦荡荡地承认了。

有钱和没钱。

只有自己过分在意了，才会拒人于千里之外。

46. 就叫"乔乖乖"吧

卫嘉宇和陈诉,从两个不同的角度证明了这句话。

一个有钱,一个没钱,却都过成了孤零零的一个人。

乔韶想到了贺深,他转头看贺深,见这家伙正在小口尝着咖啡。

乔韶乐了:"让你放那么多糖,没法喝了吧?"

本来就一小杯,这下估计一半都是糖!

贺深皱眉道:"还是苦。"

乔韶:"……"就这么吃不得苦吗?!

想起自己为了给他提神,骗他喝的黑咖啡,嗯……

乔韶有一点点内疚道:"能有多苦?我尝尝。"

贺深立刻把咖啡杯推给他。

乔韶琢磨着:也许是糖包不够甜?要是真苦的话,就再给他一包……

乔韶一边想,一边喝了一口,然后……

可算了吧!

这是要齁死人的甜度啊!

乔韶一副被腻到的表情:"贺深深你醒醒!这是甜到发苦了吧!"

贺深微怔:"你叫我什么?"

"额……"乔韶不小心秃噜出来了,他强行解释,"叫你名字啊。"

贺深:"我可不叫贺深深。"

他说得慢条斯理,故意强调最后俩叠字。

乔韶喝口咖啡遮掩下:"你听错了。"

贺深薄唇微扬,轻声道:"乔韶韶。"

乔韶:"……"

"乔乔韶。

"乔小韶。

"小乔韶。"

乔韶耳朵都酥了,连忙道:"我以后不乱叫了!"

"没事啊,"贺深道,"我也在给你想昵称,你觉得哪个好听?"

哪个都不好听!

"都不喜欢?"贺深又道,"那我再想想。"

乔韶怕了:"深哥,我错了,我以后再也不乱叫你了!"

才见识过这家伙气人的本事,他可不想当那被奶茶洗礼的两个人。

贺深看他这模样,福至心灵:"有了!"

乔韶才不信他会有什么好东西。

果不其然,贺深抿唇,吐出三个字:"乔乖乖。"

他还好心地总结了一下:"谐音是'敲乖乖',嗯,就是很乖的意思。"

乔韶:"……"

对面的卫嘉宇差点把嘴里的咖啡喷出来!

我的天啊!

这俩、这俩……同桌关系要不要这么好。

他明明喝着无糖冰美式,却愣是喝出了糖精的味道!

贺深把一整杯卡布奇诺都喝了。

他夸了一句:"真甜。"

糖也没多,怎么就突然甜了?

乔韶给他个白眼:"齁不死你。"

卫嘉宇被这感天动地的同桌情给秀了满脸。

喝完咖啡,他们还是去了冰场。

票都买好了,因为几个人渣就错过,实在可惜。

何况这票挺贵,80块钱一张呢。

他们回去后,鞋子也很快就领好。

这会儿人多了,休息厅里有不少人在换鞋,年轻人居多,还有不少小朋友。

乔韶他们拎着冰鞋找到个空地方坐下。

卫嘉宇早习惯了这鞋,麻利地套好脚套,穿鞋系带。

乔韶没穿过,他瞄瞄卫嘉宇的架势,也开始穿脚套。

贺深放下了自己的冰鞋道:"我来帮你。"

乔韶低头摆弄着:"不用啦,不就是系个鞋带。"

然后他就发现,还真没这么简单……

冰鞋的鞋带好长好长好长,乔韶打了个蝴蝶结后,还长了好大一截。

卫嘉宇在另一边说道:"鞋带要系好啊,要不然会摔跤。"

乔韶刚想说,这么长要怎么系……

贺深已经半蹲下来,给他系鞋带。

乔韶愣住。

贺深先给他解开鞋带,往上缠了几圈后道:"要固定好,否则会伤到脚踝。"

乔韶道:"难怪鞋带这么长,是要系到脚踝啊。"他声音里有一丢丢不自在。

这时贺深给他系好了一只,抬头问他:"感觉怎样,紧不紧?"

"不会,"乔韶道,"不紧。"

贺深又给他系另一只,乔韶却不盯着看了。

他视线飘到别处,发现周围有不少帮忙系鞋带的。

这种冰鞋的鞋带的确不好操作,很多新手都系不好。

乔韶收回视线,问贺深:"你给别人系过鞋带吗?"

贺深手一顿。

乔韶活跃气氛道:"肯定系过吧,这么熟练……"

贺深已经给他系好,站起身道:"系过……"

贺深又开始给自己穿鞋:"我这辈子就给你系过鞋带。"

乔韶:"什么?"

贺深忽地又抬头看他:"你给别人系过领带吗?"

乔韶本能回道:"没吧……"

贺深勾唇:"所以我是第一个人?"

"哦不对,"乔韶想起来了,"我还给我爸系过!"

贺深："……"

乔韶干笑一声，他真给大乔同志系过嘛。

贺深穿好鞋了，站起来向他伸手："行吧，我把你当好兄弟，你却把我当你爸。"

乔韶一踉跄，差点没摔了："……"

"哇！好帅！"

一个女生的尖叫声打断了乔韶这边的危险对话。

乔韶看过去，发现冰场上一道纤长的身影滑过，灰蓝色短发在冰上尤其耀眼。

"我的天！是尤里吗！是我的俄罗斯小妖精吗？！"

"真的好像啊！那少年的纤细和灵动，再染个金发就可以去角色扮演了！"

"尤里！尤里！"

乔韶听得一脸蒙，他问贺深："尤里是谁？"

那不是卫嘉宇吗，这些妹子为什么喊他尤里？

不过，卫嘉宇的课没白上啊，滑得真好。

贺深道："应该是个动漫人物。"

乔韶一知半解的："原来是这样。"

他俩也来到冰场入口，看卫嘉宇玩得那么好，乔韶也跃跃欲试。

贺深明显是会的，他轻松进入冰场，一个简单滑步后向乔韶伸手："来吧，乔乖乖。"

47．考不好要回去继承亿万家业

冰场入口就一个，挺多人准备入场，也有挺多人靠在这边休息闲聊。

贺深音量不低，声音也好听，这一开口，周围人"唰唰唰"全看过来。

乔韶："……"

一点都不想过去了好吗！

可惜他都堵在口上了，不过去就是挡别人的道。

过去的话，乔韶自个儿真的不会啊！

或者……乔韶用余光瞥向扶手，他可以扶着……

贺深一眼看穿他的心思，拉住他的手把他拖到冰场。

乔韶睁大眼。

贺深扶着他腰道："别怕。"

乔韶怕是不怕，可是……背后这注目礼他受不住啊！

贺深却毫不在意，道："我松手了，你试着身体前倾，不要怕，有我在，你摔不到。"

乔韶一肚子话全因为他松手而紧张得咽了回去："……嗯……贺深……"

初次上冰的人都会这样，总觉得脚不是自己的，雪白的冰也十分陌生，自己稍微一动就会摔倒。

贺深低笑道："别怕。"

乔韶死死握着他的手，仿佛这是唯一的救命稻草。

贺深慢慢引着他远离了扶手，来到了半中央，乔韶毫无安全感："我还是先、先到边上自己试试吧。"

"我就是你的扶手。"贺深道。

乔韶瞪他："扶手不会拉着我跑！"

贺深道："相信我，不会摔跤。"

贺深在冰上也是游刃有余，他虽然没有像卫嘉宇那样炫技，却可靠得像个栏杆——会动的那种。

"可以啊，"卫嘉宇的声音响起，"乔韶你胆子真大。"

之前和小混混对峙，他就看出这小不点猛得很，如今他第一次滑冰，竟然无所畏惧地来到半中央，真的是"胆大包天"……嗯，是褒义词。

卫嘉宇靠近他们时还做了个漂亮的收势，又惹来一堆视线。

乔韶不敢再和贺深瞎扯，他夸卫嘉宇："你这课没白上，滑得真好。"

卫嘉宇道："也不是谁都能学这么好的。"

乔韶乐了："还得夸你很有天赋？"

卫嘉宇别开视线道："主要是我之前学过好几个舞种。"

花滑和舞蹈还真有些渊源。

乔韶点头："难怪你形体这么好。"

卫嘉宇其实很容易害羞，他清了下嗓子道："给你看个厉害的。"

乔韶很捧场："好！"

卫嘉宇后退着滑出去一段距离，音乐刚好迎来了一个高潮，卫嘉宇在半圈加速后，来了个漂亮的点冰跳。

"哇哦！"乔韶都想鼓掌了！

旁边围观的人更是连声叫好。

卫嘉宇滑过来道："还是不行，练了好久也不规范。"

"很厉害了，你又不是运动员。"乔韶说着，又想起贺深，他对贺深道："你也去玩吧，我自己去边上试试。"

贺深道："不用。"

乔韶逗他："你是不会吧？像刚才卫嘉宇那厉害的转圈圈。"

贺深笑了一下，反问他："我松了手，你怎么办？"

他们现在离护栏十万八千里远。

乔韶赶忙道："我扶着卫嘉宇。"

"不行，"贺深忽地说道，"哪儿都别想去。"

"哎！"乔韶吓了一跳，"别别别……"

贺深加速，拉着他倒退着滑出去。

乔韶吓蒙了："慢……慢点啊！"

贺深根本不减速："身体前倾，放松就行。"

怎么放松得了啊！

乔韶整个身体都僵直了："不行！贺深这不行，太快了，太快了啊！"

然而贺深一点没有要慢下来的意思，反而又加快了速度，一眨眼就到了冰场正中央。

这下乔韶是毫无指望，只能倚仗贺深了。

贺深换了个位置，牵着他手道："保持这个姿势就行，我带你。"

乔韶张口就是："不不不……贺深！"

他慌张得紧闭双眼，可是在感觉到真正的速度后居然不怕了。

刀刃刮过冰面的声音意外地好听，场边响起了一段悠扬的音乐，空灵的女声弥漫了整个空间，似是在美丽的音符中勾勒出一幅神圣的雪景。

乔韶慢慢睁眼，看到了贺深。

他的短发划过耳畔，露出英俊的侧脸，在这比奔跑还快的速度上，全是肆意的青春。

贺深察觉到他的视线，转头看他："还怕吗？"

乔韶呆呆的："不。"

贺深又问他："好玩吗？"

乔韶轻呼口气，嘴角扬起了大大的笑容，他道："好玩！"

好久好久没有这样畅快过了！

好像碰得到风，好像抓住了自由，好像逃出了禁锢的牢笼。

乔韶玩得很尽兴，一晚上贺深都没松开过他，一直牵着他的手，一直护着他。

乔韶这个第一次踏上冰场的新手，还真是一下都没摔到。

卫嘉宇起初还来围着他们转，想带乔韶玩，后来见这里也不需要他，于是自己玩自己的去了。

回去的路上，乔韶才感觉到腿酸，他坐在车上说："还挺累的。"

贺深说："回去洗个澡，早点休息。"

乔韶看他："你呢？"

贺深顿了一下道："我还得打游戏。"

乔韶："……"

学神又怎样，贺深这习性完全是个学渣！

说起来乔韶自己倒是很"学神"，可结果呢，却是个学渣。

啊……不能比，一比要把人气死。

回到出租屋，两人先后洗完澡，乔韶头发细，不容易干，晚上洗了不吹一下的话，根本没法睡。

他笨拙地拿着吹风机吹头发。

贺深看他那样，说道："我来。"

乔韶道："很快就干了。"

贺深把吹风机举高，乔韶想抢得先蹦一下……

这太丢人了，乔韶不干！

他俩这身高差真是扎心，贺深给他吹头发，他都不太需要坐下。

洗手间的镜子不算大，刚好能把两个人给照全。

乔韶透过镜子就能看到贺深。

贺深也一眼就看到他，两人对视的时候，同时开口——"你……"

乔韶道："你先说。"

贺深也道："你先说。"

镜子里的两人都笑了。

贺深先说："你头发真软。"

乔韶抬头看镜子里的他："你头发瞧着都硬。"

可惜太高了，够不着。

贺深又道："听说头发细软的人脾气也好。"

乔韶也道："那头发粗硬的人是不是脾气差？"

"嗯。"贺深沉吟了一下道，"我脾气是不怎么样。"

乔韶诧异道："有吗？我怎么觉得你性格挺好的。"

很细心很会照顾人，虽然嘴巴坏，但人真的很好。

贺深笑了下："大概只有你这么觉得。"

乔韶看他："为什么？"

说起来蓝毛好像挺怕他的，班里的其他同学也很少主动接近他，就连"二哈转世"的宋一栩也对他"毕恭毕敬"。

最初乔韶以为是不良少年自带气场，大家都不敢惹。

后来乔韶又以为是学神效应，太过无敌，于是敬而远之。

现在听贺深一说，竟然是因为性格不好？

"因为我就只对你好。"贺深道。

乔韶怔了一下。

贺深扔下这么一句话就结束了这个话题，他问乔韶："你刚才要说什么？"

乔韶很想再问个为什么，可是又被岔开了话题……

他清清嗓子道："我刚想说，你真像我爸。"

贺深："……"

乔韶弯着眼睛道："我爸也会给我吹头发。"

大乔同志是吹头发的一把好手，特别熟练，还专门研究过多种吹风机，认真遵循"工欲善其事，必先利其器"的至理名言。

贺深透过镜子看他："你爸对你还挺好的。"

乔韶一僵，想起了老爸新出炉的火热人设，补充了一句："嗯，不喝醉的时候就挺好。"

这真没骗人，大乔从没喝醉过，所以……就一直是个好爸爸。

贺深心一软，揉揉他蓬松的头发道："好了，早点睡吧。"

头发吹干了，乔韶看向他："我也帮你吹吧！"

贺深道："不用，我还不睡，一会儿自己就干了。"

哦，是了，这人还要打游戏。

已经十点半了，的确到了乔韶的就寝时间。

乔韶戴好耳机爬上床，眯着眼睛睡了会儿，实在睡不着。

嗯……大概是晚上滑冰，运动得太过了？

乔韶又努力了十分钟后，实在是毫无睡意。

他摘掉耳机爬起来，想去看看贺深在玩什么游戏。

有那么好玩吗？通宵熬夜的。

他脚步很轻，来到书房时发现门半掩着。

长得瘦小就是好，门都不用开更大他就溜了进来。

谁知一进来他才发现贺深不在。

人呢……

乔韶看向亮着的电脑屏幕，整个人都蒙了。

曲面屏的显示器上全是他看不懂的代码……

这是玩游戏？

这游戏有点高端啊！

这时他听到了阳台上的说话声。

贺深声音压得很低，但因为书房窗户开着，所以听得很清楚。

只听贺深道："可以，一周内完成这个APP的话，价钱需要翻倍。"

也不知道对面说了什么，贺深又道："最少三万块钱。

"如果不能准时完成，我会双倍退款。

"一周后见。"

乔韶眨眨眼，觉得自己可能知道了什么了不得的东西！

贺深挂了电话进屋，就看到穿着他的宽大T恤、一脸呆愣的小不点。

乔韶指了指电脑屏幕道："这就是你玩的游戏？"

贺深道："其实挺好玩的。"

乔韶惊呆了："你一直在熬夜赚钱？"

他听到了，一周内做成个APP，对方支付贺深三万块钱。

贺深也没想瞒他："我说过，男人要养家糊口嘛。"

七天赚三万块钱，您这哪是养家糊口？您这分明是一夜暴富！

乔韶很快就发现了重点，他道："你要这么多钱干吗？"

他现在很了解行情，一个普通学生一年生活费一万块钱足够了，贺深这么会赚钱，为什么要天天熬夜？

这七天赚的，足够挥霍好久了好吗！

听贺深接电话时那稀松平常的语气，说明这价钱是常有的，不是天降横财。

也就是说他真的能稳定月入10万块钱。

一个学生需要这么多钱吗？

贺深明显不是那种掉进钱眼里的性格！

贺深叹口气道："其实吧……"

乔韶已经做好了心理准备听天才少年背负家庭巨债的凄惨内幕。

贺深："……是我家给我的考验，我要是在二十岁前赚够1000万元就可以自立门户，否则就得回去继承家业。"

乔韶："……"

"你看，"贺深总结道，"我这是为自由而战。"

乔韶冷笑一声，说："那我也告诉你个秘密。"

贺深："嗯？"

乔韶道："其实我爸叫乔宗民，就福布斯榜上的那个乔宗民。"

贺深被他逗笑了："我没骗你。"

"我也没骗你，"乔韶翻个白眼，"我来东高就是要好好学习的，考不好的话就得回去继承亿万家业。"

48．他是乔韶的父亲？

"嗯嗯，"贺深应得很敷衍了，"乔少爷真不容易。"

乔韶："呵呵！"

他知道贺深不信他，所以才敢说。

贺深又忍不住逗他："这么看来，把您带到我这小出租屋是委屈您了。"

乔韶道："这儿挺好的，朋友间不计较这些。"

贺深眼中笑意更深："不知道乔家的小少爷是怎么把自己吃得这么瘦瘦小小，山珍海味太难吃吗？"

乔韶知道贺深在笑他，但乔韶心里不虚："的确不好吃。"

贺深问："看来小少爷更喜欢粗茶淡饭？"

"不行啊？"乔韶道，"粗茶淡饭才是真。"

"既然如此，"贺深道，"那明天中午不带你吃烤肉了，我们就留家里吃榨菜配馒头吧。"

乔韶自从来到东高，就成了个嗜肉小狂魔，此时听说吃不成烤肉，犹如错失一亿元，哦，错失一亿元都不会这么失望。

贺深毫不客气地笑出声，道："好了，还是要去吃烤肉，毕竟对于乔家小少爷来说，烤肉也是粗茶淡饭。"

乔韶有点没底气了："本来就是！"

他算是发现了，只要和贺深一起吃饭，吃什么都特别香，尤其是肉！

两人说了一会大实话，贺深看了一下时间道："十一点多了，快去睡吧。"

乔韶还真不困，他好奇地看看电脑屏幕："你要通宵？"

贺深道："不用，这个已经收尾了，刚接的那个还需要一些文案和美工方面的前期准备，我不急。"

乔韶听不懂，他就挺好奇的："我睡不着，看你忙会儿。"

贺深道："我忙起来了，你会很无聊。"

"无聊正好，"乔韶道，"我就可以去睡了。"

贺深还真没有过被人陪着的体验，一时有点心动："那行，你困了就去睡。"

乔韶搬了张椅子过来："快别浪费时间啦。"

电脑屏幕上，黑色部分倒映着乔韶的影子。

小不点双手扒着椅背，下巴搁在中央，一脸好奇。

贺深在键盘上点了下，唤醒屏幕。

乔韶早就知道贺深厉害，短短几分钟后，他的这个认知又刷到了新高度。

真的、真的、真的好厉害啊！

同龄人还在抱着电脑玩游戏、看剧，他已经在用它赚钱了！

同龄人还在衣食无忧地为成绩头秃，他已经比大多数人优秀了！

起初乔韶是盯着电脑看，直到他确定自己一点都看不懂后，他看向贺深。

——专注的男人很帅。

学校的课程大概是真的太简单，所以贺深总是懒洋洋的，对什么都提不起兴致。

可眼前的工作显然是需要集中注意力的，他凝神工作的模样，让人满脑子就剩下一个字——帅！

真的,就是帅!

乔韶意识到自己在盯着贺深看后,赶紧收回了视线。

这样盯着人太不礼貌了,虽然贺深并不在意。

乔韶又看向屏幕,可是视线总忍不住飘到贺深身上。

不好……这样不好!

乔韶决定回屋睡了。

他不想打扰贺深,所以轻手轻脚地起身,也没敢挪动椅子,就这么蹑手蹑脚地出了书房门。

书房门半掩着,乔韶一侧身就滑出去了。

贺深在乔韶起身后就察觉到了,他故意装不知道,从屏幕倒影上看乔韶像只小猫一样悄无声息地溜走。

怎么会有这么可爱的人。

贺深分心了,看着眼前的一排错误提示,摇了摇头。

他切出后台,随手打开网页,百度了一下——

乔宗民。

这个名字也算是如雷贯耳了。

其实在国内比不出什么真正的首富,但这位乔先生绝对是富豪榜上名列前茅的男人。

乔宗民的父亲乔如安本身就是个传奇,乔宗民又联姻了当时的通信巨头,之后更是一路顺风顺水,扶摇直上。

贺深点开了乔宗民的照片,一身笔挺西装的男人不苟言笑,那双漆黑的眸子哪怕隔着屏幕都能穿透人心。

贺深曾远远见过他一面,本人的气场比照片更强大也更危险。

他是乔韶的父亲?

那这父子可真是没一点相似的地方。

贺深笑了笑,小不点扯谎都不找个靠谱的。

再说,乔宗民那儿子……

虽然贺深从未见过他,甚至不知道他叫什么,但却听家里人说起过当年的事。

那孩子……

恐怕还没办法和人正常交流吧。

贺深轻呼口气,关掉了乔宗民的百度百科,专注于工作。

家家有本难念的经,他也没比乔宗民的儿子好到哪儿去。

深苑大厦。

乔宗民接了电话:"小韶没受伤吧?"

电话那头的人低声道:"没有,小少爷反击很快。"

乔宗民又道:"你们没有暴露吧。"

"没有,我们只是去叫了安保人员,小少爷身边有个少年身手很好。"

"哦,是他的那个同桌吧。"

"是的。"

"乔总,需要调查一下这个少年吗?"

乔宗民顿了一下,摇头道:"不用。"

电话那头沉默了一下。

乔宗民又道:"不要接近学校,不要接近小韶的同学,你们只需要给他一个安全的环境。"

"明白。"

乔宗民挂了电话,又拨通了另外一个号码。

电话那头的男人似乎总是在一个极其安静的环境里,使得他的声音哪怕隔着电话都有安抚人心的力量。

乔宗民说:"张博士,小韶今天……"

他把在冰场的事说了出来。

乔宗民虽然人不在,却把整个事件描述得特别详细。

张冠廷道:"这样很好,希望乔总不要做任何干涉,乔韶最需要的是自己的力量。"

乔宗民道:"我知道。"

张冠廷又道:"请您一定试着放手,您的过度保护对他来说是新的压力。"

乔宗民哑着嗓子道:"嗯。"

凌晨四点,贺深可算是忙完了。

他给楼骁发了条信息,拜托他睡醒后来"投喂"下乔韶。

他回到卧室,看到乔韶又戴着耳机。

贺深刚想给他摘了,又想起上次乔韶从梦中惊醒……

嗯,这小孩睡眠好像有点问题。

贺深轻轻摘掉了他的耳机。

乔韶的身体极轻地颤了下。

贺深温声道:"睡吧,时间还早。"

乔韶绷着的身体慢慢放松,在薄薄的晨曦中,睡得像个天使。

以前贺深对这形容词很不屑,可现在看着他嫩白的面庞、卷翘的睫毛、小巧的鼻梁和淡色的唇,贺深觉得——这世上也许真的有天使。

贺深薄唇微扬,侧身睡着了。

乔韶醒来时,看到一张近在咫尺的帅脸。

这时外头竟然传来了门铃声,乔韶道:"有人按门铃,我去开门。"

乔韶赶紧下床,穿上拖鞋就去开门。

门外的楼骁再也不想用手里的钥匙了。

他宿醉刚醒,不想大清早看到什么奇奇怪怪的东西。

然后……

乔韶诧异道:"楼骁?"

楼骁垂眸,看到的就是头发乱糟糟、衣领乱糟糟的乔韶。

49. 不就是 1000 万元吗

乔韶问道:"这么早有什么事?"

楼骁都不想进屋了,他把早餐笔直地递过去。

乔韶眨了下眼:"早餐?"

乔韶一边接过便利袋一边说:"你对贺深真好。"

大清早来"投喂",太仗义了!

楼骁眉峰一跳,说:"是他发信息让我给你买的。"

乔韶连忙感激道:"多谢。"

贺深也够哥们儿,都是好兄弟!

楼骁不想多看他,视线笔直道:"我走了。"

乔韶心思一动:"你吃过早餐了吗?"

楼骁哪有吃早饭的习惯?

早晨八点正是睡觉时间。

"没吃的话一起吧,这么多我俩也吃不完。"乔韶邀请他。

楼骁顿了一下。

乔韶拉住他手道:"快进来,站门口做什么。"

楼骁就这么进屋了,他目不斜视地坐在餐桌前,打算客套性吃点就赶紧走人。

乔韶拿着便利袋去了厨房,把煎饼果子、油炸糕、米粥、小菜、豆浆和油条都找盘子盛好,一一端了出来。

楼骁心想:还真是像在自己家一样自然啊。

"你买了好多啊。"乔韶放好筷子道。

"不知道你们想吃什么。"楼骁回道。

眼看着乔韶拿起唯一的煎饼果子,楼骁扬眉:"你要吃这个?"

乔韶道:"这是你爱吃的?给你。"

接过煎饼果子的楼骁表情复杂道:"这个是辣的。"

"哦哦。"

乔韶对辣的确不太感兴趣,他挺意外的,楼骁还真是看起来目中无人,其实很细心呢,都知道他不爱吃辣。

乔韶又拿起油炸糕。

楼骁忍不住又问:"你能吃这么油腻的?"

乔韶一脸问号:"我为什么不能吃?"

楼骁道:"我以为你想喝粥。"

乔韶嫌弃道:"我最不喜欢喝粥了,喝得特别腻。"

有阵子他在家天天喝粥,真是喝到吐。

乔韶把楼骁留下是有事要问,此刻吃上饭了,他斟酌着该怎么开口。

"嗯……"

乔韶不再酝酿了,开口问:"那个,贺深的家庭情况你了解吗?"

楼骁停了下来。

乔韶压低了声音,有些紧张地说:"嗯,我知道了他一直在熬夜工作,很缺钱。"

楼骁再度回过头,看向乔韶:"你没问他?"

乔韶懊恼道:"我问了,他满嘴胡说八道。"

说什么他家给他的考验,什么 20 岁前赚够 1000 万元,他当是在写小说还是拍电视剧呢!

楼骁想了下,觉得以贺深的性格,的确会瞒着。

他家那些破事,说出来估计能把乔韶吓死。

这俩满打满算也才认识没多久,关系还没牢靠到能够承受风雨。

"我也不太清楚。"楼骁这样对乔韶说。

乔韶有些失望道:"我以为你们……"

楼骁半真半假地说道:"我俩小时候认识,但之后十多年没再见面,也就半年前他忽然来了东高,我们才又有了联系。"

乔韶不死心地问:"那他没告诉过你他为什么缺钱吗?"

楼骁看向他:"你觉得他是个会和人分享心事的人?"

乔韶被问住了——

不是。

贺深是那种会把所有事压在心底,自己去解决的人。

乔韶还是担心,他又问:"会不会是他家里有人病了?"

这才是他最担心的。

楼骁看出乔韶的忧虑，宽慰他道："这个我可以确定，他的至亲都健健康康的。"

健康得都有点过头了。

乔韶松口气道："那就好。"

不是这种急事，其他的就还好。

楼骁见他这模样，不禁问道："你不怕吗？"

乔韶看他："怕什么？"

楼骁道："如果他是负债累累，你……"

"我会帮他！"乔韶笃定道。

不是家里人生病，那十有八九是负了债。

估计是债主定了期限，要三年还清，所以贺深才这么拼。

这个不怕，实在不行，等到了合适的时候，乔韶给……哦，是借他。

不就是1000万元吗？乔韶自己凑一凑也能挪出来。

楼骁嘴角露出点笑容，心想：行吧，老贺没白疼这小子。

贺深一直睡到下午三点才醒。

乔韶刚好写完了最后一道题，他看到贺深出来，道："楼骁来送了早餐，不过都凉了。"

贺深看了下时间道："怎么没叫我？"

乔韶道："叫你做什么，离返校时间还早。"

"说好带你去吃烤肉的。"贺深还记着自己答应的事。

乔韶笑道："什么时候吃都行，我也没写完作业。"

贺深看了眼他的卷子，问道："这会儿写完了？"

乔韶道："刚写完，你帮我看看吧，看我这练习卷能得几分。"

他觉得自己发挥得可好了，肯定成绩不差！

贺深却说："等晚上回学校再看，先去吃饭。"

乔韶一愣。

贺深问他："不饿？"

本来还真不饿的乔韶，这会儿肚子却咕噜了一声。

贺深笑道："走了，吃了饭刚好回校上晚自习。"

乔韶连忙收拾书本道："行！"

他早早换好了校服，所以收拾书包就能走。

贺深脱了睡衣，穿上衬衣，系领带时他顿了下，看向乔韶："来帮我。"

乔韶道："你学一学自己系行吗！"嘴上说着，却跑到他面前。

这会儿没有外人，乔韶也没那么多顾忌了，踮着脚给他系。

贺深垂眸看着……

看着……

他别开了视线。

乔韶留意到了："怎么？"

贺深慢腾腾道："感觉我像准备去上班的爸爸。"

乔韶手一僵。

侧着脸的贺深把话给说完了："你就像是给我系领带的孩子……"

50．好糟糕的男人！

乔少爷用力一拉，麻利地送他一个死结。

贺深："……喀。"

手不大，劲不小。

乔韶挑眉问他："那现在像什么？"

凶杀现场了解下。

然而学渣的段数还是和学神的差得有点远。

贺深松了松领口，给了个完美答案："谋杀亲爹。"

乔韶火了，他道："你自己系吧，我不帮你了！"

就这胡说八道的家伙，谁要帮他！

贺深眼看他真生气，不敢逗了："我错了。"

挺诚恳的。

乔韶才不会上当："不系了，再也不系了！"

贺深赶紧道:"好了好了,我真的错了……"

乔韶一边气他,一边也好奇他还能扯出什么胡话:"嗯?"

乔韶一个跳起又拉住他的领带:"贺深。"

贺深眼中全是笑意:"嗯。"

乔韶凶巴巴道:"你信不信我勒死你!"

"嗯……"贺深一走神,没躲过从下方顶来的小膝盖。

乔韶看他吃痛,这才舒坦了点:"这就是戏弄我的下场!"

真当怕了他了。

人高马大又怎样,他有的是法子让贺深吃瘪!

谁知贺深低吟一声,捂着小腹靠在墙边。

乔韶一愣——他没太用力啊,贺深这么不经踢的吗!

装的,肯定是装的!

乔韶拿余光瞄他——怎么还没起来,脸色好像还有点白?难道他踢到什么关键地方了?不可能啊,他没怎么用力的……

"嗯……"

贺深竟又闷哼一声,他垂着头,短发顺着额头落下挡住了眼睛,只看他紧抿着唇,似乎真的很痛。

乔韶有点心虚,走过去道:"深哥,你这么娇弱的吗?"

不会真踢坏了吧?!

贺深不抬头,不出声,就捂着小腹。

乔韶又走过去一些:"真踢到要害了?我没怎么用力的……"

"痛。"贺深低哑着嗓子吐出一个字。

这下乔韶急了,连忙扶住他道:"怎么回事?你这里是有伤口吗?"

不会啊,刚才贺深脱衣服换校服的时候他还看到过,除了那气死人的腹肌外再没其他了。

贺深摇摇头,道:"很痛。"

乔韶连忙问:"要不要去医院?"

完了完了,他不会把最好的朋友给踢到内出血了吧!

贺深道:"不用。"

乔韶又道:"我扶你去躺下。"

贺深又摇摇头。

乔韶心急火燎的:"那怎么办?先这样缓一缓?"

还是叫救护车吧!

贺深轻叹口气道:"熬了一晚上,错过了早饭和午饭,肚子里本来就空得很,再被你踢一下……"

乔韶的火气又全没了。

是了……

这家伙从昨晚到现在就没吃东西,饿也该饿得痛了。

乔韶不再和他闹了:"出门吃饭。"

贺深站着不动:"领带。"

乔韶抬头瞪他:"贺深!"

贺深在嘴巴上比了下,示意自己拉上拉链,不多嘴了。

乔韶到底是拗不过他,只好又给他系领带。

他俩这一磨蹭,等到了烤肉店,已经快四点半了。

因为这是家网红店,所以这个时间已经有人陆陆续续过来用餐。

他俩来得早倒也好,不用排队就有座位。

烤肉乔韶还是吃过挺多次的,只不过他吃过的都是材料讲究,比如牛肉是当天从日本空运过来的神户牛肉,四五千元一块那种。而且有人全程帮忙烤肉,火候成色拿捏得特别好,不需要客人自己动手。

这里当然不是那种烤肉店,材料不一样也就罢了,还需要客人自己动手,丰衣足食。

乔韶还挺想试试的,看起来也不难的样子,但贺深却霸占了所有工具道:"我来就行。"

乔韶道:"两个夹子,我们一起。"

贺深道:"你胳膊短,烫着怎么办?"

乔韶默了默:"行行行,您忙!"

于是乔韶就理所当然地等着吃肉了。

贺深把一盘子肉都给他，见他吃了又问："味道怎样？"

乔韶抬起眼皮看他："胳膊长的人烤的肉能不好吃？"

贺深微笑接受他的嘲讽："好吃就多吃点。"

乔韶低头吃肉：别说，还真好吃，哪怕不是入口即化的和牛肉，却也香得让人胃口全开。

这么个吃法，乔韶很快就饱了，他看贺深："你不是饿了吗？"

怎么肉全给他了？

贺深这才把刚熟的肉放到自己盘里："我也吃了不少。"

乔韶又道："你快吃，我给你烤！"

胳膊长胳膊短的事全忘了。

贺深不肯给他工具："我边吃边烤刚好，你去拿点水果吃。"

乔韶一愣："去哪儿拿？"

贺深指了下："那边有自助区，不用花钱，随便拿。"

这样啊！乔韶起身道："你爱吃什么水果？"

贺深的回答全在乔韶意料之中："甜的。"

乔韶吐槽他："你改名叫贺糖糖得了！"

乔韶帮贺深尝了一下，发现西瓜和哈密瓜最甜，橘子和葡萄差点没把他的牙酸掉。

于是他端了一盘西瓜、一盘哈密瓜回来。

刚到自己桌前，他就发现一个女生站在那儿。

不认识的姑娘，是搭讪现场吗？

乔韶不好打扰，悄悄往旁边躲了躲。

他打量着那个女孩，发现贺深艳福不浅，这妹子好漂亮啊，蓬松的卷发垂在腰间，浅蓝色的连衣裙衬得肤色白润光滑，就连那握着手机的手都纤细美丽。

真是个小美人！

乔韶再看贺深，不禁愣了下。

这对他来说是十分陌生的贺深。

一个乔韶听说过，却似乎从没见到过的贺深。

明明还是这个人，气质却全变了。

没了那贴心细致的模样，也没了嘴坏逗趣的腔调，更没了那仿佛能包容一切的视线。

他坐在那儿，眼角下压，神色倦怠，满溢着拒人于千里之外的冷气。

女孩紧张得不行，有些磕巴地说道："能、能加一下你的微信吗？"

乔韶倒吸口气：真的是搭讪现场！

乔韶悄悄看着，想着等会儿要好好打趣一下贺深，谁知这家伙头都没抬，冷冷道："没带手机。"

乔韶："……"

桌面上摆着俩手机好吗！

女孩大概也没想到他会这么冷淡，可已经站出来了，就这样回去又不甘心，她看了看桌上的手机道："这、这不是手机吗？"

"哦，"贺深又冷冰冰地说了一句，"没有微信。"

乔韶："……"

好糟糕的男人！

女孩脸"唰"地白了，显然没想到会被拒绝得这样惨。

贺深面无表情问："还有事吗？"

声音里的烦躁毫不掩饰，简直是在赶人走了。

"没……"女孩嗓子抖得不成样子。

她话没说完，隔壁桌的一个男人站起来："你这人怎么这么过分！给个微信很难吗？！"

这男人似乎和女孩一起的，此刻见女孩伤心，坐不住了。

贺深抬起眼皮看他："她要我微信做什么？"

男人被问得一愣："就……就……"

大家都懂的事，可是说又不好说！

贺深道："我有喜欢的人了，还要再给陌生女孩微信？"

女孩回过神，低头道："对不起！"

说罢转身跑了。

男人瞪了贺深一眼，骂了句："什么玩意。"也追了出去。

一旁躲着的乔韶也愣了好一会儿。

起初他很嫌弃贺深这恶劣的态度。

现在他思索着，原来这家伙有喜欢的人了啊……

藏得挺深啊，他一点都没看出来。

51．能帮我补习吗？

乔韶端着两份水果过去，坐下后他酸溜溜道："贺神，您可真受欢迎啊。"

贺深明显怔了一下，紧接着他冷淡的眼中有了温度："听到什么了？"

乔韶道："都听到了。"

贺深确认了一遍："都听到了？"

"是啊！"乔韶道，"那么个漂亮女孩主动找你要微信，你竟然还睁眼说瞎话。"

又是没手机又是没微信的，拒绝得够"委婉"啊！

贺深勾唇问他："吃醋了？"

乔韶愣了下，但很快就瞥他一眼道："呵呵，酸死我了。"

贺深心一跳，问他："真的？"

"当然！"乔韶没好气道，"我长这么大从来没被人搭讪过！"

贺深："……"

乔韶又愤愤道："长得高真好啊，处处都是人生赢家！"

语气里的酸味犹如那陈年老醋，飘香万里。

贺深眼眸微垂，半晌没说话。

乔韶见他情绪不高，问道："怎么了？被人搭讪而已，至于这么郁闷吗？"

贺深又抬眼看他。

乔韶毫无躲闪地和他对视，一双乌黑透亮的眼睛里写满了——怎么了怎么了，你怎么了。

贺深轻笑了一下，道："不是因为那个。"

"那是怎么了？"乔韶问他。

贺深随意夹了块水果道："因为西瓜不甜。"

乔韶："……"

贺深又尝了下另一盘，继续道："哈密瓜也不甜。"

乔韶道："不可能啊，我尝过的，都挺甜的。"

乔韶吃了口西瓜，被甜了一嘴，他无语道："你这口味也太重了吧！"

这还不够？再甜下去，都要齁嗓子了。

贺深放下叉子，坚持道："不甜。"

乔韶："……"

怎么觉得这家伙在闹脾气？

错觉吧……

因为水果不甜，贺深似乎连吃烤肉的兴致都不高了。

乔韶瞧他那样，无奈道："你等我下。"

贺深看他："嗯？"

乔韶起身道："很快回来。"

贺深以为他吃饱了不耐烦等他，便道："走吧，回校了。"

乔韶说："急什么，你都没吃什么东西。"

贺深正想说不饿了，乔韶就把他按在椅子上道："你就等会儿嘛，我很快回来！"

贺深被他这软乎乎的语调给哄住了，站不起来。

乔韶出了餐厅。

这种网红餐厅大多开在商厦里，这家也不例外。

乔韶来之前就看到了那家奶茶店，他跑过去说道："你好，麻烦给我来一杯少冰奶茶，多放糖。"

奶茶店的小姐姐问他："双倍糖可以吗？"

"就……"乔韶想想同桌的重口味，心一横道，"比双倍再多一勺吧。"

再多就不行了，真的不能吃那么多糖！

小姐姐被他逗乐了，笑着问他："奶茶本身就很甜了，你女朋友这么爱糖的吗？"

乔韶干笑道："不是给女朋友买的。"

小姐姐一愣道："我以为……抱歉，我还以为您是给别人买的。"

听这语气，她还以为是纵容着小女友的小男生。

乔韶连忙澄清："不是我自己喝，的确是给别人买的。"

小姐姐眨了眨眼。

乔韶道："是买给我同桌的。"

"哦哦哦！"小姐姐用心地给他做了一杯奶茶，奶盖上还放了俩小心心。

乔韶道："多谢！"

小姐姐笑得可灿烂："不用，欢迎下次光临。"

最好是带着同桌一起来啊！

乔韶端着奶茶回来，看到贺深托着腮，百无聊赖地等在那儿。

乔韶心里怪好笑的。

这家伙平日里事事都行，强得仿佛天塌了都能顶起来。

可也有这种闹脾气的时候。

原因还那么幼稚——水果不甜！

乔韶都想去东高贴吧挂他了。

把这真相发出去，一准让学神的"迷妹们"跌破眼镜！

"给。"乔韶把奶茶递给他。

贺深一愣："你……"

乔韶笑眯眯地看他："尝尝吧，保证甜。"

双倍加一勺，再不甜就打死你。

贺深眼角的低落散了大半，他笑了下："你跑去给我买奶茶了？"

乔韶道："还让店员放了双倍糖。"

谁知贺深道："那也不一定甜。"

乔韶催促他："你先尝尝行吗？"

贺深看了看奶茶，又看向他道："你不喝？"

乔韶嫌弃道："我吃不了这么多糖。"

他更爱他的黑咖啡，又苦又涩才是真男人。

贺深把吸管插进奶茶杯，喝了一口。

乔韶眼巴巴地看他："怎样？"这下该满意了吧！

贺深沉吟了一下："你喝一口。"

贺深把奶茶推给乔韶。

乔韶摆手道："我不要。"

这次改成贺深催促他了："喝一口尝尝。"

乔韶说着"我真不爱喝这种甜腻腻的东西……"却也凑过去喝了一口。

然后他立刻还给贺深："甜死了！"

贺深低头咬住吸管，轻声道："嗯，的确很甜。"

乔韶看他眼角慢慢扬了起来，自个儿的心也慢慢落了回去。

哄一哄这个闹脾气的贺糖糖，还挺有趣的。

乔韶觉得嘴里的甜味渗到了心里。

说起来，这家伙竟然有喜欢的人了。

也不知道是个什么样的女孩。

乔韶有点想问，又莫名其妙有点问不出口。

吃过晚饭他们回了学校。

按理说走读生可以明天再来学校，不过贺深说："我也算半个住校生，去放换洗衣服。"

楼骁的衣柜里都是他的衣服，楼骁自己从来不用衣柜。

之前乔韶还好奇，贺深都这样了，干吗不住校。

现在他懂了，宿舍里可没法熬夜赚钱。

他们回到宿舍楼，发现516室的门半掩着。

乔韶挺纳闷的，陈诉是个随手关门的好孩子，怎么还会忘了关门？

紧接着他就听到屋里的声音。

原来是蓝毛早早返校了。

卫嘉宇的语调是惯常的居高临下："陈眼镜,你写完作业没?"

别看陈诉和卫嘉宇同寝半年,但他们的关系比陌生人还生,半年来说话的次数恐怕一双手都数得过来。

卫嘉宇竟然主动找陈诉说话……

要放以前,乔韶可能会担心卫嘉宇欺负陈诉,现在嘛,他还记得冰上那个又窝囊又帅气的蓝毛。

陈诉声音淡淡的:"写完了。"

卫嘉宇又问:"全写完了?"

"嗯,"陈诉又道,"我们不同班,作业不一样。"

卫嘉宇听懂了其言下之意:"谁要抄你作业啊。"

陈诉道:"你想抄也抄不了。"

卫嘉宇被噎了下:"我才懒得抄!"

陈诉:"哦。"

蓝毛顿了一下,又清了下嗓子道:"我……"

陈诉直接斩断他的后路:"我也不会帮你写作业。"

门外的乔韶差点没笑出声。

陈诉你真刚!

纯爷们儿!

蓝毛恼羞成怒:"谁用你帮我写作业!"

陈诉道:"那你要干什么?"

彼此都不说话的人,忽然问他写完作业没,除了抄作业和让他帮忙写作业,还能有什么事?

真不怪陈诉会多想,实在是卫嘉宇"前科"满满。

卫嘉宇纠结了会儿,终于还是开口道:"我是想说……"

他声音可小可小了,可见说这话对他这个别扭性子来说是多么大的挑战。

陈诉听着:"嗯?"

卫嘉宇一口气说出来了："你要是写完作业了，能帮我补习吗？"

别说是陈诉了，门外的乔韶和贺深也是一愣。

乔韶看看贺深，贺深在他唇边比了比。

乔韶懂，配合他的手指无声地"嘘"了一声。

贺深的手指肚痒痒的。

屋里陈诉也是刚回神："什么？"

他以为自己幻听了。

卫嘉宇色厉内荏道："听不懂人话啊？有空的话帮我补习！"

陈诉看向他："给你补习？"

"不行啊？"卫嘉宇又道，"不会亏待你，一周一次就行，每次给你200块钱！"

陈诉蒙了。

卫嘉宇烦躁道："我妈给我找的家教太烦人了，我答应她只要辞了家教，我期末考就前进十个名次。"

陈诉道："所以你要让我……"

"你就说行不行吧！"卫嘉宇凶巴巴的。

"行！"乔韶开门进来，忍不住说，"当然行啊！"

200块钱呢！足够陈诉改善生活了！

卫嘉宇看到乔韶和贺深，脸腾地涨红："你们……这么早就回来了啊。"

乔韶开心地拍拍卫嘉宇肩膀道："加油，有陈诉补习，你期末考试成绩肯定突飞猛进！"

他知道，卫嘉宇这是变相地帮陈诉。

这太好了，乔韶一直在努力装穷，苦于没法从经济上帮助陈诉。

卫嘉宇害羞到了极点就会粗声粗气："还不知道他有没有那水平呢。"

陈诉本来绷着的脸渐渐放缓，他道："我给你补习，但不用给钱。"

卫嘉宇看向他："我才不要欠你人情。"

这小子是真不会说话。

陈诉也有点了解他了，并不恼，道："你当舍长后一直很照顾我们，给你补习也是应该的。"

又是夜宵又是日用品的，卫嘉宇已经补贴很多了。

卫嘉宇道："那能一样吗？我那是……当舍长的责任！"

有贺深在，卫嘉宇哪敢说自己是骁哥的眼线！

"反正不是一回事，"卫嘉宇道，"我这人从不欠人情，你想给我补习的话，必须收钱。"

这话说得，仿佛是陈诉求着要给他补习了。

乔韶乐道："要的要的，陈诉你就答应了吧，反正卫嘉宇请家教也要花钱。"

卫嘉宇"哼"了一声："我那家教很不怎么样，还一次400块钱呢。"

陈诉顿了下。

卫嘉宇看他一眼道："我可不是在可怜你，要不是你成绩排年级前三，我才不会找你。"

乔韶连忙道："对啊对啊，你看他就不找我。"

卫嘉宇："……"

贺深低笑出声。

陈诉也笑了笑，说："200块钱太多了，50块钱……"

"我说你这人烦不烦啊，"卫嘉宇道，"你觉得自己只值50块钱，我还不想用50块钱的家教呢！"

陈诉怔怔的。

卫嘉宇又盯着他道："你有空想这些，不如想想怎么帮我提高成绩，我不差钱，我就想要分数！"

乔韶听到他这话，泪流满面：志同道合啊蓝毛同志！

陈诉顿了半晌，说了声："谢谢。"

少年向来平静的声线里有点哽咽。

卫嘉宇道："快别废话了啊，赶紧研究下怎么给我补习！"

这事就这么定下了，乔韶喜滋滋地和贺深去教室。

他忽地想起来："说起来你也帮我补习，我是不是得给你钱？"

贺深很缺钱，一次给他 10 万块钱，一百次就 1000 万块钱了呢。

这个家教，也就乔少爷请得起了。

贺深看他："钱你就不用给了。"

乔少爷醒了，他暂时还是个穷苦学生。

乔韶问他："那给什么？"

贺深踏上楼梯时说："嗯……等我想好了再说。"

52．保证你考到前三

乔韶差点一脚踩空，贺深拉住他："小心点。"

语气里还有点无奈，好像是觉得他冒失。

贺深道："是你先问的。"

乔韶道："我问的是补习的费用。"

贺深道："我回答的就是这个问题。"

您可真有理！

乔韶说："费用是和钱挂钩的！"

贺深反问他："你有钱？"

乔韶："……"

对不起，他没钱的话，全国的有钱人真不多了。

贺深又道："你看，你没钱还非要谈钱，这不是为难自己？"

"我现在没钱，以后肯定有。"

乔韶特别想带他回家一趟，让他看看什么是钱！

贺深"哦"了一声道："所以先记账吗？"

乔韶道："总之一分钱都不会少你的！"

贺深弯唇："我的补习费可没陈诉那么低。"

乔韶扬眉："那你要多少？"

贺深道："2000 块钱。"

乔韶睁大眼。

好多哦！距离乔韶的心理价位还差了9.8万块钱。

贺深道："不过，我这里包过。"

"啊？"乔韶看向他，"什么意思？"

贺深道："就是保证你考到前三。"

这太便宜了吧！

贺深道："当然不是这次期末考试。"

乔韶也没指望这次期末考试能考多好，他只求……

"这三年都行！"乔韶眼睛亮晶晶的，"只要这三年能让我考到前三。"

哪怕一次就足够了！

贺深笑道："这么说，乔少爷同意这买卖了？"

乔韶知道他故意用这称呼逗他，可他才不会心虚，他本来就是乔宗民的儿子，全世界唯一的亲儿子。

"成交！"

乔韶攥拳摆在他面前。

贺深没急着和他碰拳："我要是做到了，你付不起钱怎么办？"

乔韶乐了："你说怎么办就怎么办。"

2000块钱他会付不起？

2000万元他可能才会皱皱眉头。

贺深等的就是他这句话。贺深忽地靠近："到时候，你可真要当牛做马了。"

乔韶眼睫毛颤了下："哼，我肯定还得起。"

贺深盯着他白皙的脖颈问："如果不行呢？"

乔韶蓦地推开他道："我以后就给你……"

"做牛做马"没说完，贺深起身打断道："就这么定了。"

说完他大步上前走了两三个台阶。

乔韶蹦跶着上来，兴冲冲地问："你真的能让我考前三？"

贺深道："要不是怕累坏你，第二都可以。"

乔韶道："我不怕累！"

贺深道："我怕。"

乔韶一想也是，贺深要赚钱，还要给他补习，的确挺累。

他不知道贺深这话的意思是，怕乔韶累。

乔韶又好奇地问道："说起来我们年级第二是谁？能干翻陈诉，也是个人才。"

贺深顿了下道："是个神经病，离他远点。"

乔韶眨眨眼："学习这么好怎么会是神经病？"

这是学渣对学霸的天然"滤镜"。

贺深叹口气道："不是所有学习好的，都像我这么好说话。"

乔韶的"滤镜"瞬间破碎。

是了，贺深这个年级第一都是神经病，年级第二也不排除隐患！

他们进教室时，班里挺多住校生都回来了。

大老远就听到宋一栩在号叫："于姐姐啊！作业给我抄抄吧！"

于源溪一把推开他。

宋一栩又换个人："笑笑啊，卷子借我下行吗？我就看一道题，真就一道题！"

莫笑笑："呵呵。"

宋一栩又扑向语文课代表："姐啊！求您了，可怜可怜小弟吧！只要您给我抄抄作业，我马上倾情表演您最爱的……"

林苏冷笑："抱歉，我最近口味挑了，瞧不上你的粗制滥造。"

宋一栩睁大眼道："怎么会，我不是你们的心头肉吗？"

班里的妹子们："……呕！"

解凯拎起好兄弟的后衣领，嫌弃道："宋'半傻'，自重点。"

宋一栩"哇"的一声哭出来："你们有了新欢忘了旧爱，贺神和韶哥是不会……"

林苏一把遮住他的嘴，把他按回了座位上。

宋一栩这才看到门口的两人。

乔韶走过来问："我和贺深怎么了？"

宋一栩："呜里哇啦……"嘴巴还被捂着。

林苏给他翻译："他说，你俩不会看我们的作业！"

乔韶总觉得哪儿不太对，但这不妨碍他鄙视宋一栩："作业要好好写啊。"

宋一栩："呜里哇啦……"

乔韶看向林苏："他又说什么？"

林苏神翻译："他说，好的韶哥、我知道了韶哥、我会好好做人的韶哥！"

乔韶被逗笑了，他回到座位上，刚要坐下，贺深道："等下。"

说着他从桌肚里拿出一个厚厚的坐垫放在了乔韶椅子上。

乔韶道："多谢。"就坐下了。

贺深桌肚里啥也不放，就放了这个垫子，为的是帮乔韶垫高点……

虽然挺伤自尊心，但乔韶这身高坐在最后一排确实是需要点"辅助"的。

宋一栩："……"

疼死了，疼死了我的嘴！啊！

自习铃声响了后大家都回到座位上。

周日晚上的自习课挺自由的，老师也不会管太过，只要教室别炸了，他们也就睁只眼闭只眼了。

这自习说白了还是给他们一个补作业的机会。

班里同学都在嗡哩嗡哩地说话，乔韶也对贺深说："看看我的作业？"

贺深道："来。"

乔韶赶紧把自己写完的卷子都给他。

语文的一些背诵默写作业就不用看了，重点是数学和理科的卷子。

其实东高的制度对乔韶还算友好。

东高是高一下学期就分科了，虽然分班形式是选科制，但大文和大理还是占比最大，班级也最多。

所谓大文就是常规文科的历史、地理、政治，大理就是常规理科的物理、化学、生物。

乔韶对于文理没什么想法,他只是干脆利落地选了1班。

1班嘛……总给人一种好学生比较多的错觉。

乔韶就想好好学习,天天向上。

因为分科早,乔韶好歹不用补之前的历史、地理、政治,虽然物理和化学已经把他折磨得头皮发麻,但也总比六科齐上,被累个死去活来要强太多。

乔韶出个神的工夫,贺深已经看完了他的数学卷子。

乔韶有点紧张道:"怎样?"

贺深道:"89分。"

卷面满分是150。

乔韶眨眨眼。

贺深随手拿起一支笔,在几道题上圈了下:"你再重新做下这几道。"

"不是……"乔韶还在震惊,"你扫一眼就看出我多少分了?"

贺深也向他眨眨眼:"千万别告诉老师。"

乔韶:"什么?"

贺深补充道:"他们知道了会骗我去批卷子。"

扫一眼就出分数,老师们肯定想要这技能啊!

乔韶嘴角抽了抽:"骗你?"

骗得了你吗?!

贺深道:"你知道的,我这么老实,很容易上当。"

贺深老实?!

乔韶一用力,笔尖都把卷子戳破了!

乔韶重新做了贺深圈出来的几道题,他一读题就知道贺深为什么特意圈出来了。

这几道题乔韶都粗心犯了错误,要么是题没读懂,要么是漏看了要求,再要么是计算错了。

乔韶很快就做完,贺深看了后道:"105分。"

乔韶心里可美了:"这就过百啦!"

贺深又道:"剩下的我们一起做。"

卷子上最后的45分是硬核问题，属于乔韶自己闷头想怎么也想不通的。

乔韶道："这题我一分没有吗？"

那是一道14分的大题，乔韶写得满满当当，可惜写再满也没用，贺老师给他判了个零分。

贺深拿着笔在题干上点了下："解题思路错了。"

所以写再多也1分不值。

乔韶问道："哪里错了？"

贺深低声道："看清条件。"

53．贺深，你竟然怕鬼！

高中晚自习停电，那瞬间的狂喜无异于中彩票。

本来同学们还在低声嗡嗡嗡，这会儿全都号叫起来，声浪一波大过一波，恨不得把屋顶给掀了。

"停电了！"

"天哪！停电了！"

"玉皇大帝如来佛观世音哈利路亚……不管哪方神仙，保佑今晚都不要来电！"

周围闹哄哄的，乔韶也愣了愣。

一只温热的手按在他肩膀上："怕吗？"

是贺深。

乔韶透过月光还是能看到他的："怕什么？"

贺深道："我以为你怕黑。"

乔韶笑了："黑有什么好怕的，多酷。"

贺深竟有点遗憾："你胆子还挺大。"

教室走廊全没了灯光，但他们的位置靠窗，外头的月光像流水一样洒进来，铺了乔韶一身。

"深哥、韶哥！快看我！"

宋一栩的声音在他们前方响起。

乔韶慌忙转头，看到了把手电筒抵在下巴上的宋一栩。

乔少爷："……"

宋一栩阴森森地装鬼："别怕呀，给我咬一口，我就放你……"

话没说完，"哎哟"一声，手电筒落地，他大怒："谁踢我！"

他同桌面无表情："不是我。"

宋一栩又看向前桌，他前桌两人早去妹子那儿蹭光源了，他四下看看，震惊地发现除了贺深和乔韶，再没人有可能踢他。

可乔韶和贺深动都没动，怎么会踢到他？

"哎哟！"宋一栩又叫了一声。

他同桌道："你怎么了？"

宋一栩吓人不成，自己快被吓死了："啊啊啊，有鬼啊！是鬼在踢我啊！"

说完赶紧躲到他同桌身后了。

他同桌：想换座位，真的想，做梦都想！

被宋一栩一闹，乔韶已经回过神来，他无语道："哪有鬼？"

宋一栩已经吓破胆了："真的！你们都没踢我，那谁踢的？除了鬼还有什么？"

旁边桌的解凯听到动静后神秘兮兮过来道："真不好说啊，我听我爸说，咱们学校以前是个坟场！"

"天哪！"立马有人附和道，"我也听说过！"

"对对对！清明节的时候咱们学校经常飘黄纸！"

乔韶心一颤。

其实这种校园传说，哪个学校都有。

尤其是建在坟场上这种，十个学校有九个半都被这样传过。

不过乔韶以前所处的环境太脱离现实，所以还真没听说过。

此时他一听，顿时毛骨悚然。

他悄悄往贺深那儿靠了靠。

贺深薄唇微扬，握住了他的手臂。

乔韶道:"别怕,这个世界没有鬼!"

贺深如果怕鬼的话,哪熬得了那么多夜?

不过贺深心思一动,压低声音道:"刚才是我踢的宋一栩。"

只是踢两脚已经很顾同学情分了。

他俩说悄悄话,旁人听不到。

乔韶一愣,也压低了声音问:"你踢他干吗?"

贺深顺理成章:"谁让他吓我。"

乔韶惊讶问:"你被他吓到了?"

贺深垂眸:"嗯。"

乔韶看着他,看了会儿后笑出声:"贺深,你竟然怕鬼!"

贺深闷声道:"小声点。"

乔韶乐得眼睛都成月牙了,声音倒是低了很多,可忍不住又问道:"你真的怕鬼?"

"怼"天"怼"地无所不能的东高学神居然怕这种莫须有的东西!

贺深道:"不行吗?"

眼看贺深快要恼羞成怒,乔韶不笑了,道:"好啦,不怕,我保护你!"

贺深眼底闪过一点笑意,说:"那你说到做到啊。"

"嗯嗯!"乔韶保证道。

那边解凯他们已经互相"听说"出一部灵异小说了。

宋一栩超级捧场,他一边怕得要死,一边还想知道后续。

几个讲传说的越发来劲,连实验楼里的女鬼这种段子都扯上了……

乔韶手心有点汗,问贺深:"怕不?要不咱俩靠近点?"

贺深立马道:"怕。"

乔韶挪动椅子,和他并在一起。

贺深自我安慰道:"没事的,都是假的。"

也不知道是在安慰乔韶还是安慰自己。

"传说"正讲到激烈处,唐煜拿着高亮手电筒进来了:"都安静点!"

班里本来也就一半学生,这会儿全凑在一起,显得教室里空荡荡的。

唐煜放眼一看，又清了清嗓子道："是东区的线路问题，这片都停电了，供电所的师傅们正在抢修。"

有同学问："得多久才能修好？"

唐煜道："暂时不好说。"

同学们"嗷"了一声，喜悦之情溢于言表。

唐煜又道："今天是周日，老师们商量了下，决定先放你们回宿舍了。"

把一群撒欢的野狼圈在教室根本压不住，不如先放回宿舍。

同学们更开心了，对这个突如其来的"假期"极其满意。

乔韶却是一怔，他看向贺深："你是不是该回家了？"

贺深道："我那儿估计也没电，今天不回去了。"

如果是片区停电，贺深那出租屋十有八九是跑不了的。

乔韶立马道："也好，我们一起回宿舍！"

贺深抿唇笑："今晚就拜托你了。"

"放心，"乔韶很懂了，"我一定会好好保护你！"

54．真心话大冒险

贺深和乔韶回到516室时，发现寝室里还挺亮堂。

虽然停电了，但卫嘉宇的桌上摆了盏小夜灯，橙黄色的光瞧着还挺温暖，就是吧……

乔韶道："你们怎么不开窗？"

没电没空调，有点闷。

陈诉比他先回来一步道："已经开了。"

卫嘉宇也道："学校怕我们跳楼，窗户都只能半开。"

乔韶想起来了，他偶尔会开窗透风，这窗户的确是只能从上面半开出个弧度，没法完全打开。

平日里天天开空调，还不觉得怎样，这会停电了，他真是太嫌弃这破窗了。

这时贺深开口道:"卫嘉宇,我记得你有个小风扇?"

卫嘉宇正在那翻腾:"没看我正找呢!"

他热得烦,没抬头,也没看到还有个人,等说完话才意识到这声音不大对。

他一抬头……

天哪!

乔韶还带了位神仙回来!

卫嘉宇语气立马变了:"咳,深哥,咳,我正在找!"

贺深道:"看看那个红色箱子。"

卫嘉宇想都没想,赶紧打开箱子,果然在角落里发现了小风扇。

他献宝一样把小风扇给了贺深。

这是卫嘉宇上次去日本玩买的小风扇,比普通的手持风扇大一些,像面小镜子,好处是充电后可以续航很久。

贺深打开风扇给乔韶吹,乔韶感觉到扑面而来的风,舒坦道:"你怎么知道风扇放在那儿?"

贺深道:"卫嘉宇家阿姨给他整理东西,我扫过一眼。"

然后就记住了?

行吧,您过目不忘您厉害。

乔韶爬了五层楼,实在热得慌,扯了领带后又把领口敞开。

贺深手里的风扇往下,对着他脖颈吹。

乔韶心满意足:"凉快。"

乔韶见风扇只有自己用,说道:"我不热了,你们快吹吹吧。"

贺深看向卫嘉宇:"要用?"

这暗示还可以再明显点的深哥!

卫嘉宇道:"不用了,我不热!"

乔韶纳闷:"那你翻箱倒柜地找风扇干吗?"

卫嘉宇立刻甩锅:"我是给陈诉找的。"

乔韶赶忙道:"陈诉,你用。"

"我不需要,"陈诉才是真的不热,他在家早习惯了,"心静自然凉。"

瞧这话说的,乔韶肃然起敬。

倒是贺深来了句:"我也挺热的。"

乔韶看向他道:"那你就给自己吹嘛。"

贺深道:"我俩一起。"

这风扇虽然小,但两人靠近点,风扇拿远点,还真能两个人一起用。

乔韶觉得有道理:"好!"

眼看两人快头碰头了。

卫嘉宇正想楼骁怎么不在,就传来淡淡的烟草味。

为了透气,宿舍门大开着,楼骁插兜站着,面无表情。

卫嘉宇一惊。

怎么说曹操,曹操就到?

贺深也看到了他:"你怎么回来了?"

卫嘉宇倒抽口气。

楼骁走进来,扬眉:"你怎么不回家?"早知道这家伙在就不回来了。

这俩一开口,火药味就如此重,可怜知情的蓝毛忍不住向后缩了缩。

以下对话的内容没错,但语气和表情全是蓝毛视角——

贺深:"我家停电了,我今晚睡这儿。"

楼骁冷笑:"网吧也没电,我没地儿去。"

贺深刺他一刀:"那就都睡寝室吧,我和乔韶挤一挤。"

楼骁绝不让步:"这么热的天,你们挤一起怎么睡?"

贺深见招拆招:"停电不会那么久,睡觉时就来电了。"

楼骁也不甘示弱:"来电了就回家去。"

贺深道:"你怎么不回网吧?"

楼骁:"我懒得来回跑。"

贺深:"我也懒。"

卫嘉宇听不下去了,再聊就要打起来了啊!

小穷鬼真不是一般人,这样都稳得住!

卫嘉宇鼓起勇气插话道："我觉得……可以这样！"

贺深和楼骁一齐看向他。

接受注视的卫嘉宇有点慌，但为了世界和平，他拼了："我可以把我的床位让出来。"

楼骁看向他："你去哪儿睡？"

卫嘉宇心一横道："我和陈诉挤一挤！"

这不就行了吗？！

你们三人各睡各的，很公平了吧！

蓝毛真佩服自己，这种牺牲小我、成全大我的精神，真伟大！

谁知陈诉一秒拆他台："不行。"

卫嘉宇转头瞪他："什么？"

陈诉道："别上我床，我不和你挤。"

一句话差点把卫嘉宇气昏过去，谁想上你床？

看不清状况的穷鬼！

"不会让你吃亏的，"卫嘉宇道，"我付钱，一宿300块钱！"

陈诉："……"

卫总上线："少了？那600块。"

陈诉看智力障碍者一样看他。

可惜灯光不好，卫嘉宇没接收到，他继续砸钱："1000块！"

一旁的乔韶都想帮陈诉成交了，谁知陈诉来了一句："不行。"

卫嘉宇火了："2000块！"

陈诉淡定道："不好意思，我卖艺不卖身。"

卫嘉宇："……"

乔韶毫不客气地笑出声，还笑得前仰后合。

贺深也薄唇微扬。

楼骁看向卫嘉宇："你发什么神经？"

蓝毛好委屈，委屈得快哭了！

楼骁拍拍他肩膀道："醒一醒，强扭的瓜不甜。"

卫嘉宇："……"

好在有人伸出援手，救蓝毛于水深火热之中。

"陈诉，乔韶，我们来玩真心话大冒险吧……"宋一栩人未到声先至，等他看清这满屋子人，才住了嘴："深哥也在啊，哈哈。"

来人是宋一栩和解凯，他们在宿舍讲鬼故事，宋一栩都快吓尿裤子了，拖着解凯出来避难。

他俩以前是绝对不会上五楼的，但如今和陈诉、乔韶关系好了，也就敢往上跑了。

再说国际班的人大多不回寝室，宋一栩想着偌大个寝室只有陈诉和乔韶，怪可怜的，于是就想上来找他们玩。

谁知……

人好多啊！

而且……

宋一栩看到了"凶神恶煞"的楼骁！

解凯拉住宋一栩道："我们走错门了！打扰了！"

说完就要跑。

卫嘉宇反应极快，拉住宋一栩道："你们不是来找陈诉和乔韶吗？"

跑什么跑，快帮老子缓和下气氛！

宋一栩也是听过这位二世祖的传闻的，据说他等级观念极深，视所有生活费低于一万元的学生为穷鬼，并肆意打压，恶意嘲弄……

宋一栩谨慎道："我们以为这里就他俩，想来陪陪他们，既然你们人这么多，我们就不打扰了，哈哈哈。"

陈诉、乔韶，不是兄弟不疼你们，实在是惹不起国际班的大佬们！

卫嘉宇是绝对不会放他们走的！

有外人在，想必骁哥和深哥会收敛点，坚持到来电，没准就太平了。

卫嘉宇这样想着，他道："我们人不多，你们留下玩吧。"

宋一栩和解凯：不，你们人真挺多的！尤其有那俩一个人顶十个人的存在，这满屋子全是人了好吗！

卫嘉宇又道:"你们说要玩真心话大冒险?行啊,我们一起,还热闹。"

宋一栩干笑一声。

解凯陪他干笑。

卫嘉宇深知灵魂人物是谁,他直接问乔韶:"要不要一起玩真心话大冒险?"

只要乔韶点头,这事就成了!

乔韶眨眨眼:"真心话大冒险?"

他听过,但没玩过。

卫嘉宇说:"挺有趣的,时间还早,我们一起玩玩,消磨时间。"

乔韶挺心动的,他看向贺深:"你玩吗?"

贺深道:"你玩我就玩。"

乔韶道:"好!我们玩!"

卫嘉宇满目心疼地看向楼骁:"骁哥?"

楼骁其实很无所谓,他还挺喜欢热闹的,只是大家都离他远远的,想热闹也热闹不起来。

楼骁:"行。"

七个人玩真心话大冒险,就得用抽牌的法子了。

宋一栩有备而来,他用英文单词卡自制了牌,刚好可以用。

他解释了一下规则。

一共七张牌,其中一张是王牌,一张是鬼牌。

抽中鬼牌的需要选真心话还是大冒险。

假如选了真心话,就由抽中王牌的人来提问题;假如选了大冒险,也是由抽中王牌的人来发布冒险任务。

其余五人就是空牌,全程"吃瓜"看热闹。

宋一栩道:"规则很简单,来一局就懂了。"

他们七个人凑在一起,坐成了一个圈。

贺深挨着乔韶,乔韶右手边是宋一栩,然后是解凯,对面是楼骁、陈诉和卫嘉宇。

第一轮宋一栩发牌，他运气贼好，给自己发了张鬼牌。

拿到王牌的是解凯，他哈哈大笑，问宋一栩："你要选什么？"

宋一栩："大冒险！"

解凯早有准备："来吧，当着大家的面大喊我是宋'半傻'！"

宋一栩："……"

其余五人都看向他，面对不良少年、二世祖和学神，宋一栩不敢耍赖，只能恶狠狠地瞪了解凯一眼，说："老解，你给我等着！"

然后一闭眼，大喊道："大家好，我是宋'半傻'！"

乔韶乐得不行。

太逗了，要被他们笑死。

第二轮开始，宋一栩念念有词："王牌王牌王牌，我要坑死老解！"

然而他只拿了张空牌。

好在解凯也是空牌。

乔韶还挺期待自己拿张王牌的，可一看也是空的。

随后贺深和楼骁亮出来，也都是空牌。

最后剩下两人就是陈诉和卫嘉宇了。

卫嘉宇嘴角抽搐，自暴自弃地摊开鬼牌后道："我选大冒险！"

真心话是不可能的，他肚子里全是小秘密，哪里敢说！

陈诉放下手里王牌，看了卫嘉宇一眼后，发布任务："你一会儿不准爬上我的床。"

卫嘉宇："……"

宋一栩和解凯："什么？"

乔韶刚止住笑，又被逗得前仰后合："陈诉你还在记仇啊，这什么破任务，哈哈哈！"

他笑得不行，差点倒在床上。

卫嘉宇恼羞成怒："谁想爬上你的床！"

宋一栩和解凯转头看他，一脸惊悚：怎么觉得这话更有歧义了？！

陈诉道："嗯，你不爬就行。"

卫嘉宇气个半死，他刚想掀桌而起，又瞥到身边冷冰冰的楼骁，顿时……

"不行！"小不忍则乱大谋，卫嘉宇道，"大冒险必须是即时任务，你这个不算数！"

说着他看向宋一栩和解凯："对吧？"

宋一栩还在蒙着："对对对……"

您说啥都对。

陈诉扬眉道："我只想让你做这件事。"

卫嘉宇："你这不是让我做，而是让我不做。"

陈诉："哦，我就想让你做这件不做的事。"

卫嘉宇："……"

有点被绕晕的卫嘉宇强硬道："规则就是这样，你换个任务！"

宋一栩小声跟解凯说："陈诉这个任务不好吗？明显是放过了卫嘉宇啊。"

解凯小声回他："也许卫嘉宇不想被放过。"

宋一栩："……"

既然规则如此，陈诉随口敷衍了一个任务："给我们唱首歌吧。"

卫嘉宇"嗤"了一声。

让乔韶十分意外的是，卫嘉宇竟然很会唱歌。

他随便清唱了一首，声音清脆悦耳，节奏、音调拿捏极准，好听得不得了。

一首结束，乔韶惊讶道："你唱得真好听。"

卫嘉宇清了下嗓子，不自在道："凑合吧。"

乔韶还想夸他，卫嘉宇自己都不好意思了："继续继续！陈诉，你快发牌！"

谁抽中王牌，下一局就是谁发牌。

陈诉做事认真，发牌的动作都一板一眼，他一张一张卡片发过去，乔韶拿到了自己的牌，他掀开一看——

硕大的"鬼"字映入眼帘。

很好，他抽中鬼牌了！

55．人不可貌相，"祸水"不可斗量

乔韶拿了鬼牌也不慌张，他还觉得挺有趣，可算参与到游戏中了。

贺深瞥了眼他的牌，把自己的掀开了。

乔韶赶紧看过去："空牌。"

贺深听出他语气中的失望："怎么，希望我拿王牌？"

乔韶冲他笑："你肯定不会为难我。"

贺深也跟着笑了笑，没有回答这个问题。

他们的正对面，拿着王牌的楼骁，抬起死鱼眼看了看他俩。

——不为难你？

——老贺八成想"为难"死你。

楼骁思来想去，觉得得给贺深浇点冷水，让他冷静冷静。

他掀开牌面，绿色的"王"字摆在桌面上。

乔韶还挺乐呵的："楼骁，你是王牌啊。"

全场也就他自己笑得出来了。

贺深和陈诉是无所谓那一挂的；宋一栩和解凯是笼罩在楼骁威压下，战战兢兢那一款。

乔韶喜滋滋地说："我选大冒险。"

真心话是不能说的，万一问起家庭问题，乔韶掰扯不来，很怕露馅。

卫嘉宇听他这轻快的语气就觉得窒息。

人不可貌相，"祸水"不可斗量。

古人诚不欺我！

听到他选大冒险，贺深瞥了楼骁一眼，楼骁收到了他的暗示，但这次楼骁是要提醒老贺自重的，不会如贺深所愿。

楼骁冷笑一声，开口："我的任务是你和陈诉换位置。"

乔韶："什么？"

突然被关注的陈诉抬头。

贺深眉峰一扬。

卫嘉宇头皮发麻。

宋"吃瓜"和解群众一脸蒙。

乔韶纳闷道："我和陈诉换位置？就这样？"

这算什么大冒险？！

楼骁道："就这样。"

贺深开口："这太简单了，不算冒险。"

楼骁："任务由我发布，我觉得是冒险就行。"

贺深看向他。

楼骁十分坚持。

卫嘉宇快被这剑拔弩张的气氛给搞死了！

卫嘉宇说："也没违规吧，换座位也行⋯⋯"

什么是大冒险？刺激的就是冒险。

这座位换得还不够刺激吗？！

卫嘉宇被刺激得都想夺门而出了！

乔韶挺不想换座位的，他说好要保护贺深，虽然宿舍里有小夜灯，可也黑漆漆的，贺深一直挨着他，他都感觉到了，他这一走，怕鬼的贺深怎么办？

乔韶不死心地问楼骁："不能换个任务吗？"

楼骁斩钉截铁道："不能。"

卫嘉宇仿佛听到了心碎声。

乔韶无奈道："那行吧。"

他看向贺深，也不好暴露贺深怕鬼的事实，只能用眼神安抚他。

贺深心里痒痒的，还挺舒坦。

换了位置后可以开始下一局了。

卫嘉宇生怕再生变故，勤快地收起卡片递给楼骁："骁哥，来。"

楼骁拿着卡片，目不斜视地开始发牌⋯⋯

卫嘉宇一惊。

宋一栩和解凯不敢吱声。

陈诉当没看见。

乔韶直接笑出声。

唯有贺深，无所畏惧："亮着牌面发牌，你就这么明晃晃地作弊？"

没错，楼骁目不斜视的后果就是，他忘了把牌面反过来，直接亮着王牌、空牌、鬼牌在发牌。

楼骁低头一看："哦，没注意。"

卫嘉宇扼腕：这得是多么失魂落魄！

楼骁这次看仔细了，重新发了牌，乔韶掀开一看，惊讶道："我又是鬼牌……"

这是运气好还是运气差？

好在楼骁这次是空牌，其他几人也陆陆续续亮出来牌面，全是空牌。

最后只剩下贺深，贺深掀开了卡片。

大大的"王"字写在正中央，虽然有点歪歪扭扭，但看多了还挺好看。

贺深问乔韶："选什么？"

乔韶挺开心道："大冒险。"

妥了，贺深肯定不会为难他。

贺深还真没为难他，他说了和楼骁一模一样的话："我的任务是你和陈诉换位置。"

乔韶这次主动多了："好啊好啊。"

楼骁死鱼眼：这俩能不能有点出息？

可怜的蓝毛快被楼骁的冷气冻成冰块了。

无辜的陈诉推了推眼镜，默默在心里想着：其实我也抽了两次鬼牌吧。

这算大冒险的话，和乔韶换了两次位置的他，是不是也冒险了两次？

乔韶又回到贺深身边，心中大石落地："继续吧！"

贺深刚发完牌，乔韶掀开一看便无语道："我又是鬼牌。"

这牌是赖上他了吧。

他一摊开牌，楼骁和贺深几乎是同时掀了牌——空。

卫嘉宇松了口气，还好还好。

鬼始终如一，王却轮流做……

天哪！

卫嘉宇看着自己手里的王牌，很慌！

他一点都不想当这只鬼的王，他当不起！

乔韶已经自暴自弃了："我选大冒险，卫嘉宇你不会也让我换座位吧？"

他一开口，卫嘉宇就感觉到了两道视线。

一道锋芒毕露，一箭穿心。

一道冷淡疏懒，暗里藏刀。

卫嘉宇干巴巴地开口："不用，你……站起来再坐下就行。"

嚣张跋扈的二世祖何曾如此卑微过！

乔韶更无语了："你这有什么意思？"

卫嘉宇痛心疾首：你还想怎么个有意思法？！

乔韶做完任务，贺深开口道："这样玩太无聊了，下一局如果选了大冒险，必须提高难度。难度太低的话，空牌玩家可以投票否决。"

除了想"息事宁人"的卫嘉宇，其他人都同意了。

卫嘉宇也就不敢不同意了。

这一轮贺深抽到了王牌，他看向乔韶，乔韶终于摆脱了鬼牌的诅咒，拿到了空牌。

他旁边的宋一栩掀开卡片，看到了大大的"鬼"字。

贺深问得很有引导性："大冒险？"

宋一栩常年沐浴在学神的圣光下，本能地来了句："大冒险。"

"行，"贺深弯唇，道，"我的任务是你亲一下解凯。"

宋一栩："什么？"

解凯："什么？"

乔韶乐了："这任务刺激了！"

宋一栩哭了："不、不要吧……"

画风转变也太大了啊，之前不都温和地换座位和起立坐下吗？

怎么到他这边就成了亲男人？

贺深道："这才叫大冒险，如果是轻松就能做到的事，怎么能算冒险。"

56．世界末日非要来

宋一栩本质上是个二哈转世，当初老唐把他放到贺深前座，也是考虑到这点。

今晚一开始他还怕楼骁，但玩了这么久，也没那么怕了。

再被贺深一激，宋一栩本性暴露。

宋一栩哀号道："深哥啊，换个任务行吗？我不要亲男人！"

说着他还看了眼解凯，拿腔道："尤其是这个臭男人！"

在场的男人们："……"

宋一栩一犯二，气氛就不一样了。

贺深说的话也就顺理成章："你要是喜欢亲，我也不会让你去。"

"啊，"宋一栩倒地不起，"我死了。"

贺深道："需要解凯来吻醒你吗？"

"不！"宋一栩"噌"地坐直，惊悚道，"我活了，我还能再活500年。"

乔韶被这活宝逗笑了，他也跟着贺深说："既然活着，就快去大冒险。"

还是贺深会玩，这任务才有趣，就刚才那些换座位和起立坐下的，算什么游戏！

宋一栩和解凯就是典型的"钢铁直男"。

贺深找他俩开刀，真是恰到好处，再自然不过了。

宋二哈天生戏多，嘟嘟嘴凑向解凯道："凯子，得了本大爷的香吻，保你出门见喜。"

解凯骂他："可算了，沾上你的唾沫星子，我出门只会让车撞死。"

宋一栩道："别啊，你要是死了，我岂不是罪大恶极。"

解凯太懂他了："对，就是你的错，我就是被你亲死了！"

乔韶乐得不行："你俩快别贫了，赶紧的。"

宋一栩"吧唧"在解凯的左脸上亲了下。

解凯毫不客气地推开他:"今晚得好好洗洗脸。"

宋一栩亲也亲了,更加解除封印了,他道:"你们瞧他这'渣男'嘴脸!"

他对面的卫嘉宇:"……"可怜的二世祖都害怕惨了!

乔韶也是服了宋一栩,他道:"他渣不渣我不知道,宋一栩你的戏是真不少。"

宋一栩又造作地瞪了乔韶一眼。

乔韶鸡皮疙瘩都蹦起来了!

眼看大冒险完成,气氛也很不错了,贺深继续发牌。

让人震惊的是,接下来这牌像自己长眼了一样,被安排得明明白白!

接下来一局,贺深是王牌,解凯是鬼牌。

贺深:"给你个报复的机会。"

解凯暗道不好。

宋一栩大叫:"别啊!"

贺深已经发布任务:"解凯,去亲回来吧。"

于是……

这下轮到宋一栩出门见"车"了。

这一闹,游戏是真有趣多了,也更加紧张刺激了。

楼骁一声不吭,冷眼旁观,等着看这老贺要干什么。

接连三局,贺深都是王牌,他成了那乱点鸳鸯谱的乔太守,胡乱指。

宋一栩真惨,两次都是鬼牌,他亲了解凯后还亲了陈诉。

陈诉和他也熟了,还能开玩笑:"你这算不算水性杨花?"

宋一栩"哇"的一声,哭成了二狗子。

乔韶看热闹看得很开心,可是也很纳闷:"怎么你一直是王牌?"

贺深道:"手气好吧。"

楼骁继续散发冷气。

卫嘉宇反应过来了:学神在作弊!

即便是卡片背面,肯定也有些许不同,寻常人记不住的细节,学神会记不住吗?

尤其深哥还有着超人般的记忆力!

他因为拿过王牌,所以一直在发牌,虽然次次都会洗牌,但只要知道哪张牌是什么,洗来洗去还是会把王牌洗到自己面前。

终于轮到乔韶了。

乔韶掀开牌面,还挺兴奋的:"我是鬼牌!"

看热闹看多了也想自己参与。

此时大家都没掀开牌面,乔韶看向贺深:"你不会又是王吧?"

贺深掀开了牌。

果然又是王!

乔韶服了:"你这手气也好过头了吧!"

他就在贺深身边,很确定这家伙洗牌洗得很仔细,绝对没有偷看牌,不可能作弊。

再说了,同学间玩个游戏,有什么好作弊的。

贺深弯唇:"选什么?"

"当然是大冒险。"乔韶眼巴巴地看他,"你想让我亲谁?"

谁知贺深竟反问乔韶:"那你想亲谁?"

卫嘉宇一听,心跳都漏了好几拍。

他心脏不好,快喘不上气了!

还好乔韶没回答这个送命题,他还挺聪明:"你是王牌,任务由你发布。"

贺深道:"其实总亲别人也没什么意思。"

乔韶道:"也是哦,都没新鲜感了,那你要发布什么任务?"

这时周围大亮,白炽灯的光芒将宿舍给照成白昼。

外头也传来了同学们遗憾的嚷嚷声:"这就来电了啊……说好的三小时呢!"

是的,来电了。

楼骁："既然来电了，游戏就到此结束。"

谁也没异议。

楼骁起身走出去时说："老贺，你出来下。"

贺深应了声："嗯。"

他俩一起出了寝室，卫嘉宇瘫倒在椅子上，一脸死灰——完了，彻底完了。

毫无疑问，这俩大佬是去决斗了！

图书在版编目（CIP）数据

乔韶不需要安慰 / 龙柒著 . — 广州 : 广东旅游出版社 , 2021.8
ISBN 978-7-5570-2537-3

Ⅰ . ①乔… Ⅱ . ①龙… Ⅲ . ①长篇小说—中国—当代 Ⅳ . ① I247.5

中国版本图书馆 CIP 数据核字 (2021) 第 151009 号

乔韶不需要安慰

QIAO SHAO BU XUYAO ANWEI

出 版 人：刘志松
责任编辑：陈吉　李丽
责任技编：冼志良
责任校对：李瑞苑

广东旅游出版社出版发行
地址：广州市荔湾区沙面北街 71 号首、二层
邮编：510130
电话：020-87347732
印刷：嘉业印刷（天津）有限公司
（地址：天津市静海经济开发区北区银海道 48 号）
开本：880 毫米 ×1230 毫米　1/32
字数：280 千
印张：10
版次：2021 年 8 月第 1 版
印次：2021 年 8 月第 1 次印刷
定价：48.00 元

【版权所有 侵权必究】

如发现图书质量问题，可联系调换。质量投诉电话：010-82069336